첫사랑이에요

첫사랑이에요

초판 1쇄 찍은 날 | 2017년 3월 31일
초판 1쇄 펴낸 날 | 2017년 4월 12일

지은이 | 정이연
펴낸이 | 서경석

편집책임 | 조윤희
편 집 | 이은주
김현미
디 자 인 | 최진실

펴 낸 곳 | 도서출판 청어람
등록번호 | 제387-1999-000006호
등록일자 | 1999. 5. 31
어람번호 | 제5-460호

주소 | 경기도 부천시 부일로 483번길 40 서경B/D 3F
(우) 14640
전화 | 032-656-4452 팩스 | 032-656-4453
http://www.chungeoram.com
E—mail | chungeorambook@daum.net

ISBN 979-11-04-91149-1 03810

Chungeoram romance novel

첫사랑이에요

정이연 장편소설

도서출판 청어람

목차

외국어 대사는 「 」, 한국어 대사는 “ ”로 표기하였습니다.

프롤로그

하성준.

지금도 그 이름 세 글자를 떠올릴 때면 여러 가지 색의 감정이 마음속에 퐁퐁 솟아오른다. 하지만 그 색은 선명하지도, 진하지도 않고, 모두 파스텔 빛에 가깝다.

하늘색, 분홍색, 민트색.

왜 그런 색으로 그를 기억하는 것인지, 십여 년이 훌쩍 지난 지금까지도 모른다. 그저, 참 어렸다며 스스로를 비웃을 뿐.

그 아이와의 첫 기억은 중학교 입학식 날이었다. 동급생보다 머리 하나는 더 큰 키에 처음부터 주목을 받는 아이였고, 새하얀 얼굴의 반을 가릴 만큼 앞머리가 긴 아이였었다. 하지만 단순히 키만 큰 아이였다면 중학교 내내 그 아이가 하루도 빠짐없이 여학생에게 고백을 받진 않았을 것이다.

수재라는 이름을 들을 정도로 명석한 두뇌는 물론이고, 웬만한 운동은 다 잘했다. 예술 쪽에도 소질이 있어서 백일장이나 미술 대회에서 심심치 않게 상까지 받아 와 선생님의 사랑 또한 독차지했다.

무엇이든 잘하는 아이. 공부도, 운동도, 예술도, 무엇 하나 빠지지 않고 잘하는 아이. 머리카락으로도 숨길 수 없을 만큼 독특한 분위기가 매력적인 아이.

그런 그 아이에게 딱 하나 부족한 것이 있다면 '감정 표현'이었다.

늘 무표정했고, 냉기를 폴폴 풍겼다. 덜 여물었던 아이들의 눈에도 가까이 다가오지 말라는 벽이 보였고, 그건 그 아이가 스스로 세상과 자신 사이에 그어놓은 선명한 금이었다.

나와는 전혀 다른 세상에 살 것만 같은 아이는 다행인지 불행인지 중학교 삼 년 내내 같은 반에 짝도 몇 번이나 했고, 덕분에 말수가 적은 그 아이와 가장 많은 대화를 나눈 건 내가 되었다.

지금 와 생각해 보면 그 아이가 그어놓은 금을 넘어간 것은 나뿐이었는지도 모른다. 그 아이에게 친구라고 말할 법한 아이도 나뿐이었기에 삼 년 동안 그가 받은 무수한 고백에 '미안'이란 짧은 답만 하는 것에 꽤 기대감을 품었던 것이 사실이다.

하지만 지금 생각해 보면 나 역시 다른 아이보다 조금 더 특별했을 뿐 그 아이에겐 별것 아닌 주변인이었다. 난 그 아이가 그어 놓은 금을 마치 고무줄이라도 되는 것처럼 아슬아슬하게 타고 넘는 상태였다고 믿고 싶지만 말이다.

좋아했나?

그렇게 물어보면 그렇다, 아니다, 명확하게 답을 내릴 순 없다.

하지만 같은 고등학교에 진학하고 갑자기 유학을 떠나게 된 그 아이와 이별을 했던 날은 아직도 기억에 선연히 남아 있다.

"앞으로 만날 일은 없겠네."

이메일이든, 전화든, 구닥다리 편지이든 연락할 방법은 많았다. 하지만 그 아이가 그렇게 딱 잘라 말하자 나는 부러 속마음을 속이며 고개를 끄덕이기만 했다. 열일곱, 자존심은 세고, 생각도 모자를 나이. 아쉽다는 마음을 표현하면 지는 것만 같았다.

아무런 말도 하지 못하는 나에게 그 아이가 먼저 손을 내밀었다.

"잘 지내."

그 아이가 내민 굳은살 박인 커다란 손을 끝끝내 잡지 못한 채 고개를 돌렸던 것은 이별을 받아들이고 싶지 않다는 단순한 생각 때문이었던 것 같다.

그렇게 우린 이별을 했다. 사실 내 입장에서야 이별이었지 그 아이에겐 그렇게 특별한 말을 붙일 만큼의 사건이 아니었을지도 모른다.

하지만 난 그 뒤로도 가끔 그 아이를 생각했다.

직장에 취업한 뒤로 가끔 런던에 출장을 올 때면 이 땅 어딘가를 그 아이도 밟지 않았을까, 라고 생각하며 그 아이가 어른이 된 모습을 상상하곤 했다.

공부를 잘했으니 전문 경영인이나 의사, 법조계 쪽에서 일하고 있을지도 모르겠다.

그렇게 막연히 그 아이에 대해 상상만 하던 내가 십삼 년이나 지난 후에 그 아이와 극적으로 다시 만날 줄은 꿈에도 몰랐다.

"하성준……?"

그것도 전혀 예상하지 못한 홍콩에서.

하지만 나의 놀라움은 거기서 끝나지 않았다.

"김지윤."

내가 생각했던 것과 정반대의 모습으로 성장한 그 아일 다시 마주한 순간, 아니, 그 아이의 입에서 내 이름이 나온 순간, 깨달았다.

아, 나는 여전히 이 아이를 보면 가슴이 뛰는구나. 어처구니없는 순간에, 나의 감정을 다시 깨달은 그 순간에, 난 멍청하게도 웃어버렸다.

"멋있어졌다, 하성준."

실없는 소릴 하며 난 십삼 년 만에 다시 내밀어진 그 손을 멍하니 보았다.

나타나다, 그러니까 첫사랑이!

맨해튼의 중심가에 위치한 마당 있는 주택은 부호가 살 법한 신식 건물이었다. 이런 곳에 터를 잡고 사는 사람이라 함은 뉴욕 사회에서도 상위에 속하는 이들이겠지만, 이 집의 주인은 조금 특별했다.

제대로 관리가 되지 않은 마당을 지나 현관문으로 향하던 금발의 남자가 손잡이를 잡고 잠시 심호흡을 했다.

'뭘 보든 놀라지 말자. 아, 아니. 시체를 마주하면 그때 조금 놀라주자고.'

오늘도 어김없이 상사의 집으로 출근을 하게 된 존이 마음을 다잡았다. 안에서 무슨 일이 벌어졌든 놀라지 말자고. 매번 놀라는 건 정말 멍청한 치나 하는 짓이라고.

마음의 준비를 마친 존이 힘차게 문을 열었다. 그리고 심호흡을 하며 다짐했던 것이 무색하게 오늘도 깜짝 놀라 버렸다.

「억!」

괴상한 소리를 내지른 존이 바닥에 쓰러져 있는 검은 덩어리를 보았다. 그러더니 차례대로 엉망이 된 집 안 꼴을 훑으며 미간을 좁힌다.

'역시나, 오늘도 사람 꼴은 아니군.'

열어둔 창문으로 들어오는 바람으로 인해 분명 책상 위에 있었을 하얀 종이들이 허공에서 나부끼고 있었다. 흩어진 종이 위엔 남들이 보기엔 낙서에 지나지 않을 디자인들이 빼곡하게 그려져 있었는데, 최근 3D 캐드로 디자인을 하는 추세와는 달리 이 집의 주인이자 바닥에 쓰러져 있는 남자는 여전히 손으로 렌더링을 하고 있었다.

그를 바라보던 존이 한숨을 푹 쉬며 남자에게 다가갔다. 이런 괴짜를 상사로 모시고 있는 자신의 인생도 참 다이내믹한 쪽에 속한다고 생각하며.

한쪽 무릎을 굽힌 존이 쓰러진 남자를 흔들어 깨우기 시작했다.

「팀장님, 팀장님!」

꿈틀. 반듯한 미간을 좁히는 남자를 보며, 좀 더 힘주어 흔들었다. 서서히 잠에서 깨어나는 것인지 몸을 뒤집은 동양인 남자가 옅은 신음을 내뱉었다.

「뭐야, 살아 있어?」

「아직은.」

잔뜩 쉰 목소리를 듣던 존이 인상을 썼다. 아직 숨이 붙어 있다는 게 신기할 정도로 생활감이라곤 눈 씻고 찾아봐도 없는 남자였다. 그리고 이 남자의 뒤치다꺼리를 하는 것은 온전히 자신의 몫이었다.

그를 처음 만났을 때 어땠더라? 삼 년 전의 일을 떠올린 존이 인상을 썼다.

처음 출근하던 날이었다. 상사의 집으로 가 그를 데리고 오라는 명에 따라 이 저택에 처음 왔을 때 지금과 같이 쓰러져 있는 그의 모습에 너무 놀라 응급차를 불렀던 것이 떠올랐다. 그땐 정말 죽은 줄 알았다. 파리한 안색과 비쩍 마른 몸은 마치 학대를 당하는 사람처럼 끔찍한 몰골이었다.

그 뒤로 삼 년 내내 〈트윈〉의 대표 디자이너인 이 남자에게 음식을 사다 나르고, 가끔 집을 찾아와 바닥에 쓰러져 있는 그를 일으켜 세워 침실에 처넣는 일을 해왔다.

자신 역시 디자이너였으나, 지금 하고 있는 꼴을 보면 이 남자의 매니저나 다름이 없다. 물론, 이 남자를 삼 년 내내 곁에서 지켜보며 이 업계에서 가장 핫하다는 남자의 명줄을 붙여놓고 있다는 사실에 꽤 자부심을 느끼긴 했지만.

흐느적흐느적 자리에서 일어나는 동양인 남자를 보던 존이 사용한 흔적이 없는 부엌으로 향해 식탁 위에 사온 물건을 늘어놓기 시작했다. 샌드위치와 주스, 원두를 차례대로 꺼내던 존은 사방팔방에 떨어진 디자인 시안을 줍고 있는 남자를 보았다.

하성준. 동양의 작은 나라에서 온 남자가 그린 저 시안은 '트윈'이라는 이름을 달고 세상 밖으로 나올 것이다.

이번엔 어떨까?

작년에는 웨딩 주얼리 시장의 20%를 집어 삼킬 만큼 어마어마한 신작을 내놓았다. 겨울에 나온 상품은 일 년 내내 사랑을 받아 트윈의 매출을 좌지우지할 만큼 판매가 되었고, 이와 유사한 디자인이 다른 업체에서도 나올 정도로 이 바닥의 판도를 확 바꿔놨었다.

대강 식탁을 차린 존은 성준을 보며 무심히 물었다.

「며칠째야?」

디자인지를 정리하던 성준의 시선이 존에게로 향했다. 그의 눈빛에서 용케도 생각을 읽어낸 존이 말을 덧붙였다.

「밤샌 지 며칠째냐고.」

「오늘이 며칠인데?」

고개를 끄덕인 성준이 무감한 목소리로 묻자, 존의 얼굴이 찌푸려졌다.

한숨을 푹 내쉰 존이 고개를 절레절레 저었다. 역시나 시간 감각 따윈 없는 그다운 질문이었다. 그러니 아무리 중요한 일정을 잊었다 하더라도 화를 내어선 안 된다. 그건 정말 쓸모없는 감정

소모에 지나지 않으니까.

「출장 가기 하루 전.」

「아…….」

짧게 신음을 뱉는 성준을 보던 존이 걸음을 옮겨 그에게 다가갔다. 그리고 오늘 이곳에 온 이유인 디자인지를 받아 들며 빠르게 시선을 옮긴다.

이번 콘셉트는 그린 계열의 보석인가 보다. 반지 밴딩 부분과 목걸이 줄 부분에 일정하지 않은 간격으로 그려져 있는 나뭇잎 형태의 스톤을 보던 존이 한쪽 입꼬리를 끌어 웃는다.

역시나 이 남자는 일에 있어선 자신을 실망시킨 적이 단 한 번도 없다.

언론에 얼굴을 내미는 것도 꺼리는 상사인지라, 처음 이 집에서 그를 보았을 때 환상이 와장창 깨졌었다. 섬세한 디자인을 이런 남자가 한다는 것을 처음에 믿지 않았었다. 물론 한 달도 되지 않아 그가 기계처럼 그려대는 렌더링을 보며 그런 생각은 쏘옥 들어갔다.

「팀장님, 아무리 자유로운 영혼이라지만 사무실엔 자주 얼굴 비추라고. 너로 인해 여직원들 사기가 달라지니까.」

방금 전까지 널려 있던 디자인지를 신줏단지 모시듯 들고 온 서류 가방에 넣은 존이 잔소리를 늘어놓았다.

트윈에선 이 괴짜를 위해 많은 것을 배려해 주고 있었다. 사무실에 번듯한 자리를 마련해 놓았으나 출근을 하지 않아도 별다른 말을 하지 않았고, 회사 근처에 값비싼 저택 또한 성준을 위해 빌려주었다. 그리고 그 외에도 이탈리아에서 생산된 눈이 돌아갈 만큼 멋진 슈퍼카라든가, 항상 통잔 잔고 따윈 걱정하지 않아도 될 만큼의 월급도 주고 있다.

참 부러운 인생이다. 뭐, 그것도 다 이 사람의 능력 덕분에 따라온 것들이지만.

존은 소파에 털썩 앉은 후 건조한 눈을 비비고 있는 성준을 보았다. 겉으로 보기엔 오일을 발라놓은 것처럼 번지르르한 외모가 전부인 사람처럼 느껴졌으나, 그의 안엔 무궁무진한 잠재력이 숨어 있었다. 젊은 나이에 그 자리까지 오른 걸 보면 이미 그걸 증명하고도 남았다.

「내일은 늦지 마. 쇼 책임자는 너니까.」

마지막 전언을 하듯 말한 존이 고개를 저었다. 그런 후 아직도 정신을 못 차리고 있는 괴짜 상사를 보며 말을 바꾼다.

「아니, 아니다. 내일 데리러 올게. 공항까지 데려다줄 테니까, 준비하고 있어.」

「그렇게까지 할 필요는 없는데.」

느릿하게 흘러나온 어조에 존이 인상을 굳혔다. 이 남자는 참 신기한 능력을 가지고 있었다. 보는 사람까지 피곤하게 만들고, 잠이 솔솔 오게 만드는 능력.

나른한 표정을 보던 존이 입술을 비틀었다.

「아니, 다시 티켓 구입하고 싶진 않으니까. 네 뒤처리는 모두 내 몫이라고!」

또다시 입을 꾹 다무는 성준을 보며 존이 씩씩거렸다.

왜 신은 이런 인간에게 재능을 준 걸까. 좀 더 그럴싸한 인간에게 주었다면 좋았을 텐데.

무기력한 모습이 짜증스럽다는 듯 한탄하던 존이 손을 들어 이마를 짚었다.

그래, 이런 인간이니까 줬겠지. 이 인간이 가진 거라곤 이 재능밖에 없으니까.

모든 일에 심드렁하고, 사람이 당연히 가져야 할 욕구도 없는 남자였으니, 이 능력마저 없었다면 사람들의 무관심 속에서 짧은 인생을 끝마쳤을 것이다.

몇 날 며칠이고 일만 끼고 앉아 있었을 이 인간을 위해 사비를 털어 사온 것들을 떠올린 존이 빠르고 고저 없는 목소리로 읊조렸다.

「샌드위치 사왔어. 먹을래? 아니, 아니다. 먹어. 지금 당장.」

존이 엄한 표정으로 말하자 성준이 꿍그적거리던 몸을 일으켰다. 그리고 세상만사 다 귀찮다는 얼굴로 식탁 앞으로 가 앉는다.

샌드위치를 한입 크게 베어 무는 성준을 보며 자신의 일은 끝마쳤다는 듯 존이 걸음을 옮겼다. 그러다 문뜩 떠오른 생각에 걸음을 멈췄다.

「오늘 밤은 푹 자, 제발. 그럼 간다.」

작년 연말 파티에서 갑자기 고꾸라졌던 그가 떠올랐다. 그때

대표 얼굴도 창백하게 변했었지.

다크서클이 잔뜩 내려온 얼굴로 고개를 끄덕이는 성준을 보며 존이 그제야 안심한 듯 걸음을 옮겼다. 저런다고 해서 제 말을 들어줄 것이란 믿음은 없었지만, 어찌 되었든 제 할 도리는 다 했다는 생각을 하며.

그때 뒤에서 나른한 목소리가 들려왔다.

「근데 내가 말했던가?」

도대체 뭘? 알 수 없는 말에 존이 눈을 동그랗게 뜨자 성준이 무감각한 눈을 깜빡이며 일상적인 대화를 하듯 평온한 목소리로 말했다.

「나 그만둬.」

존이 숨을 크게 들이켰다. 갑작스러운 통보였다. 하지만 성준은 그가 왜 그런 표정을 짓는지 예상하지 못한 듯 짧은 인사를 건넨다.

「잘 지내.」

이 인간이 진짜! 아무 말 없이 다시 샌드위치를 먹기 시작한 성준을 보며 존이 흥분한 목소리로 물었다.

「준! 왜 갑자기 그만둔다는 건데?」

「재미없어서.」

「뭐?」

존이 입을 쩍 벌리며 숨을 허덕거렸다. 그러자 다시 그를 향한 성준의 고개가 옆으로 기운다. 왜 그런 반응이냐고 묻는 듯한 눈빛에 존이 기가 막히다는 듯 헛웃음을 뱉었다.

「……아, 정말.」

재미없다는 이유로 자신이 쌓아온 모든 것들을 내던지는 이 남자의 뇌 구조는 도대체 어떻게 생겨먹은 것일까.

하지만 존은 이내 모든 걸 이해했다는 듯 웃었다.

「당신다워서 어디서부터 태클을 걸어야 할지 모르겠네.」

정말이지 하성준답다. 삼 년 동안 봐온 자신의 상사는 이런 사람이었다.

*

지저분한 사무실은 벽지에 스며든 담배 찌든 내에 저절로 인상이 구겨진다. 이젠 금연 구역으로 지정이 되어 골초들도 밖에 나가 담배를 태우고 있었으나, 오랫동안 반복되어 왔던 행동 때문에 사무실은 그리 쾌적하지 않았다.

그건 각자의 책상 역시 마찬가지였다. 업무에 필요한 간단한 감정 도구들이 어지럽게 널려 있어 말 그대로 아비규환이었다. 손때가 묻은 펜 라이트(투명도-PT-를 관찰하기 위해 사용하는 도구)와 이젠 제 손처럼 사용하는 핀셋과 렌즈가 깨지지 않은 것을 다행이라고 생각해야 할 정도로 오래된 루페(Loupe: 간단히 휴대할 수 있는 작은 형태의 확대경)까지.

전쟁이라도 난 것처럼 엉망인 책상 중 말끔하게 치워져 있는 자리는 한두 자리도 되지 않았다.

어지럽게 물건이 널려 있는 책상을 팔로 슥 쓸어 한쪽으로 치워낸 지윤이 달력을 보며 미간을 구겼다. 달력엔 빈 공간이 없을 만큼 각종 스케줄이 색색별로 가득 차 있었지만 오늘도 망할 상사는 자신이 '싱글'이란 이유 하나만으로 일거리를 떠넘기고 있었다.

"또 출장이에요?"

평소라면 집에 가봤자 별달리 할 일이 없으니 군말 없이 일을 처리했겠지만, 이번 일은 그리 간단한 것이 아니었다.

출장이라니! 거기에다가 출장지도 비행기로 네 시간은 가야 하는 홍콩이었다.

"그럼 어떻게 하냐? 김 대리, 이번에 출산휴가 낸 거 알지?"

"알다마다요. 여기에 여직원이라곤 나랑 김 선배 딱 둘이었는데."

지윤이 미간을 좁혔다.

이 업계에 종사하는 사람 중 90%가 남자였기에 출산휴가는 꿈도 못 꾸는 일이었다. 인터넷에 보면 다른 업종에서 종사하는 여직원들은 생리휴가도 쓰는 것 같았지만, 지윤에겐 꿈 같은 일이었다.

하지만 지윤의 상사였던 김정아는 달랐다. 워낙 일을 잘해 사장이 '특별 휴가'를 주었다. 물론 만삭이 되고 나서야 겨우 쉴 수 있었으나, 그녀가 다시 돌아올 것을 생각해 추가 인원을 뽑지 않았기에 그 일은 고스란히 남은 팀원들이 떠맡게 되었다.

일이 단순한 사무직이라면 열두 명의 팀원이 못할 것도 없었지만 기본적으로 '딜러'란 직업은 영업과 출장이 전부였기에 일감을 두 개만 떠맡아도 주말도 없이 일을 해야 하는 경우가 대부분이었다.

지윤이 입술을 아작아작 깨물었다. 이러다가 과로사하는 건 아닐까?

요즘 들어 부쩍 식욕도 없었고, 밤에 잠을 설쳐 세 시간도 채 자지 못하는 생활이 반복되고 있었다. 의문은 어느새 확신으로 바뀌어가고 있었다.

"그래, 그럼 같은 종족으로서 뭔가 책임 의식 같은 건 못 느껴?"

평소에 X 염색체를 두 개씩이나 쓸 만큼 여자 사람일 때가 없으니 '같은 종족'이 아니라고 우겨볼까?

잠시 생각하던 지윤이 깊은 한숨을 내뱉었다. 그렇게 말해 씨알이라도 먹힌다면 골백번이고 하겠지만, 안타깝게도 자신의 상사는 이 거친 바닥에서 이십 년이나 구른 베테랑이었다. 그 말인즉, 영업을 이십 년이나 해서 웬만한 말발로는 당할 수 없다는 뜻이다.

다른 방법을 강구하던 지윤은 순간 열이 확 오른 건지 도끼눈을 뜨며 이를 딱딱 거렸다.

"이 시기에 홍콩이라니, 말이 돼요?"

"왜 말이 안 되는데?"

"9월이라고요, 9월!"

일 년 중에 가장 바쁜 달이라고 하면 1월과 9월, 12월이겠다. 1월은 연초라고 술판이었고, 9월엔 추석 연휴가 길게 있어 연휴 앞뒤로 정신이 없었다. 12월은 1월과 마찬가지로 술판의 연속인지라 한 달이 어떻게 가는지도 모르게 시간이 훌쩍 지나가는 달이다. 더욱 9월은 앞 달에 있는 여름휴가의 여파까지 있어 정말 정신없이 바빴다.

하필 9월에 장기 출장을 떠밀리듯 가게 된 이 상황이 무척 마음에 안 든다는 듯 지윤이 발을 굴린다.

딱딱. 대리석 바닥과 힐이 부딪쳐 괴기스러운 소리가 났지만, 정 부장은 이번에도 역시나 괴변으로 지윤의 불만 따위는 순식간에 잠재워 버리려 했다.

"알아, 9월인 거. 그게 왜 문제가 되는데? 나 같으면 아싸, 땡큐! 하겠다. 출장 다녀와서 휴가 며칠 더 써서 추석 연휴까지 쭉 쉬다 와. 얼마나 좋아?"

불길이 화악 끼친 마음이 순식간에 푸르륵 가라앉았다. 중년 남성이 눈을 동그랗게 뜨며 귀여운 척 허공에 손을 휘적휘적거리는 것을 보자 전투력이 순식간에 사라져 버렸다.

"후."

아, 젠장. 그래도 출장은 싫은데. 더욱 휴가를 연달아 붙여 쉴 일정도 안 됐다. 사탕발림이라는 걸 알면서도 지윤은 조금 혹한 얼굴로 물었다.

"규모도 작은데 꼭 가야 해요?"

"알지? 이번에 우리 유색 보석 쪽으로 사업 넓히려는 거."

지난주에 출장에서 막 돌아온 터라 지윤은 어떻게 해서든 피하고 싶다는 듯 마지막으로 토를 달아본다.

"다이아로도 충분하지 않나?"

멍하니 되묻듯 말한 지윤이 스스로 답을 찾은 듯 고개를 저었다.

최근 국내 주얼리 시장이 돌아가는 꼴을 보면 이대로 있다간 불경기에 휩쓸려 대한민국 톱 3 안에 든다는 감정소 '태양'도 문을 닫게 생겼다.

스스로 답을 찾은 듯 지윤의 표정이 급격히 가라앉자 정 부장은 굳히기 작업에 들어갔다.

"아무리 규모가 줄었다고 해도 아직 홍콩 쇼 무시 못 해. 알지? 가서 거래처도 트고, 동향도 보고."

"동향이랄 게 있어요? 유색 보석 쪽에?"

신경질적으로 달력을 치워 버린 지윤이 오후에 돌아야 하는 업장을 떠올린 후 시계를 확인한다. 여기서 종로까지 한 시간은 걸릴 테니 슬슬 준비를 해야 오늘 주문량을 제시간에 처리할 수 있을 것 같았다.

"사파이어는 파란색, 루비는 암적색, 에메랄드는 깨짐이 덜한 거. 척이면 척이잖아. 만고불변의 법칙처럼 유색 보석 쪽은 변하지 않는다고요."

주절주절 말하던 지윤이 '씁' 하며 겁을 주는 소리에 후 한숨을 뱉는다.

그래, 포기하자. 나 아니면 갈 사람도 없잖아? 지윤은 텅 빈 자리를 보며 이 사무실에 소속되어 있는 딜러 모두가 현재 전쟁 상태라는 걸 다시 한 번 되새겼다.

보통 인원의 반이 출장을 떠난다. 그리고 그 반이 돌아올 때쯤 바통을 터치하듯 나머지 인원이 출장을 떠나는 패턴이 반복되고 있었다. 다른 사람들은 물어보지 않더라도 일정이 맞지 않을 것이다.

"알았어요, 알았어. 나만 가요?"

"그럼 너만 가지. 거기에 몇 명이나 보낼 필요 있어?"

"방금 전엔 무시 못 할 수준이라면서요! 그리고 혼자서 해외 출장이라니, 위험해서 딜러는 여자 못 써먹는다고, 남자만의 세계라고 말했던 게 어디에 누구더라?"

"그건 사실을 말한 거잖아. 아직도 이 판은 마초 근성이 남아 있다고."

"으엑, 구닥다리."

토하는 시늉을 하던 지윤이 작은 가방을 꼼꼼히 살핀 후 자신의 자리 옆에 있는 금고 문을 열었다. 그리고 오늘 날짜가 적힌 비닐 봉투를 꺼내 안을 꼼꼼히 살펴본다.

플라워, 디퓨, 트윈, 듀, 선…….

업체명을 일일이 살피던 지윤이 빠짐없이 모두 챙긴 것을 확인했다.

"징징거리는 건 거기까지만 들어주마. 오늘 지원팀에서 티케팅이랑 호텔 예약 내역 가져다 줄 거니까 차질 없이 준비해."

"네네, 알겠습니다. 아, 근데 감정사 뽑는 건 어떻게 됐어요?"

"요즘 사람 구하기가 어디 쉽나. 밖에선 취업 안 된다고 난린데, 이 바닥은 매일 사람 없다고 난리고. 후~"

정 부장이 걱정이라는 듯 인상을 굳히자, 지윤이 고개를 절레절레 저었다.

그래, 세상에 불행한 직장인은 나만이 아니야. 애써 위안 삼은 지윤은 정 부장이 투덜투덜거리는 것을 한 귀로 듣고 한 귀로 흘린 후 본론을 꺼냈다.

"출장은 대타 뛸게요. 그 대신 인도 출장은 빼주세요."

"거긴 당연히 여직원은 기각이야. 남자도 위험한 곳에 널 보낼 순 없지."

"그런 문제 때문에 하는 말은 아니라는 거 알고 계시죠?"

지윤의 눈매가 삐죽 올라가자 정 부장이 실수했다는 듯 손을 휘젓는다.

"그래, 더운 거엔 취약이라서 하는 말이라는 거 알아. 그러니까 그렇게 민감하게 굴지 마."

이래서 여자들은 어쩌고저쩌고 이어지는 말에 지윤의 미간이 찌푸려졌다.

이런 바닥에서 여자로서 유일무이하다시피 인정받는 것이 출산 휴가를 떠난 김정아 대리였다. 남들보다 배로 노력해서 그 자리까지 올라간 여자가 있었으니, 자신 역시 못 할 것도 없다고 생각한 지윤이 가방을 챙겨 들며 콧방귀를 꼈다.

그래, 짖어라. 나는 내 일 하련다. 지윤이 샐쭉한 표정을 짓자, 정 부장이 이상하다는 듯 그녀를 힐끗 본다.

"노처녀 히스테리야? 요즘 까칠하다?"

"제가요? 설마요."

서른. 아직도 다른 바닥에선 '노처녀'란 말을 듣기엔 이른 나이였지만, 이 바닥에선 우스갯소리로 하는 말이기도 하다.

기분이 나빴지만 익숙해지기도 해서 지윤은 아무렇지도 않은 척 넘겼다. 괜히 토를 달아봤자 말만 길어질 테니까. 하지만 정 부장은 지윤의 차림을 보며 사소하지만 민감한 질문을 던졌다.

"그런데 오늘 데이트?"

"설마요."

어깨를 으쓱인 지윤이 시선을 내려 자신의 발을 보았다. 평소라면 절대 신지 않을 하이힐. 걷는 일이 워낙 많았고, 이동하는 거리도 차로는 감당하지 못해 지하철을 타고 다녀야 했다. 다른 사람들이라면 생각하지도 못할 지하철 퀵을 이용하는 일도 많을 정도로 속도전으로 일을 해야 하는 입장에선 이런 여성스러운 신발보단 발이 편한 운동화를 선호했다.

예전엔 이 여성스러운 신발에 로망을 가졌던 적도 있었는데.

입술을 휘어 삐뚜름하게 웃은 지윤이 의아한 눈동자로 자신을 바라보는 정 부장을 보며 웃는다. 그 분위기가 고아스러워 정 부장의 어깨가 순간 움찔 떨렸다.

"선 봐요, 저."

"선?"

"네. 부모님이 갈 때가 됐다고 생각하나 보죠, 뭐."

자신의 일이라기보다 타인의 일처럼 심드렁하게 말한 지윤이 리드미컬하게 걸음을 옮겼다.

"외근 다녀오겠습니다."

*

촌스러운 디자인의 레스토랑은 개업한 지 족히 오 년은 된 것인지 여기저기 낡은 테가 났다. 테이블부터 시작해서 한편에 자리한 장신구까지. 게다가 식기는 또 어떤가. 보통 반짝반짝 빛이 나야 할 수저와 나이프엔 여기저기 흠집이 나 선뜻 손이 가지 않았다.

'장소 정도는 내가 고를 걸 그랬나?'

한숨을 내쉰 지윤은 맞선 남의 어깨 너머로 천장을 보았다. 샹들리에 디자인이나, 테이블 곳곳에 놓인 갓 또한 주인장의 센스가 처참한 수준이라는 걸 알려주고 있다.

오랜만에 하는 외식을 이런 곳에서 할 줄 몰랐던 지윤은 시선을 내려 음식을 보았다. 스테이크 역시 마음에 들지 않았다. 그리고…….

"딜러라니, 그런 직업이 있는 줄도 몰랐네요."

눈앞에 있는 맞선남 역시.

"네, 다들 그런 말부터 하더라고요."

지윤이 예의 바른 웃음을 지으며 답했다.

눈치 없는 남자는 수다쟁이였다. 방금 전부터 대화를 유도하는 질문보다는 조잘조잘 자신의 생각만 늘어놓고 있는 남자는 촌스러운 슈트를 입고 있었다.

이런 대화를 언제까지 이어나가야 하는 거지? 지윤이 고기를 작게 썰어 입 안으로 밀어 넣으며 애써 한숨도 함께 집어삼켰다.

"구체적으로 어떤 일인데요?"

"해외에서 다이아몬드를 구입해 와서, 감정서 붙이고 파는 거죠."

"아아. 자동차 딜러랑 비슷하군요."

"그렇죠, 뭘 파냐의 문제지."

심드렁한 표정으로 말을 잇던 지윤은 이어지는 맞선남의 말에 결국 포크를 내려놓았다.

"다이아몬드라, 전 영원한 사랑이라는 문구에 넘어가서 반짝이는 돌덩어리에 눈 돌아가는 여자들은 이해 안 되던데."

"아아."

지윤이 턱을 괴며 남자를 보았다. 이름이 뭐였더라? 처음에 듣긴 했는데, 센스 없는 대화 때문인지 머릿속에서 잊힌 지 오래다.

지윤은 무던히 남자의 이름을 생각하며 답했다.

"저도 그 이야긴 동감이요."

어감상 다른 이야긴 동감하지 못했다는 뜻이었으나 그는 그것을 캐치해 내지 못한 것인지 고개를 기울이며 딴소리를 했다.

"그래요? 의외네요. 그쪽에서 일하고 있어서 오히려 옹호하는 발언을 할 줄 알았더니."

"사랑이라는 단어 자체가 허구고 허상 아닌가요?"

아니, 어쩜 인생 자체가 허구이고 허상일지도 모르겠다.

꿈으로 넘쳤던 이십대. 그땐 미래의 난 어떠할 거라며 꽤나 기대감에 차 있었다. 대단한 일을 할 줄 알았지. 하지만 나이가 들어보니 내 인생도 별것 아니었다. 사회의 부품 중 하나였고, 특별할 것 없다는 사실을 깨닫는 순간 힘이 쭉 빠져 버렸다.

그건 평생을 함께 할 상대 역시 마찬가지였다. 그 역시 사회의 한 부분이고, 재미없는 삶을 함께 영위해 나갈 것이다. 처음엔 발악에 가깝게 운명이란 걸 믿으며, 사랑을 찾아보려 했지만 몇 번 해보았던 연애에서 결혼은 자신과 비슷한 상대와 한다는 걸 깨닫곤 결국 이 자리까지 나왔다. 그리고 눈앞에 있는 이 재미없는 남자는 모친이 정해준 자신의 수준과 잘 맞는 사람이었다.

"그 허상을 기념하며 맞추는 게 주얼리인데, 이해를 못 할 수밖에요. 다이아몬드는 마케팅의 승리죠."

신랄하게 말한 지윤이 고개를 끄덕였다.

겉으로 보기에 반짝반짝 찬란하게 빛나는 다이아몬드는 아름다웠다. 하지만 그 속을 들여다보면 아름답다는 이야기는 나오지 않는다. 기름을 빨아들이는 성질 때문에 겉면엔 사람들의 지문과 기름이 가득하다. 투명할 줄 알았던 컬러 역시 자세히 들여다보면 누런색이 끼여 있다.

이런 보잘 것 없는 돌을 아름답게 컷팅을 하고 거기에 의미를 부여한 것은 모두 인간이었다. 그리고 그걸 아름답다고 느끼는 것도 결국 인간뿐이다.

"정말 그렇게 생각하시나요?"

"김민…… 호 씨도 그렇게 생각해서 이 자리에 나온 거 아닌가요?"

지윤은 결국 끝끝내 이름이 떠오르지 않아 테이블 한쪽에 놓아둔 명함을 힐끗 흘긴 후 생긋 웃었다. 다행히 센스도 없고, 눈치도 없는 남자는 이런 지윤의 행동을 눈치채지 못한 듯 웃었다.

"뭐, 그렇기야 하죠. 여자든 남자든 거기서 거기니까. 만나보면 성격의 차이일 뿐, 하는 행동은 다 똑같더라고요."

정말 다 똑같은가? 지윤은 자신의 곁을 스치고 지나간 몇몇 남자를 떠올렸다.

생각해 보면 자신의 연애는 그리 순탄한 편이 아니었다. 처음 입사한 순간부터 일은 물밀 듯 몰려왔고, 선배들을 따라 출장을 다니느라 정신이 없었다. 국외뿐만 아니라 국내도 한국에 있을 때면 전국으로 다녀야 했다.

대한민국에서 주얼리 시장이 가장 크다는 서울 종로는 하루에도 두 번씩 나가야 할 때도 있었고, 그 다음으로 큰 부산과 대구도 예전엔 격주로 다녔었다. 몸이 열 개라도 모자라는 하루하루 속에 상대는 지쳐 갔고 결국은 떠났다. 상대를 거기에서 거기로 만드는 건 결국 본인이었다.

그런 걸로 치면 이 남자를 만나게 된 것도 자신의 탓이다. 한동안 바쁘다는 이유를 들어가며 연애를 기피해 여기까지 오게 되었으니까.

"지윤 씨는 첫사랑, 그런 거 있어요? 없어 보이는데."

순수한 호기심에서 물어오는 말에 지윤의 입가에 진한 웃음이 내걸렸다. 그 웃음은 너무 의뭉스러워 민호의 눈동자에 의아함이 머물 때였다.

"첫사랑 없는 사람도 있나요?"

누구나 한 번씩 다른 건 묻지도 따지지도 않는 사랑을 하곤 한다. 그것도 인생의 잣대를 모르는 순수한 나이에. 속물이 되어버린 어른이 아닌, 순수한 나이에 만난 '첫사랑'은 지윤에게도 있었다. 그것도 마치 어제 만난 사람처럼 선연하게.

"오, 어떤 사람이었어요? 아직도 만나고 그래요?"

"그런 게 궁금하세요?"

방금 전까지만 해도 예의 차리고 웃고 있던 지윤의 눈초리가 제법 날카롭게 변하자 이제야 자신의 실수를 깨달은 듯 민호가 입을 꾹 다물었다.

"여전히 친구로 만나고 있으면 어쩌려고요?"

"아."

민호가 그제야 이 자리는 시시껄렁한 대화를 나누는 자리가 아니란 사실을 깨달은 것인지 안색을 굳혔다. 그가 서둘러 사과의 말을 꺼내려 했지만 지윤은 그의 접시가 빈 것을 확인한 후에 자리에서 일어났다.

더 이상 시간 낭비하고 싶지 않았다. 급한 출장 일정이 잡혔고, 지금 당장 집으로 가 짐을 싸는 것이 자신의 인생에 더 도움이 될 것 같았다.

"시간이 늦었네요. 그럼 이만 일어나 보겠습니다."

지윤이 가방에서 지갑을 꺼냈다. 마지막까지 예의는 차리고 싶었다. 도중에 박차고 일어난 것이나 다름없으니 계산까지 자신이 깔끔하게 한다면 더 이상 말은 나오지 않으리라.

"저기 지윤 씨."

"네."

그는 지윤이 꺼낸 지갑을 힐끗 보며 물었다.

"또 만날 수 있을까요?"

민호의 물음에 지윤의 미간에 주름이 잡혔다. 이제껏 무시무시한 인내심으로 힘껏 올리고 있던 입꼬리가 아래로 푸스스 가라앉는다.

"아니요."

절대. 지윤은 완고히 거절했다.

어깨와 귀 사이에 휴대전화를 낀 채로 코엑스에 갈 때 입을 치마 정장을 챙기고 있던 지윤은 벼락처럼 소리를 지르는 목소리에 인상을 찌푸렸다.

[이야기 들었다! 어떻게 된 일이야?]

"어떻게 된 일이긴. 마음에 안 드니까, 거절한 거지."

[김지윤!]

"아, 왜!"

짜증스럽게 답한 지윤이 휴대전화를 고쳐 잡았다. 벌써 이십 분째 귀가 따가울 정도로 잔소리를 늘어놓고 있는 정 여사 때문에 머리가 다 울릴 지경이었다.

이 좀생이 같은 남자.

결국 잔소리의 대가로 낸 밥값이 허공에 날아갔다는 것을 깨달은 지윤이 고개를 절레절레 저었다.

[너 정말 결혼 생각 없는 거야?]

'그럼 엄마는 왜 날 시집보내지 못해서 안달인데?'

아직 서른이었다. 다른 집 같으면 네가 하고 싶은 일을 좀 더 한 뒤 서른둘쯤에야 닦달을 하겠지만, 사람으로 태어났으면 가정을 꾸려야 한다는 지론을 가진 정 여사의 앞에서 이런 이야기는 모두 헛소리일 뿐이다. 그러니 따져 물어봤자 입만 아플 수밖에. 지윤은 부러 더 심드렁한 척 말했다.

"없긴 왜 없어? 기왕 태어난 거, 다른 사람들이 해본 건 다 해보고 죽어야지."

[너 무슨 말을 그렇게 하니?]

"후."

가슴이 답답했다. 아직도 소녀 감성인 정 여사에겐 꽤 충격적인 발언이었는지 한동안 부들부들거리며 말을 이었다.

[좋은 상대를 만나서 좋은 가정을 꾸려야겠다고 생각해야지, 넌 무슨 숙제처럼…….]

"엄마, 나 지금 바빠. 내일부터 출장이거든."

더 이상 참지 못한 지윤이 신경질적으로 말했다. 그러다 순간 아차하며 입을 꾹 다문다. 또 다른 레퍼토리로 잔소리가 이어질 것이 분명했기 때문이다.

[또 출장이니? 뭔 회사가 매일!]

역시나. 멍청했던 자신의 대처를 욕하며 지윤이 손을 다시 움직였다.

"매일 가는 건 아니거든? 하여튼 지금은 바쁘니까 통화는 다음에 하자."

[김지윤, 당장 그 회사 그만둬. 다른 일도 얼마든지 있잖아.]

"내 일을 그렇게 깎아내리지 마셔요, 어머님."

나름 프라이드를 가지고서 하는 일이었다. 여자가 척박한 업계에서 나름 살아남기도 했고. 이 일을 사랑한다고 묻는다면 그렇다, 아니다 라고 명확하게 말할 수는 없었다. 하지만 타인이 제 직업을 무시한다면 꽃다운 이십대 전부를 바쳐 쌓아올린 것들이 모두 허사가 되어버리는 느낌이라 기분이 좋지 않았다.

딸의 기분이 급격히 추락했다는 것을 느낀 정 여사 또한 깨달은 것인지 침묵으로 일관하자, 지윤이 서둘러 잘라 말했다.

"결혼 상대는 내가 찾아볼게. 주위에 남자는 널렸으니까."

물론 대부분 유부남이거나, 얼굴도 제대로 못 보는 회사 동료들뿐이지만.

그 뒤로 정 여사는 식사는 제대로 하고 있냐며 잔소리를 늘어놓았다. 십여 분 정도 더 통화를 하고 나서야 겨우 전화를 끊은 지윤이 휴대전화를 침대 위에 아무렇게나 던져 버린 후 신경질적으로 머리카락을 쓸어 올렸다.

"하아, 정말."

회사에선 일 때문에 치이고, 퇴근 후엔 다른 여러 이유로 시달린다. 진이 잔뜩 빠진 얼굴로 캐리어를 보던 지윤이 희미한 웃음을 머금었다.

"진짜 이렇게 살 줄은 몰랐는데."

서른의 자신은 꽤 가슴 두근두근한 일을 하며 살아갈 줄 알았다. 사랑하는 사람과 연애를 하고 있어서 결혼을 준비하거나 혹은 했을 줄 알았고, 조금은 특별한 인생을 살고 있을 거라 막연하게 생각했다.

"지윤 씨는 첫사랑, 그런 거 있어요?"

민호의 말을 떠올린 지윤이 고개를 절레절레 저었다.

첫사랑? 있고말고.

하성준. 그 이름이 아직도 자연스럽게 떠올랐다. 소녀였던 자신의 가슴에 불을 지른 동갑내기 남자.

그땐 사소한 일에도 가슴이 뛰었다. 그 아이의 무감한 시선이 자신을 향할 때면 뛸 듯이 기쁘기도 했었고, 사소한 대화나 과제를 함께하게 됐을 땐 온몸이 저릿저릿 간질간질하기도 했었다.

"갠 뭐 하고 사려나."

뭐든지 잘하는 아이였으니 자신처럼 한심하게 지내고 있지는 않겠지.

지윤은 풀어놓은 짐들을 보았다. 언제나 반복되는 일상. 어디 한 곳에 안주하지 못하고 둥둥 떠 있는 부표처럼 살고 있지는 않으리라.

지윤이 피식, 바람처럼 웃었다.

홍콩 코엑스 1층.

쭉 도열되어 있는 천막 부스는 보는 것만으로도 기가 눌릴 지경이었다.

세계 각지에서 온 사람들이 부스를 차려놓고서 손님을 기다리고 있다. 다이아몬드는 물론이고 유색 보석도 산더미처럼 쌓아놓고 판매하는 도매상들은 부쩍 관람객이 줄어든 것이 걱정이라는 듯 휙휙 지나가는 사람들을 아쉬운 눈으로 보고 있었다. 개중에선 무료함을 달래기 위해 책을 읽는 사람들도 간혹 보였다.

차례대로 다이아몬드 부스만 옮겨 다니던 지윤은 제일 끝에 설치되어 있는 천막으로 향하던 도중 전화가 울리자 걸음을 멈췄다. 출산휴가를 떠난 김 대리에게서 걸려온 전화였다.

"김 대리님이 어쩐 일이세요?"

지윤이 반가운 어조로 전화를 받았다. 출산 휴가를 떠난 이후로 간혹 연락을 주고받긴 했었으나 최근 산달이 되면서부터는 연락이 뜸해졌던 차였다.

[자기, 지금 어디야? 출장 중이야?]

"네, 이번에 홍콩 쇼 제가 오게 됐어요."

[고생이 많네.]

그 말 하나로 다른 설명은 필요가 없었다. 자신에게 일을 가르쳐 준 것이 김 대리였으니까. 이래서 같은 업계에 있는 사람이 편하다고 무던히 생각하던 지윤은 의외의 말에 콧잔등을 구겼다.

[아니, 한국이면 잠시 보려고 했지.]

몇 주일 뒤면 몸을 풀 사람이 갑자기 왜 만나자고 하는 것인지 의아했지만 지윤은 현재 김 대리가 가장 궁금해할 법한 답을 해 주었다.

"모레 들어가요."

[그럼 다음 주에 볼래?]

"네, 들어가면 연락드릴게요."

[그래, 그럼 연락 줘.]

통화를 끝마친 지윤이 의아한 얼굴로 휴대전화를 보았다. 갑자기 이렇게 연락을 한 이유가 뭘까. 거기에다가 갑자기 얼굴을 보자고 하다니. 의아하긴 했지만 지윤은 가볍게 넘겨 버렸다.

"뭐, 다음 주에 만나보면 알겠지."

지윤이 다시 걸음을 옮겨 부스 안으로 들어갔다.

세계에서 다이아몬드 연마 시장으로는 가장 큰 인도에서 왔다는 남자의 말에 고개를 끄덕인 지윤은 산처럼 쌓여 있는 다이아몬드를 핀셋으로 살살 밀어내며 사이즈별로 분류부터 했다.

대한민국 사람들은 5단위 캐럿의 다이아몬드를 좋아했다. 작아도 0.05캐럿, 0.25캐럿, 조금 크면 0.5캐럿, 1캐럿 다이아몬드. 그걸 시장에선 매직 캐럿이라고 불렀는데 하다못해 0.50캐럿과 0.49캐럿의 가격 차이가 클 정도였다.

사이즈별로 분류한 지윤은 핀셋을 옆으로 기울여 허리 부분을 짚은 뒤 고개를 젖혔다. 형광 불빛을 라이트 삼아 루페로 다이아몬드 안의 내포물을 살핀 지윤이 빠르게 스톤 분류 작업을 하기 시작했다.

컬러는 G 컬러, 매직 캐럿, 브릴리언트 컷.

주얼리 업체에서 요구한 등급을 다시 한 번 머리로 되뇌던 지윤의 눈매가 가늘어졌다.

스톤이 튕겨 나가지 않도록 조심하면서도 빠르게 원하는 물건을 고르기 시작한 지윤은 이백 개가 족히 넘는 다이아몬드를 세세하게 분류하고 나서야 움직임을 멈췄다. 장장 한 시간 동안 허리와 고개만 움직인 지윤은 뻐근한 목덜미를 주물거리며 남자가 내민 종이를 받아 들었다.

회사 주소와 거래 내역을 세세하게 살핀 지윤이 거래를 마친 후 싱긋 웃는다.

「좋은 물건이 많아서 다행이었어요.」

「저도 파리가 날려 죽을 지경이었는데, 감사합니다.」

의례적인 인사 몇 마디를 주고받은 지윤이 밖으로 나오며 휴대전화를 꺼내 들었다. 그리고 이젠 눈 감고도 외우는 정 부장의 휴대전화 뒷자리 번호를 눌렀다. 뚜르르, 뚜르르, 무심하게 흘러가던 통화음이 끊기고 익숙한 목소리가 들려왔다.

[오, 그래. 스톤 상태는 괜찮아?]

"물건 다 확보했어요."

[수고했어. 생각보다 빨리 끝났네?]

"코엑스에 파리 날려요. 덕분에 나야 편했지만."

[그래, 그럼 남은 시간은 관광이나 하라고.]

업무 보고를 마친 지윤이 끊긴 전화를 보았다.

"관광은 무슨."

아직 이른 시간이었지만 지금 당장 호텔로 들어가 푹신한 침대에 몸을 뉘이고 싶었다. 발에 땀이 나도록 돌아다녔으니, 지칠 법도 했다. 그리고 푹 쉬고, 모레 비행기 시간에 맞춰 느지막하게 일어나 샤워를 하고 공항으로 향해야겠다.

뻐근한 목을 이리저리 돌리며 입구로 향한 지윤은 2층으로 올라가는 에스컬레이터를 힐끗 보며 걸음을 옮겼다. 여러 장의 팸플릿 중 코엑스 측에서 제작한 팸플릿을 뽑아 든 지윤의 표정이 진중하게 변했다. 2층에 전시 중인 브랜드 설명이 장황하게 되어 있었다.

지윤은 호텔로 돌아가려던 계획을 바꿔 2층으로 향한다. 팸플릿의 가장 처음에 등장하는 한 브랜드 때문이었다.

트윈(Twin).

1824년 '오로라'라는 브랜드명으로 처음 시작한 트윈은 1891년 공동 창업자 중 한 명인 '바론'이 죽자 남은 창업자 '리코'가 이를 기려 메인 스톤이 두 개인 디자인의 명칭에서 이름을 따와 '트윈'으로 변경했다. 현재는 대한민국은 물론이고 전 세계에서 가장 사랑받는 브랜드가 되어 명품 주얼리 중에선 첫 번째로 손꼽히는 회사가 되었다.

그 외에도 네 발 세팅을 유행시킨 티파니나 한국에서 절대적인 사랑을 받는 불가리 등등 친숙한 브랜드도 있었으니 한번 죽 둘러보는 것도 나쁘지 않을 것 같아 발길은 자연스레 전시회장으로 향했다. 지윤이 탐독하는 수준으로 팸플릿을 읽고 있을 때였다.

탁.

"아."

어깨가 부딪치고, 들고 있던 작은 가방이 바닥에 떨어졌다. 지퍼를 잠가두지 않아 안에 들어 있던 지갑과 감정 도구가 밖으로 쏟아졌다.

「미안합니다.」

자리에 주저앉아 물건을 주워 담던 지윤은 나른한 목소리에 고개를 들었다. 제대로 앞을 보지 않고 걸은 자신의 잘못도 있으니 '괜찮아요' 정도의 답을 하려 했다. 하지만 시선이 참가 스텝이라는 명찰에 적힌 업체명에 닿는 순간 지윤의 입이 꾹 다물렸다.

Twin.

방금 전 가장 호기심을 느꼈던 브랜드의 관계자였다. 지윤의 시선이 조금 더 위로 올라갔다. 그리고 흐트러진 머리카락 때문에 반쯤 가려진 새까만 눈동자를 본 순간 숨이 멎었다.

쿵. 안에서 무언가가 바닥으로 추락한 것만 같았다.

설마. 늘 자신의 머릿속을 맴돌던 아이의 모습이 어렴풋 남아있는 남자의 얼굴을 본 순간 지윤의 눈동자에 혼란스러움이 가득 들어찼다.

"하성준……?"

스스로 그 이름을 꺼내놓고서도 지윤은 긴가민가한 얼굴로 남자의 얼굴을 샅샅이 뜯어보았다.

'설마, 에이 아니겠지. 이런 우연이 가능해?'

볕을 거의 쬐지 않는 생활을 한듯 새하얀 피부는 혈관이 비칠 것처럼 투명했다. 그리고 염색을 한 듯 옅은 갈색의 머리카락은 흐트러져 있다. 잘 정리된 눈썹과 그리고 기다란 속눈썹, 머리카락으로 가려진 검은 눈동자와 오뚝한 콧날 그리고 적당히 도톰한 입술까지.

아무리 뜯어보아도 기억 속에 있는 어린 소년의 모습과 닮아 있는 모습에 지윤의 눈동자에 혼란스러움이 머물 때였다. 무심한 목소리가 들려온 것은.

"김지윤?"

지윤의 입술이 굳게 다물렸다.

맞았다. 십삼 년 전 마지막으로 청한 악수를 받아주지 못해 간혹 아쉬움에 한숨을 쉬게 만들던 그 아이가 확실했다.

어떻게 이렇게 만날 수 있지? 지윤이 혼란스러운 얼굴로 성준을 바라보다 말고 이내 피식 웃어버렸다. 기가 막히다는 듯.

"멋있어졌다, 하성준."

지윤의 말에 보통의 사람이라면 보일 반가움 대신 성준은 사람이 민망해질 정도로 뚫어져라 바라보기만 했다. 날카로운 눈매에 지윤이 어색한 웃음을 지을 때였다.

뒤늦게 고개를 끄덕인 성준이 들고 있던 지갑을 가방 안에 툭 하고 넣어주었다. 그리고 여전히 자리에 쪼그려 앉아 무언가에 홀린 것처럼 시선을 옮기는 지윤에게 손을 내민다.

지윤은 자신의 앞에 불쑥 내밀어진 손을 보다 말고 고개를 들어 그를 살폈다.

어린 나이에 유학을 간 그 아이가 어떻게 지내고 있는지 아는 사람은 없었다. 원래부터가 사교성이 좋지 못했고, 가장 친한 친구라 자부하던 자신에게도 연락 한 통 없었으니까. 그래서 이 아이의 현재 모습을 늘 멋대로 상상하곤 했었다. 공부를 잘 했으니 능력 있는 샐러리맨이나 주위에서 선망하는 직업을 가졌을 거라고. 그에 따라 복장이나 외모 또한 각이 잡힌 슈트 정도로 예상했었다.

하지만 갑작스럽게 나타난 자신의 첫사랑은 예상과는 정반대의 모습을 하고 있었다. 흐트러진 머리카락은 부러 그렇게 한 것처럼 스타일리시했고, 옅은 군청색 트렌치코트와 캐주얼한 바지와 워커는 직장인의 모습과는 거리가 멀어 보였다.

마치 무언가에 홀린 것처럼 성준을 보던 지윤은 자신의 앞에서 흔들리는 커다란 손에 정신을 차린 듯 입술을 깨물었다. 얼빠진 모습을 보여 창피하다는 듯이.

내민 손을 악수하듯 가볍게 붙잡은 지윤은 순간 몸이 훅 하고 허공에 떠오르는 느낌에 눈을 동그랗게 떴다. 가볍게 지윤을 일으켜 세운 성준이 다시 뚫어져라 그녀를 응시했다.

"왜, 왜?"

부담스러운 시선에 지윤이 말을 더듬었다.

'얼굴에 뭐라도 묻었나?'

손을 들어 뺨을 쓰다듬던 지윤은 또다시 시선이 마주치자 어깨를 움찔 떨었다.

원래 이렇게 노골적으로 사람을 보던 아이였던가? 과거 그 어딘가의 기억을 더듬던 지윤은 오감을 자극하는 목소리에 또다시 몸을 떨었다.

"배고프다. 밥 먹을래?"

"어?"

쇳소리가 섞인 목소리에 솜털이 쭈뼛 섰다. 하지만 성준은 다르게 받아들인 모양인지 고저 없이 묻는다.

"왜? 밥 먹었어?"

"아, 아니, 안 먹었는데."

"가자."

말을 마친 성준이 붙잡고 있던 손을 놓았다. 순간 닿아 있던 뜨거운 체온이 사라지자 지윤은 아쉬운 마음으로 손을 보았다.

아쉬워? 도대체 뭐가? 문뜩 깨달은 자신의 감정에 지윤이 무어라 말도 하지 못하고 어버버거릴 때였다. 성준은 답을 듣지도 않은 채 먼저 걸음을 옮겼다. 성큼성큼 길쭉한 다리를 움직여 어느새 에스컬레이터 앞까지 간 그의 뒷모습을 보던 지윤이 멍하니 되물었다.

"뭐, 뭐야?"

'이게 도대체 어떻게 된 일이지?'

거기에 있었는지도 까마득 잊어버렸던 심장이 콩닥콩닥 뛰고 있었다.

'너, 거기 있었니? 그 어떤 일에도 반응이 없어서 소멸한 줄 알았는데.'

실없는 생각을 하던 지윤은 자신에게 쏟아지는 시선을 느끼곤 고개를 들었다. 자리에 멈춰 선 성준이 고개만 돌려 자신을 보고 있었다. 마치 빨리 와, 라고 말하는 듯이.

성준의 모습을 빤히 바라본 지윤이 실없이 되물었다.

"내가 왜 너랑 밥을 먹어야 해?"

초등학생도 아니고. 유치한 질문이었다. 하지만 성준은 타박을 하는 대신 다시 걸음을 옮겨 지윤의 앞에 선다. 고개를 힘껏 들어야 시선을 맞출 수 있을 정도로 성준은 무척 컸다.

도대체 뭘 먹고 이렇게 큰 걸까? 여자치고 큰 편에 속하는 자신과 머리 하나는 차이 나는 그를 바라보던 지윤이 눈만 깜빡였다.

어른이 되어 자신의 앞에 나타난 성준의 모습을 홀린 듯 바라보던 지윤은 느릿하게 달싹이는 입술을 시선으로 쫓았다.

"지금 난 배가 고프고, 오랜만에 만난 너도 반가우니까."

뭐? 벌어진 입에선 목소리가 나오지 않았다.

어떤 반응을 보여야 할지 몰라 입을 떡 벌리는 지윤을 보던 성준이 손을 뻗었다. 그리고 힘없이 툭 떨어져 있던 지윤의 팔목을 감싸 쥐며 말한다.

"두 가지 함께 하는 게 가장 좋잖아?"

씨익.

장난스럽게 웃는 그의 모습에 지윤의 얼굴에 불길이 화악 끼쳤다.

두근두근, 콩닥콩닥

세상을 밝히던 해가 조금씩 기울기 시작하더니, 하늘이 색색으로 물든다.

고개를 젖히고 하늘을 올려다보던 지윤이 눈을 가늘게 떴다. 해는 하늘에 홀로 고고하게 떠 있을 때보다도 질 때 눈이 더 부시다. 마치 마지막 불씨를 다 태워 버리려는 듯이.

낯선 홍콩의 거리를 걸으며 지윤은 부러 하늘을 올려다보았다. 아직도 가슴께가 아플 정도로 심장이 뛰고 있었다.

최근 이렇게 심장이 뛰었던 적이 있었던가? 생각해 보면 단연 없다, 라고 쉽게 답을 내릴 수 있을 정도로 정말 오랜만에 느껴보는 설렘이었다. 그래서 자신이 참 이상하다는 생각을 했다. 하성준을 만난 것만으로도 이렇게 심장이 뛴단 말인가. 입술만 뻐끔거리던 지윤이 시선을 내려 자신의 손목을 붙잡고 있는 커다란 손을 보았다.

거침없이 자신의 손을 잡은 성준은 코엑스 앞에 쭉 대기 중이던 택시에 자신을 밀어 넣고선 침사추이로 가달라고 말했다.

그때 지윤은 성준이 완벽하게 광동어를 구사하는 것에 한 번 놀랐고, 택시에 내린 후 익숙한 듯 길을 찾아가는 모습에 다시 한 번 놀랐다.

그리고…… 택시에 오르기 전에도, 오른 후에도, 그리고 택시에서 내린 지금도 자신의 손목을 놓을 생각이 없어 보이는 손에 다시 한 번 놀랐다.

왜 이러는 걸까. 물어볼 수도 있다. 제 의견을 피력하지 못하는 멍청이는 아니었으니까. 더욱 자신은 여자치고 꽤 솔직한 쪽에 속했다. 원하는 것이 있으면 확실하게 말하고, 불편하고 싫은 게 있으면 망설이지 않고 상대에게 시정을 요구를 하는 쪽.

하지만 어찌 된 일인지 입술은 쉽게 떨어지질 않고, 성준의 넓은 등을 보는 일도 어렵게 느껴졌다. 마치 풋내 나던 어린 소녀가 된 것처럼.

'아, 이런. 타이밍이 너무 안 좋아.'

만약 이틀 전 선 자리에서 '첫사랑'에 대한 언급만 없었다면. 그렇다면 가슴 한편에 잠들어 있던 성준의 존재를 다시 꺼내 본 후 되새김질하지 않았을 것이다. 그렇다면 좀 더 편안한 마음으로 성준을 만났을 것이고, 오랜만에 아주 우연히 만난 친구에게 그러하듯이 마냥 반가워만 했을 것이다.

"후."

자신도 모르게 한숨을 내뱉은 지윤은 제게 닿은 시선에 입술을 깨물었다. 까만 눈동자가 부담스러울 만큼 올곧게 자신을 향해 있었다.

어떤 말을 꺼내면 좋을까? 오랜만에 만난 친구에게 할 법한 그런 말. 지윤은 머릿속을 탈탈 털어 적당한 대화를 찾아냈다.

"어디 가는 거야?"

"한식이 먹고 싶어."

오랜만에 만난 성준은 참 묘한 재주를 가지고 있었다. 사람의 말문을 막는 것. 지금 이 상황과는 참 어울리지 않는 답이었다. 그건 처음에 봤을 때도 그랬다.

원래 이랬나? 이런 아이였나? 지윤이 혼란스러운 눈으로 성준을 보았다. 하지만 그는 아이나 지을 법한 천진난만한 웃음을 지었다.

"왜 그렇게 봐?"

성준의 물음에 지윤은 어색한 웃음을 지으며 솔직히 말했다.

"갑작스러워서."

"뭐가?"

이해하지 못한 듯 고개를 기울이는 성준을 보며, 지윤이 헛숨을 들이마셨다. 주위에 없는 캐릭터이다 보니 어떻게 반응해야 할지 몰라 당황의 연속이었다.

천진난만한 얼굴로 자신을 보는 이 아이에게 제 마음을 어떻게 설명할 수 있을까. 어디서부터 설명을 해야 할지 몰라 생각에 생각을 거듭하던 지윤이 더듬더듬 입술을 달싹였다.

"음, 뭐든 갑작스럽지 않을까? 이렇게 다시 만난 것도. 그리고 말인데…… 손은 좀 놔주면 안 될까?"

"불편해?"

그럼 너 같으면 안 불편하겠니?

지윤이 콧잔등을 찡긋거리자 성준이 손을 놓아주며 두어 걸음 뒤로 물러섰다. 그러더니 입술을 양쪽으로 길게 늘어뜨리며 어색하게 웃는다.

"반가워서, 나도 모르게."

"……."

"나만 반가운 거야?"

성준의 물음에 지윤이 숨을 들이마셨다.

반갑지 않을 리가 없다. 하지만 산뜻한 웃음과 직설적인 감정을 담고 있는 눈빛은 가볍기도 하고 무겁기도 해 지윤은 잠시 답을 하지 못했고, 얼마의 시간이 흐른 후에야 겨우 짧게 자신의 마음을 말할 수 있었다.

"아니, 나도 반가워."

그 사실엔 다른 토를 달수가 없었다. 갑작스러웠고, 놀랐지만 낯선 땅 홍콩에서 운명처럼 그를 만났다는 것은 충분히 가슴 설레고 흥분되는 일이었으니까.

하지만 문제는 그것이 아니었다.

"그래? 그럼 가자. 저기 저 골목 안에 있어."

또다시 지윤의 손목을 덥석 잡은 성준이 그녀의 팔을 이끌며 골목 안으로 들어간다.

그래, 이것이 문제였다. 너무나 변한 첫사랑. 첫사랑은 가벼운 터치를 하는 것에 주저를 하지 않았고, 조금은 제멋대로 굴었다.

그러니까 반갑다고 왜 손목을 잡냐고!

우우웅- 우우우웅-

테이블 한쪽에 놓아둔 휴대전화 진동이 시끄럽게 울렸다. 휴대전화는 성준의 것이었지만 그는 전화를 받는 대신 지윤이 건넨 명함만 뚫어지게 보고 있었다. 그 안에 적힌 내용을 모두 외우겠다는 듯이.

지윤은 조금은 진정된 마음으로 새하얀 얼굴을 보았다. 바깥출입을 거의 하지 않는 듯 하얀 피부는 활동성이 없어 보였다. 성준의 겉모습을 보고서 판단할 수 있는 부분은 딱 이 정도뿐이었다. 실제로 자신이 명함을 건넨 것과는 달리 성준은 '그만뒀어'라는 말로 현재 무슨 일을 하고 있는지 아무것도 가르쳐 주지 않았다.

미간을 좁히며 성준을 보던 지윤이 푹 한숨을 내뱉었다. 그러고 보니 하성준은 뭔가 하나에 빠지면 주위의 그 무엇도 신경 쓰지 않는 아이이긴 했다.

똑똑.

성준의 시선이 닿을 법한 자리를 두드린 지윤은 검은 눈동자가 자신을 향하자 힐끗 그의 휴대전화를 곁눈질하며 물었다.

"전화 안 받아도 돼?"

"아아."

성준이 휴대전화 액정을 힐끗 보더니 이내 고개를 끄덕였다.

"무슨 말할지 뻔하니까."

그렇다고 집요하게 걸려오는 전화를 무시하나? 만약 자신이 전화를 건 상대였다면 다음에 만나는 순간 실컷 욕을 할 것 같았다.

지윤이 미간을 좁히며 휴대전화를 보자 성준은 아예 버튼을 눌러 전화를 꺼버린다. 지윤이 눈을 동그랗게 뜨자 성준은 어깨를 으쓱였다. 마치 '이제 됐지?'라고 말하는 것 같았다.

그때부턴 그의 시선은 명함 대신 지윤의 얼굴로 향했다. 관찰자처럼 집요한 시선에 지윤이 자신도 모르게 손을 들어 뺨을 쓰다듬었다.

성준의 시선은 마치 날카로운 물건 같았다. 따끔따끔, 신경을 찔러 안절부절못하게 만들었다.

"많이 변했네."

"그런가?"

지윤이 떨리는 목소리로 되물었다. 다른 사람들이 보았다면 지금 자신의 모습에 기함을 할 것이다. 행동 하나, 목소리 하나, 어색하지 않은 것이 없었다.

성준과 오랜만에 만나서 그런 것일까? 아니면 그가 첫사랑이었다는 것을 수없이 인지한 후 처음 만나는 것이어서 그런 것일까? 아니, 아니다. 어쩌면 십삼 년 전에 붙잡지 못했던 손을 어른이 된 후에 잡을 수 있게 되어 그런 것일지도 모른다.

그 무엇이 이유가 되었든 간에 지금 자신의 꼴은 두 눈 뜨고 봐주기 힘들 정도였다.

릴렉스 하자고, 김지윤. 첫사랑이란 특별한 포지션에 있는 아이라 하더라도, 친구였고 중학교 동창이었다. 그것도 고등학교까지 같은 곳으로 진학한, 그러니까 좀 더 편하게 반가워하는 것이 좋을 것이다. 주체할 수 없을 만큼 빠르게 뛰는 심장 따윈 사뿐히 무시하고!

성준의 시선이 자신에게 향하는 순간부터 또다시 얼굴이 화끈거리는 것을 느낀 지윤이 깊이 숨을 들이마셨다가 내뱉었다. 그리고 애써 평온을 가장한 모습으로 묻는다.

“어쩌다 트윈에서 일하게 된 거야?”

사실 이것이 가장 궁금했다. 미술 쪽에 재능은 있었지만, 주얼리는 엄연히 다른 분야였다. 그리고 그건 그가 가진 재능 중 하나일 뿐이었고, 주얼리 쪽에서 일을 하리라곤 상상도 해본 적이 없었다.

지윤의 물음에 성준은 앞에 놓여 있는 밥그릇을 옆으로 치우며 턱을 괴었다. 그리고 무감한 시선으로 지윤을 바라보며 오히려 되묻는다.

"왜, 네가 보기에도 어울리지 않아?"

"누가 그런 말을 했어?"

"방금 전까지 끈질기게 전화한 사람이 그런 말을 했었어."

무례한 말을 들었다고 이야기하는 사람치고 성준은 즐거워 보였다. 그런 말 정도로는 자신에겐 아무런 대미지도 주지 못한다는 듯이.

성준의 말에 어떠한 반응을 보여야 할지 몰라 입을 꾹 다문 지윤을 보며 물었다.

"기억나?"

또다시 주어가 빠진 말에 지윤이 멍한 눈을 깜빡이자 성준이 무심한 어조로 말을 덧붙인다.

"고1 때 은 점토 공예했던 거."

"아."

미술 시간에 선생님이 그때 당시에 꽤 고가였던 은 점토를 사오라고 했다. 주제는 자유였고, 꽤 그럴 듯한 작품을 제출하라고 했었다.

"좋았거든. 그 느낌이."

성준이 입술 끝에 미소를 내걸며 말했다. 그 역시 그날의 일을 떠올리고 있는 모양이다.

그러고 보니 그때 성준은 꽤 열을 올리며 과제를 했었다. 성준이 만든 것은 어울리지 않게 한 쌍의 반지였었다. 조각칼로 섬세하게 문양까지 새긴 반지는 반에서 최고점을 받을 만큼 꽤 훌륭했었고, 선생님의 칭찬도 자자했었다.

조각조각 떠오르는 기억에 지윤이 고개를 끄덕였다. 그때 당시 두 사람은 그런 사소한 계기로도 미래에 영향을 받을 만큼 어린 나이였다.

이제야 그가 자신과 같은 주얼리 업계에서 일하고 있었던 것이 이상하지 않게 여겨졌다. 이 역시 하성준답다라는 생각이 들었다.

"넌 회사에 취직할 줄은 몰랐어. 그것도 딜러로."

"원래는 부모님 밑에서 일을 배울까 했었는데……."

"했었는데?"

"아무리 부모님이라도 안 맞는 부분은 있으니까. 그대로 취직했어."

가끔 걸려오는 어머니의 전화로도 머리에 쥐가 날 지경인데, 어떻게 자는 시간 빼놓고 내내 붙어 있겠는가.

지금 생각해 보면 부모님이 금은방을 한다는 이유로 어릴 적부터 그 길로 갈 생각만 했던 자신도 참 순진했었다.

"트윈에서 일하는 거면 미국에 있겠네."

"어."

어린 시절 런던으로 유학을 떠난다는 말을 들었을 때보다 성인이 된 지금 미국과 한국의 거리는 더 가깝게 느껴져야 하는데,

어찌 된 일인지 더 멀게만 느껴졌다. 이젠 비행기 티켓을 구할 수 있는 돈도 있고, 혹 그쪽으로 여행을 갈 계획 정도는 세울 수 있는 나이도 됐다.

하지만 심장은 아무것도 재지 않던 그날로 돌아간 듯한 착각에 빠져 만나자마자 다시 이별을 해야 한다는 아쉬움에 술렁술렁거렸다.

"유학은 어땠어?"

"어땠을 거 같아?"

속을 속속들이 꿰뚫어보듯 날카로운 시선에 지윤의 시선이 비스듬히 아래로 내려갔다. 그런 후 거의 손도 대지 않은 밥그릇을 보았다. 지윤이 어색한 웃음을 지었다.

"미안. 나 잠깐 화장실 좀."

자리에서 일어난 지윤이 도망을 치듯 빠르게 걸음을 옮겨 화장실로 향했다. 그리고 거울 속에 비친 자신의 모습에 얼굴을 찌푸렸다.

"아무것도 안 묻었는데."

옅은 화장이 거의 지워져 있는 얼굴을 보던 지윤이 미간을 찌푸리며 파우치를 열었다. 몇 안 되는 색조 화장품이 굴러다니는 파우치 안을 보던 지윤은 파우더를 꺼내다 말고 움직임을 멈췄다.

겉면에 흠집이 많은 파우더를 내려다보던 지윤이 피식 웃었다. 이 파우더를 구입한 게 1년 전이었다. 그런데도 다 쓰지 못한 것은 평소 예의를 차리는 수준만큼만 화장을 하고 다녔기 때문이다.

그런데 하성준을 만났다는 이유로 새삼 화장 상태에 대해 신경을 쓰다니. 이건 또 무슨 오버란 말인가. 밖에 있는 남자는 떡 줄 생각도 하지 않는데 자신만 들떠 있는 모습이 꼴불견처럼 느껴졌다.

손만 씻고 밖으로 나온 지윤은 화장실 문을 나서자마자 꽂히는 집요한 시선을 애써 무시하며 자리에 앉았다.

"미안."

짧게 사과를 한 지윤은 아니라는 듯 고개를 저은 후 입술을 비틀어 웃는 성준을 보았다. 계속되는 그의 집요한 시선에 참다못한 지윤이 어색한 웃음을 지으며 물었다.

"그런데 아까부터 물어보고 싶은 말이 있었는데."

"뭔데?"

"내 얼굴에 뭐 묻었어? 뭘 그렇게 뚫어져라 쳐다봐, 사람 민망하게."

지윤이 손을 들어 뺨을 쓰다듬었다. 손바닥에 화끈거리는 피부가 닿았다. 성준의 눈초리에 심장은 점점 거세게 뛰고, 마음은 안정이 되지 않는다.

지윤은 척 보아도 어쩔 줄 몰라 하고 있었다. 어떤 행동을 취해야 하는지 몰라 안절부절못하는 게 빤히 보였음에도 성준은 무감한 눈으로 지윤을 바라보고만 있었다.

그 시선에 숨이 턱, 하고 막혔다. 숨이 허덕허덕 흘러나올 것 같아 지윤이 자신도 모르게 손을 들어 입을 꾹 틀어막았다. 그제야 성준이 무감하게 굳어 있던 입가에 부드러운 웃음을 내걸며 잘라 말한다.

"보고 싶으니까."

지윤의 고개가 위로 확 들렸다. 그리고 마주한 시선에 눈을 크게 뜬다.

"보고 싶으니까 보는 거야. 아무것도 안 묻었어."

숨을 한껏 들이마신 지윤은 내뱉는 걸 잊은 모양인지 그대로 얼어붙어 버렸다. 하지만 성준의 말은 거기서 끊기지 않고 계속 이어졌다.

"유학이 즐거웠냐고 물었지?"

미처 다 묻지 못하고 잘라낸 말을 기억해 낸 성준이 손을 뻗어 테이블 위에 올려져 있던 지윤의 손등 위에 제 손을 겹친다. 지윤의 어깨가 움츠러든다. 갑작스러운 터치도 놀랐지만, 그보다 더 놀란 것은 손목 안 맥박이 뛰는 자리를 은밀하게 쓰다듬는 손길 때문이었다.

손길의 체온은 낮았다. 아니, 어쩜 흥분해 자신의 체온이 지나치게 높아진 것일지도 모른다.

"재미없었어. 한국에선 꽤 많은 것들이 즐거웠는데 왜 여기선 아닐까, 생각했거든. 그리고 후회했지."

이명처럼 멀게 느껴졌던 목소리가 어느 순간 명확하게 뇌리에

박혔다.

무엇을 후회했다는 것일까? 고민은 길지 않았다. 그가 곧 명확한 답을 주었으니까.

"네 연락처를 받아오지 않은걸. 메일 주소라도 물어볼 것을."

"……."

"그래서 갑자기 나타난 네 존재가 무척 반가워. 내 인생에 있어 가장 서프라이즈한 이벤트 같아."

어른이 되면 겁쟁이가 되고 만다. 상대에게 거부를 당할까 봐, 상대가 자신을 얕잡아 볼까 봐.

하지만 성준은 그러한 상황을 고민하지 않아도 될 인생을 산 것인지 지나치게 솔직하게 자신의 마음을 표현하고 있었다.

지윤이 흔들리는 눈망울로 바라보자 성준은 엄지손가락으로 손목 안을 쓰다듬은 후 맥이 팔딱팔딱 뛰는 곳을 어루만지며 물었다.

"내일은 힘들고, 모레 뭐 해?"

멍하니 되물은 지윤이 곧 얼떨떨한 목소리로 말을 이었다.

"별다른 일 없는데? 아마 호텔에 있을 거야."

"출국은?"

"모레 저녁 7시."

"이런, 아쉽네."

짧게 잘라 말한 성준이 진심이라는 듯 고개를 절레절레 저었다. 그런 뒤 지윤의 마음을 모두 알고 있다는 듯, 아니, 거절의 말을 듣지 않을 것을 확신한 듯 말한다.

"그럼 오늘은 나랑 있자."

"……어?"

"내일, 모레는 시간이 없거든. 일 때문에 온 거라."

"아아."

고개를 끄덕인 지윤이 시선을 내렸다.

내일과 모레엔 만날 시간이 없으니 오늘 되도록 오랫동안 함께 있자는 말이었다. 하지만 지윤에게 있어서 그 말은 은밀한 밀어처럼 들려와 정신을 차릴 수가 없었다.

심장 한 귀퉁이가 떨어져 나간 기분이 들었다. 지끈지끈 아프다. 하지만 성준은 거기서 말을 멈추지 않는다. 아니, 오히려 더 지윤의 마음을 뒤흔들 본심을 꺼내놓는다.

"같이 있자."

덜컹. 또다시 안에 있던 무언가가 바닥으로 추락했다. 손을 들어 가슴께를 꾹 누른 지윤이 미간을 좁혔다.

아, 심장에 나쁘다. 하성준은 심장에 나빠.

성준이 차게 식은 음식을 눈으로 훑었다. 반찬은 물론이고 찌개에도 거의 손을 대지 않아 애초에 담겨 나온 모양 그대로 있는 것들도 있었다. 하지만 성준은 더 이상 음식에 미련이 없다는 듯 자리에서 일어나 지윤에게 손을 내밀었다.

"가자."

거침없이 내밀어진 손을 한참 바라보던 지윤이 시선을 들어 성준의 얼굴을 보았다. 그리고 성준이 그랬던 것처럼 찬찬히 얼굴을 살핀 후 문뜩 무언가를 깨달은 듯 얼굴을 일그러뜨렸다.

입술을 꼭 깨물고서 웃음을 참던 지윤이 이내 웃음을 와르륵 쏟아냈다. 눈가에 눈물까지 찔끔 고일 정도로 박장대소를 터뜨리는 지윤은 주위의 사람들이 자신을 어떻게 보는지 모른 채 한참이나 더 웃고 나서야 아픈 배를 부여잡았다. 그리고 여전히 허공에 떠 있는 성준의 손을 바라보며 물었다.

"너 그거 무슨 뜻으로 이야기 한 거야? 같이 있자는 거."

"말 그대로."

자신이 예상한 것이 맞았나 보다. 하성준은 그냥 오랜만에 만난 자신이 정말 반가웠던 것이다. 오랫동안 떨어져 있으면서 변한 자신의 모습을 신기해하며 지난 시간을 어떻게 보냈는지 궁금해 함께 대화를 나누고 시간을 보내고 싶었던 것뿐이었다.

난 그런 줄도 모르고. 이래서 첫사랑은 그때의 기억으로만 내버려 둘 뿐, 시간이 흐른 후에 만나는 건 안 좋다고들 하는 모양이다.

지윤은 성준을 과묵하고, 총명한 모습으로 기억하고 있었다. 자신이 기억하는 것과는 정반대의 모습으로 나타난 첫사랑은 놀라움의 연속이었다. 이젠 그가 어떻게 변했는지 서서히 감을 잡기 시작했지만.

"너 진짜 재미있게 변했구나?"

지윤이 무슨 말을 하는지 모르겠다는 듯 성준의 고개가 옆으로 기울었다. 지윤이 성준의 말을 곧바로 알아듣지 못하는 것처럼 그 또한 그랬다. 대화의 핀트가 묘하게 어긋나 있으니까. 하지만 지윤은 그것조차도 즐겁다는 듯 웃음기가 가득한 목소리로 말했다.

"사람 착각하게 하지 마. 나 진짜 당황했잖아."

"뭘?"

"그런 뜻인 줄 알고……."

"그런 뜻이 어떤 뜻인데?"

"이봐, 하성준."

지윤이 성준의 손을 잡고 자리에서 일어나며 말했다.

"남자가, 그것도 예전엔 친구였다고 하더라도 오랜만에 만난 사람이 그런 소리를 하면 백이면 백, 여자는 다 오해한다고. 아주 은밀한 대화로."

"은밀한 대화?"

평소의 페이스를 찾은 지윤이 평온한 목소리로 말을 이었다.

"그래. 나 너한테 관심이 있다. 그래서 다시 예전처럼 자주 보고 싶다. 만나고 싶다. 겉으론 그렇게 말하는 것 같지만, 속마음은……."

미처 말을 끝내지 못한 지윤이 입술을 굳게 다물었다. 그리고 하얗게 질린 자신의 손을 내려다본다.

힘주어 손을 빼려고 해도 성준은 놓아주지 않았다. 오히려 더욱 힘을 주어 빠져나가지 못하도록 만든 다음 깍지를 낀다.

"유혹하는 거다? 침실로 끌어들이고 싶다, 뭐 그런 거 말이지?"

지윤이 서른의 여자가 된 것처럼 성준 또한 서른의 남자가 되었다. 성준은 지윤이 하고자 하는 말의 본위를 명확히 알아차리곤 말했다.

와, 어쩜. 허를 찔렸다. 자신은 빙빙 돌려 하던 말을 정확히 말한 성준은 거기서 끝이 아니라는 듯 손에 힘을 풀며 말을 잇는다.

"지금 당장은 파렴치한 같아서 나도 싫지만."

지윤의 눈동자에 혼란스러움이 비쳤다. 성준이 말을 하면 할수록, 그 혼란스러움은 커져 갔다.

"그런 생각을 전혀 안 한 건 아니야. 엄청난 우연이라고 생각해. 그래서 가슴이 뛰어. 내가 지금 무슨 말 하는지 알겠어?"

이렇게까지 명확하게 말하는데 모를 리가 없다. 하지만 지윤은 아무런 말도 하지 않았다. 아무런 행동도 하지 않았고, 오롯이 그의 눈동자에 비친 제 모습만 보았다.

"허락한다면 기꺼이 응하겠다는 말이야."

덜컹. 또다시 심장이 아래로 떨어졌다.

"거절한다면?"

지윤이 무심함을 가장한 목소리로 물었다. 아마 성준은 이런 제안을 했을 때 한 번도 거절의 말을 들어보지 못했을 것이다. 외모는 물론이고, 트윈 정도면 아주 번듯한 직장을 가진 것이니까. 이런 남자와 가벼운 만남을 거절하는 여자는 세상에 그리 많지 않을 거다.

자신 역시 성준이 '첫사랑'만 아니었다면, 과거에 함께 학창 시절을 보낸 '친구'만 아니었다면 가볍게 그 제안을 받아들였을지도 모른다. 하지만 그가 자신의 마음 안에서 자리한 포지션이 나빴다. 영원히 순진했던 그 소년으로 남았으면 했다.

"어쩔 수 없지. 그런 마음이 들도록 만들 수밖에."

부드럽게 웃음을 짓는 그의 모습에 지윤 역시 기운이 빠진다는 듯 웃어버렸다. 좀 더 치근덕거리기나 하던가. 그런 것도 아니면서 괜히 그런 제안을 한 것이 원망스러워지기까지 했다.

"그럼 좀 걸을까?"

성준이 가볍게 지윤의 손을 잡은 후 자신의 외투 주머니 안에 넣는다.

성준의 힘에 이끌려 한 걸음 뒤에서 따라가던 지윤이 터덜터덜 걸음을 옮겼다. 지금 당장 손을 뿌리쳐야 할까? 아니면 조금 더 가벼운 마음으로 아무렇지 않게 굴어야 하는 것일까.

마음은 명확하게 정해지지 않았고, 지윤은 성준이 이끄는 대로 걸음만 옮겼다. 그러다 고개를 들어 저 멀리 보이는 침사추이의 아름다운 야경을 봤다.

인간이 만들어낸 아름다운 빛은 마음을 들뜨게 만들기 충분했지만, 어찌 된 일인지 지금 당장 호텔로 들어가 따뜻한 물에 몸을 푹 담그고 싶어졌다.

피곤했다. 다이내믹한 하루였으니까. 그것도 계획에도 없던 일.

지윤이 성준의 넓은 등을 보며 무심한 목소리로 읊조렸다.

“손은 왜 계속 잡는 거야?”

“만지고 싶은데, 그건 싫어할 것 같아서.”

“너 진짜…….”

지윤이 입을 꾹 다물었다. 좀 더 말을 고르는 게 좋을 것 같아서. 그리고 적당한 말을 찾은 것인지 콧잔등을 찡긋거리며 말을 이었다.

“바람둥이 같아.”

성준이 눈을 커다랗게 떴다. 그런 말은 처음 듣는다는 듯이. 그러더니 곧 개구쟁이처럼 웃으며 말했다.

“트윈엔 재미있는 소문이 하나 돌아.”

“그게 뭔데?”

“존과 성준은 연인이다. 존은 나와 함께 일을 하는 사람이야. 남자고.”

“너…….”

“세상의 반이 여잔데 굳이 남자까지 범위를 넓힐 필요는 없지.”

기가 차다는 듯 헛웃음을 내뱉은 지윤이 고개를 절레절레 저었다. 그리고 한 걸음 앞으로 옮겨 살짝살짝 어깨를 부딪치며 걸었다.

"거칠 것이 없구나? 부럽다."

"으음?"

"말 한마디, 행동 하나, 다 부러워. 그렇게 말하고 행동할 수 있는 네가."

자존감이 높고, 자신감이 넘치기에 이렇게 행동할 수 있는 것이리라. 갑자기 많은 것들에 치여 사는 자신의 처지가 한심하게 느껴졌다.

"좀 지쳐 있었거든. 일이든 뭐든."

매일 야근과 출장을 반복하는 일도, 결혼을 하라며 잔소리를 늘어놓는 어머니도, 그리고 이런 상황에 놓인 자신도 한심하고 피곤했다.

야경을 바라보는 우울한 눈동자에 성준이 그녀의 시선이 닿아 있는 그 어딘가를 바라보았다. 검은 눈동자에 빛이 가득 스며든다.

"홍콩엔 출장을 몇 번이나 왔는데, 밖을 돌아다닌 적이 없었어. 이렇게 야경을 본 것도 처음이야."

"미 투."

"뉴욕에서도 마찬가지야. 난 그곳에서 아무것도 하지 않았어. 아니, 못 했어. 사생활을 가질 만큼 마음이 여유로운 생활을 한 게 아니거든."

지금 날 위로하는 건가? 지윤이 가만히 성준의 얼굴을 올려다보았다.

지윤의 시선에 성준이 걸음을 멈췄다. 한참 지윤만 보던 그가 입가를 부드럽게 휘어 미소 짓는다.

"그런 눈으로 보지 마. 키스하고 싶어지잖아."

성준의 말에 그제야 정신을 차린 듯 지윤이 시선을 휙 돌려 정면을 보았다. 눈동자에 비친 제 진심을 들키고 싶지 않아서.

"어우. 그만해, 하성준. 내 환상을 더 이상 깨지 말라고."

투덜투덜, 지윤이 자신의 진심을 숨기며 장난스럽게 말했다. 하지만 미처 가리지 못한 붉어진 귀를 본 성준의 눈은 호를 그리며 예쁘게 휘었다.

"왜? 어떤 환상을 가지고 있었는데?"

"이제 와서 말하는 것도 웃기지만 넌 내가 아주 철없던 시절에 처음으로 좋아한 사람이거든. 그러니까 내 환상을 더 이상……."

어색함을 떨쳐 내기 위해 쉴 새 없이 조잘거리는 입술을 바라보던 성준이 붙잡고 있던 손을 자신의 쪽으로 힘껏 잡아당겼다.

여체가 힘없이 커다란 품으로 빨려 들어가듯 폭 안기자, 지윤의 눈이 커다랗게 떠졌다. 기다란 속눈썹을 깜빡이며 갑작스러운 상황을 이해하기 위해 애를 쓰던 지윤은 멈추고 있던 숨을 내뱉었다. 그리고 호흡을 타고 확 끼치는 남성용 향수 냄새에 얼굴을 붉혔다.

이제야 이 상황이 받아들여졌다. 자신은 하성준의 품에 안겨 있었고, 귓가에선 그의 숨소리가 들려왔다. 오소소, 몸에 솜털이 모두 바짝 일어섰고, 다리가 부들부들 떨렸다.

"그렇게 보지 말라고 했지?"

나지막하게 속삭이는 목소리에 지윤이 숨을 크게 들이마셨다. 그러다 이내 이런 행동은 이 상황에서 썩 좋지 않은 것이라 깨닫는다. 그의 존재가 더욱 명확하게 느껴졌으니까.

지윤이 어쩔 줄 몰라 눈을 이리저리 굴렸다. 등을 감싸듯 펼쳐져 있는 커다란 손바닥에 제 심장박동이 닿는 것은 아닐까, 걱정이 될 지경이었다.

"거칠 것 없는 게 부럽다며."

웃음기 섞인 목소리에 발가락이 오그라들었다.

아아, 어떻게 해. 아랫배가 간질간질한 것이 당장 그에게 자신의 호텔방 키를 건네도 이상하지 않을 상황이 되었다.

"더 마음껏 부러워해."

매력적인 목소리에 지윤이 눈을 질끈 감았다.

참자, 김지윤. 어차피 이 앤 또 뉴욕으로 돌아가야 하잖아? 뒷감당을 어떻게 하려고 해.

이곳이 서울이면 얼마나 좋을까. 그렇다면 오늘의 '우연'이 '운명'이라고 믿을 수 있을 텐데. 성준의 등 뒤로 비치는 가로등 불빛도, 그 운명을 아름답게 만들기 위한 로맨틱한 연출이라고 기꺼이 믿었을 것이다. '다음'이 있는 만남이었다면.

*

우우웅-

두꺼운 암막 커튼으로 빛을 모두 가려놓아 어두컴컴한 호텔 룸 안. 새근새근, 일정한 숨소리와 함께 언제부터 울렸는지 모를 진동 소리가 하모니처럼 뒤섞였다.

우우우웅-

전화는 어제와 마찬가지로 끈질기게 울려댔다. 일정한 패턴을 가지고 산다기보다 양껏 자고 난 후에야 일어나는 성준을 깨우기에 충분할 정도로.

"으음."

반쯤 눈을 감은 채 고개를 든 성준이 옆을 더듬어 휴대전화를 집었다.

〈John〉

액정에 뜬 이름을 보던 성준이 미간을 좁혔다. 자신의 잠을 깨운 것이 무척 마음에 들지 않는다는 듯이. 그러다 곧 상단에 뜬 문자 표시에 눈을 크게 떴다.

과감하게 통화 종료 버튼을 누른 성준이 문자함을 열었다. 그리고 어젯밤에 도착한 지윤의 문자를 읽고서 입술을 크게 늘어뜨리며 웃는다.

〈나도 즐거웠어. 다음에 또 보자.〉

우우웅- 우우우웅-

까무룩 잠든 사이에 도착한 문자에 답장을 보내려던 성준은 또다시 걸려온 존의 전화에 통화 버튼을 눌렀다.

[왜 이렇게 전화를 안 받아!]

벼락같은 음성엔 짜증이 잔뜩 서려 있었다. 하지만 상대의 기분이 어떻든 간에 성준은 날아갈 듯 가벼운 마음으로 말했다.

「나 누굴 만났는지 알아?」

[그걸 내가 어떻게 알아! 그나저나 출장은 어떻게…….]

「첫사랑.」

[……뭐?]

한 템포 늦게 들려온 답에 성준의 눈동자에 즐거움이 서렸다.

「첫사랑을 만났어. 아주 우연히.」

[뭐, 지금 뭐라는 거야?]

「많이 변했더라. 여전히 예쁘긴 하지만.」

성준이 트윈의 수석 디자이너라는 것을 알게 된 직원들이 몰려 닥쳐 도망치듯 부스를 벗어나던 찰나였다. 조금만 빨랐어도 마주치지 못했을 정도로 아주 극적인 만남에 그의 마음은 한없이 들떴다. 그리고 이를 그는 모두 표현했다.

반가워. 보고 싶었어.

지운이 어떻게 받아들였던 간에 머릿속에 필터링 하나는 빼놓고 사는 성준은 자신의 마음을 기꺼이 표했고, 자신이 상상하던 여성이 되어 나타난 그녀를 품에 안았다.

말랑말랑했지. 따뜻하기도 했어. 좋은 냄새도 났고. 지난 기억에 성준이 히죽히죽 웃었다.

「긴장해서 흠칫흠칫 떠는 것도 귀여웠…….」

[오늘따라 말이 많다?]

존이 떠껍다는 듯 말했다. 평소 답답할 정도로 말수가 적은 그가 어쩐 일인지 조잘조잘 이야기를 늘어놓는 것이 감당이 되지 않는다는 듯이. 아마 어젯밤, 지윤과 함께 있는 그를 보았으면 기함을 했을 것이다. 일년여 동안 할 말을 어제 하루에 모두 몰아서 했을 정도였으니까.

「흥분했거든, 지금.」

말문이 막힌 듯 수화기 너머로 아무런 말도 들려오지 않았다. 그러다 얼마의 시간이 흘러 한숨 섞인 말이 들려왔다.

[그나저나 준과 여자라. 어울리지 않는데.]

「나보고 바람둥이 같다고 해서 솔직히 말했어. 트윈에서 난 존이라는 사내와 연인이라는 소문이 났다고.」

[……준!]

「왜?」

[아니, 아니다. 어디서부터 지적을 해줘야 할지 몰라서 말하는 것도 귀찮아. 그나저나 당신 지금 호텔이지?]

「물론. 방금 존이 날 깨웠지.」

[당신이 오랜만에 첫사랑을 만났든, 그 첫사랑이 귀여워 견디

지 못하겠든, 난 크게 상관없어. 하지만 아침부터 있는 프로모션에 당신이 늦는 건 이야기가 다르거든?]

존의 목소리가 갈수록 딱딱하게 변했다. 따박따박 쏘아붙이듯 하는 말에 성준이 눈살을 찌푸리며 말한다.

「이제 보니, 야박하네.」

[뭐?]

「처음으로 사생활을 상담하는 건데. 너무하다는 생각은 안 해?」

수화기 너머로 옅은 한숨이 흘러나왔다. 하지만 성준은 진심으로 섭섭하다는 듯 입을 굳게 다물 뿐이었다.

얼마의 침묵이 흘렀을까.

[준, 당신 오늘 지나치게 말이 많아. 그래서 난 지금 무척 놀랍고 짜증스러워.]

「나도 네가 기뻐해 주지 않아서 무척 놀랍고 짜증스러워.」

[……준, 지금 당장 씻어. 그리고 늦지 않게 프로모션장으로 가. 안 그러면 회사에 당신이 트윈에 남을 수 있도록 내가 설득해 보겠다고 할 테니까.]

「그걸 지금 협박이라고 하는 건가?」

[그래. 그렇다면 상부에선 어떻게든 당신의 퇴사를 늦추려고 노력할 테고, 그 시간만큼 당신이 그 귀여운 첫사랑을 만나는 일도 늦어질 테니까.]

존이 거기까지 이야기하자 충분한 협박이 된 듯 처음으로 성준의 입술이 굳게 다물렸다. 존은 한다면 하는 사람이었고, 그건 삼 년 동안 익히 봐왔다.

성준이 미간을 좁히며 아무런 답도 하지 않자 수화기 너머로 다시 한 번 벼락같은 음성이 들려온다.

[당장 씻어!]

right now!

*

원래라면 하루 종일 호텔에서 푹 쉴 생각이었다. 최고급 호텔은 아니었지만 쾌적한 공간에서 여유롭게 늦잠을 자고 아무것도 하는 일 없이 빈둥거리는 게 지윤에겐 최고의 휴식이었다.

하지만 지윤은 잠시도 가만히 있을 수 없어 아침 일찍 자리에서 일어나 호텔을 나섰다. 후덥지근한 날씨에 욕지거리가 나올 것 같았지만 쇼핑몰을 돌아다니며 괜히 자신에게 주는 선물이라며 편안한 신발을 샀고, 세계적으로 유명한 화장품 브랜드에선 지나치게 붉은 립스틱도 하나 구입했다.

하지만 헛헛한 마음은 채워지지 않았다. 그건 물건으로 채울 수 있는 빈 공간이 아니었다.

지윤이 커다란 가방에서 휴대전화를 꺼내 보았다. 당연할지도 모르겠지만 성준에게선 연락 한 통 없었다.

어젯밤 두 사람은 한동안 홍콩의 거리를 걸었다. 그러다 우연히 불꽃을 발견했을 땐 걸음을 멈춰 말없이 바라보았고, 밤이 늦은 시각에 커피를 한 잔 사 마시기도 했다.

다른 남자였다면 '참 재미없다'라고 느꼈을 시간이었다. 하지만 아니었다. 곁에 누가 서 있냐에 따라 루즈한 시간도 즐겁게 느껴진다는 것을 깨달은 지윤은 호텔 앞에 도착했을 때 아쉬운 마음이 그득한 얼굴로 그를 보았다.

성준은 결국 호텔 앞까지 데려다준 후에 훌쩍 떠났다. 자신의 예상대로 '다음'을 기약하지 않고서.

〈호텔이야. 즐거웠어.〉

처음이자 마지막으로 도착한 문자는 심플했다. 명함은 없다고 직접 번호를 입력해 줬을 때처럼.

"나 참."

지윤은 이 감정을 무어라 설명해야 할지 몰라 미간을 좁혔다. 우연이 계속되지 않을 거란 생각에 안절부절못하기도 했고, 자신과는 달리 무심한 그의 반응에 간혹 짜증이 나기도 했다.

'김지윤, 뭘 기대하는 거야? 그냥 우연히 만났을 뿐이고 이제 각자 제 갈 길 가면 되는 거야. 그걸 반증하듯 이 남자는 답장도 보내지 않잖아!'

오랜만에 느껴보는 설렘은 기쁨보다는 짜증을 주었다. 그래서일까. 지윤은 조금은 신경질적으로 휴대전화를 가방에 넣은 후 붉은 립스틱을 발랐다.

"쥐 잡아 먹은 것 같네."

붉은색 립스틱은 자신과 참 어울리지 않았다. 거울 속에서 창백한 피부의 여자가 쥐 잡아 먹은 것처럼 빨건 입술로 웅얼거리자 지윤은 티슈를 뽑아 거칠게 립스틱을 닦아냈다. 작은 일탈처럼 립스틱을 구입했으나 아무래도 돈만 버린 것 같았다.

쇼핑몰을 나선 지윤은 어둠이 깔리자 트램을 타기 위해 버스에 올랐다. 홍콩에 오면 다들 한 번쯤은 가봐야 한다는 빅토리아 피크로 향하기 위해서였다.

다양한 간판들이 걸려 있는 야시장 골목을 지나 빠르게 변하는 창밖을 바라보던 지윤의 입가에 느른한 미소를 걸렸다.

'그래, 가끔은 이런 것도 좋잖아?'

항상 출장지에 갈 때마다 일이 끝나면 씻고 자기 바빴던 것과 비교해 보면 이런 여유도 괜찮은 것 같았다. 적어도 일에 치여 사느라 자신이 어떠한 생각을 가지고, 어떠한 시간들을 보내는지도 모르는 채 인생을 낭비하는 건 아니니까.

빅토리아 피크에 갔다가 야시장도 들러볼까 고민하던 지윤은 문득 느껴지는 진동에 가방 안으로 손을 밀어 넣었다. 느낌대로 전화가 울리고 있었다.

"응?"

휴대전화 액정을 본 지윤이 미간을 좁혔다. 전화는 방금 전까지만 해도 제 갈 길 가야 한다고 자신을 타이르게 만들었던 남자에게서 걸려온 것이었다.

받을까, 말까, 고민할 것도 없이 지윤은 통화 버튼을 눌렀다. 그리고 인사 대신 본론부터 꺼내는 말에 자신도 모르게 멍하니 답한다.

[어디야?]

"……뭐? 지금 나 버스 안인데?"

[어디 가는 버스?]

"빅토리아 피크."

지윤의 답에 성준은 '아, 여기서 가깝네'라고 했다. 지윤이 어디냐고 묻기도 전에 성준은 이번에도 그녀의 마음을 흔드는 말을 한다.

[도망쳤어. 네가 보고 싶어서.]

'도망쳐? 그러니까 할 일도 안 하고 튀었다고?'

지윤의 눈이 커다랗게 떠졌다.

[분수대 앞에서 만나자.]

성준은 가타부타 답도 듣지 않은 채 전화를 뚝 끊었다.

"분명 하성준인데……."

왜 이렇게 낯선 느낌일까? 휴대전화를 가만히 바라보던 지윤이 고개를 절레절레 저었다.

"지나치게 솔직하다고."

그리고 미친 듯이 뛰는 제 심장도 그에 못지않게 솔직하다.

고개만 돌려 다시 창밖을 본 지윤이 손으로 얼굴을 가렸다. 차

창에 비친 지윤의 얼굴이 타오를 것처럼 붉어져 있었다.

버스에서 내린 지윤은 그와 약속한 장소로 가기 위해 길을 올랐다. 빅토리아 피크는 홍콩의 야경을 즐기기엔 더할 나위 없이 좋은 곳이다 보니 조금은 이른 시간이었지만 엄청난 인파가 모여 있었다.

사람들을 헤치고 분수대로 겨우겨우 걸음을 옮긴 지윤이 당황한 듯 주위를 둘러보았다. 사람이 너무 많아 바로 곁에 있어도 성준을 발견하기 힘들 것 같았다.

지금이라도 전화를 해서 약속 장소를 변경하는 게 좋지 않을까, 지윤이 고민할 때였다. 갑작스레 타인의 손이 제 손을 감싸 쥐었다. 고개를 팩 돌린 지윤은 어느새 자신의 곁에 서 있는 성준을 보며 눈을 동그랗게 떴다.

"이리 와."

"……하성준?"

"부탁해서 티켓 받았어."

깍지를 낀 성준이 예약 줄이 아닌 곧장 트램을 타는 곳으로 지윤을 이끌었다.

"정말 도망친 거야?"

성준에게 이끌려 가던 지윤이 물었다. 오늘 시간을 비울 수 없다고 해서 어제 오랜 시간 발이 아프도록 함께 걸었던 거니까.

그러자 성준은 기다랗게 늘어선 줄 제일 뒤에 서며 답했다.

"처음부터 하고 싶지 않은 일이었어."

"……하기 싫다고 안 해? 일이잖아."

지윤이 이해할 수 없다는 듯 성준을 바라보자 그 역시 눈을 동그랗게 뜨며 물었다.

"하기 싫은 일을 하면서 인생을 허비하고 싶진 않거든. 짧잖아."

그 짧은 시간을 어떻게 하기 싫은 일에 소비하냐는 말에 지윤의 입에서 피식 웃음이 터졌다.

"그 말이 맞네."

다들 그 사실을 알면서도 실천을 하지 못하고 살 뿐이다. 세상엔 '어쩔 수 없는 일'이 참 많으니까.

긴 줄은 생각보다 일찍 빠졌다. 줄을 선 지 십오분도 되지 않아 트램에 오른 두 사람은 뒤에서 밀치는 사람들 때문에 구석까지 밀려났다. 유리벽을 등진 채 지윤은 성준의 품 안에 갇힌 상태가 되자 시선을 어디에 둬야 할지 몰라 눈동자를 요리조리 굴렸다.

성준의 호흡이 느껴질 만큼 가까운 거리였다. 마치 연애 한번 제대로 해보지 못한 어린 아가씨처럼 당황하던 지윤은 적당한 대화 주제를 꺼내야겠다는 강박관념에 시답잖은 이야기를 꺼냈다.

"넌 언제 미국으로……."

그의 출국 일을 지윤이 알 필요 없었다. 어차피 자신이 한국으로 돌아간 뒤에 출국한다는 걸 알고 있었으니까. 하지만 지윤은 무의미한 질문을 끝내기도 전에 입을 꾹 다물었다. 몸이 흔들려

넘어질 뻔했기 때문이다.

"아."

지윤이 입을 벌리며 작게 신음을 뱉었다. 성준이 허리를 붙잡아준 덕에 넘어지지 않을 수 있었으나 그의 손길이 넘어지는 것보다 더한 충격으로 다가왔다.

"조심해."

내리깐 시선으로 하는 말에 지윤은 시선을 피했다.

"아, 고마워."

십오분 정도 올라간 후에 트램에서 내린 두 사람은 야경이 잘 보이는 곳으로 걸음을 옮겼다. 어디를 가든 관광객들이 사진을 찍고 있어 무작정 걸음을 옮긴 지윤은 아직 완전히 해가지지 않아 불이 덜 켜진 건물이 잘 보이는 곳에 걸음을 멈췄다.

"와, 영화에서 본 거다."

지윤이 건물 하나를 가리키며 말하자 성준은 어깨를 으쓱였다. 그러자 지윤은 괜스레 어색해하며 말없이 건물만 바라보았다.

여기까지 함께 오긴 했으나 어떤 말을 해야 할지, 어떻게 행동을 해야 할지 몰라 몸을 뻣뻣하게 굳히고 있을 때였다. 한 걸음 떨어져 있던 성준이 지윤에게 다가왔고, 곧장 기다란 팔을 그녀의 어깨에 두른다.

"이건 또 무슨 수작이야?"

지윤의 물음에 성준은 뭘 그리 당연한 질문을 하냐는 듯 뻔뻔한 표정으로 답했다.

“다들 이러고 있잖아. 뒤쳐질 수야 없지.”

주위를 둘러보자 무슨 운명의 장난인지 연인으로 보이는 관광객들이 대부분이었다. 그들은 애정 표현을 하는 것에 거리낌이 없었고, 곧 사진에서나 보았던 야경을 볼 기대감에 부풀어 있었다.

바로 옆에 있는 금발의 외국인 커플이 입을 맞추는 것을 본 지윤이 고개를 홱 돌렸다. 과한 애정 표현에 괜스레 부끄러워질 무렵, 성준이 고개를 숙여 귓가에 속살거렸다.

“뭘 그렇게 긴장해? 귀엽게.”

이쯤 되자 그가 자신을 놀리고 있는 것 같다는 생각이 들었다. 지윤이 고개를 퍼뜩 들며 그에게 한 소리 하려고 할 때였다.

“예쁘네.”

“뭐, 뭐?”

“야경.”

“아…….”

지윤의 고개가 난간 너머로 향했다. 어느새 건물에 불이 들어와 도시 전체가 알록달록하게 변해 있었다.

“거봐. 예쁘지?”

“그래, 차암 예쁘네.”

고개를 절레절레 저은 지윤이 고개를 돌려 야경을 보았다. 사진에서나 보았던, TV, 영화에서나 보았던 절경에 시선을 뗄 수가 없었다.

왜 진작 여기에 와볼 생각을 하지 못했던 것일까. 홍콩이라면 몇 번이고 출장을 왔었는데.

이제라도 온 것을 다행으로 여겨야 했으나 한 살이라도 어릴 때 더 많은 것을 보지 못했던 자신의 과거가 조금 후회될 때였다.

“너도 예뻐.”

무심한 말에 지윤이 고개를 돌려 성준을 보았다. 성준은 여전히 야경을 보고 있었으나 입가는 유쾌한 미소를 그리고 있었다. 그래서 지윤 역시 가벼운 마음으로 말했다.

“그만 좀 해라, 하성준.”

‘그만 다가와, 제발.’

복잡한 상가가 얽히고설킨 야시장을 요리조리 다니며 길거리 음식을 맛보던 둘은 아주 값싼 한약까지 맛보았다. 더운 날씨 때문에 길에서도 한 그릇 정도 사먹을 수 있게 판매를 하고 있었고, 두 사람은 새로운 경험에 눈을 반짝였다.

그렇게 야시장을 즐기던 두 사람은 작은 공간을 보자마자 동시에 걸음을 멈췄다. 은 점토 공예를 체험해 볼 수 있는 곳이었다.

“하자!”

누가 먼저라고 할 것도 없이 두 사람은 의견을 모았고, 굳히기만 해도 되는 점토로 각자 원하는 것을 만들었다. 손재주가 없는 지윤은 금세 굳어버린 점토를 난감한 눈으로 보았지만 성준은 꽤 그럴싸한 반지를 만들었다. 물론 점토의 한계 때문에 투박하고 못생긴 반지였지만.

"망했다."

성준도 웃긴지 작게 웃음을 뱉었다. 그의 시선은 어느 순간 둥그렇게 말려 있는 지윤의 점토로 향해 있었다.

"도대체 뭘 만든 거야?"

"덩어리. 다른 의미는 없어."

지윤이 난감하다는 눈으로 점토를 보며 말하자 성준이 웃음을 터뜨렸다. 그 웃음이 듣기 좋아 따라 웃어버린 지윤은 자신의 손을 끌어가는 그를 보았다.

성준은 잘 굳은 반지를 지윤의 손가락에 끼워주었다. 사이즈 조절에 실패했는지 네 번째 손가락에 끼기엔 헐렁하자 그는 별일 아니라는 듯 가운데 손가락에 끼워준 후 고개를 들었다.

"뭐야. 이거로 꼬시는 거야, 지금? 나 다이아몬드 딜러야. 이 정도로는 혹하지 않는다고."

"다이아몬드보단 이게 더 기억에 남지 않겠어?"

성준의 말에 지윤은 동의한다는 듯 고개를 끄덕였다.

"그건 맞아. 흔하지 않아서 좋네."

반지를 준 다음엔? 우리의 다음은 있는 거야? 어제의 김지윤이었다면 당장 이렇게 물었을 것이다. 연락이 오지 않을지도 모른다는 불안감에 하루를 시달렸으니까.

하지만 지윤은 손가락 사이에서 투박하게 빛나는 반지를 보며 이내 가볍게 웃어 넘겨 버렸다. 이것만으로도 충분하지 않은가. 첫사랑과의 산뜻하고 특별한 재회는.

한국에 돌아가서도 이 반지를 보면 그전과는 조금 다른 느낌과 생각으로 살아갈 수 있을 것이다. 그리고 훗날, 오늘을 떠올리면 '그래, 당장 침대에 뛰어들지 않은 게 다행이야'라고 생각할 것이다. 지금까진 완벽한 재회에 즐거운 추억들뿐이었으니까.

그가 자신과의 만남을 서프라이즈한 이벤트라고 말한 것처럼 자신 역시 그리 규정지을 수 있을 것 같았다.

"지금 공항이에요."

비행기를 타기 위해 대기 중인 사람들과 곧 홍콩에 당도할 사람들을 기다리고 있는 이들로 뒤섞인 공항 안엔 평일임에도 불구하고 많은 사람이 모여 있었다.

시끄러운 소음에 지윤이 미간을 찌푸리며 휴대전화를 더욱 바짝 가져다댔다.

"네, 지금 출국해요. 바로 사무실로 복귀하겠습니다."

[그래, 조심해서 들어와.]

"네."

짧게 업무 보고를 한 지윤은 캐리어를 끌고 출입국소로 향했다.

사람들 사이를 헤치고 지나가던 지윤은 어느새 완벽하게 현실로 돌아온 모습이었다. 어제까지만 해도 꿈같은 일탈을 즐기며 소녀처럼 웃었지만 지금의 김지윤은 날이 선 서른의 찌든 여자가 되어 있었다. 하지만 홍콩에서의 2박 3일이 꿈이 아니었다는 듯 그녀의 가운데 손가락에서 볼품없는 반지가 반짝이고 있었다.

"잘 놀다 간다."

아쉬운 마음에 고개를 돌린 지윤이 공항을 눈으로 훑었다. 앞으로 홍콩에 올 때면 하성준이 가장 먼저 떠오를 것 같았다. 그것도 아주 즐거운 추억으로.

'그걸로 됐잖아.'

입꼬리를 길게 늘어뜨린 지윤이 다시 힘차게 걸음을 옮겼다. 짐칸에 실어야 할 정도로 큰 캐리어는 아니었기에 시계를 다시 한 번 확인한 지윤이 막 작은 가방에서 여권을 꺼내 들었을 때였다.

탁. 어깨를 붙잡는 손에 깜짝 놀란 지윤이 고개를 돌려 상대를 바라보았다. 어깨를 붙잡은 채 허리를 굽히고 있는 남자의 모습에 지윤의 눈매가 가늘어졌다. 성준이 거친 숨을 몰아쉬고 있었다.

"안 늦었다."

성준이 다행이라는 듯 웃음 짓자, 지윤이 얼떨떨한 표정으로 묻는다.

"여긴 어떻게 왔어?"

"너 보러."

그 이상 어떤 답이 필요할까. 지윤은 공항으로 향하기 전 성준에게서 걸려온 전화를 상기했다.

"그래서 언제 출발하냐고 물어본 거야?"

"어. 아, 잠시만. 숨 좀."

후아, 후아. 몇 번 호흡을 가다듬은 성준은 그제야 살겠다는 듯 허리를 폈다. 그리고 여전히 붙잡고 있던 어깨를 놓아주며 묻는다.

"지금 들어가 봐야 하지?"

"어? 아, 어."

전광판에 타야 하는 비행기 넘버가 뜬 지 오래였다. 지금 들어가도 잠시 대기 후에 바로 비행기에 올라야 했기에 지윤이 고개를 끄덕이자, 성준은 아쉬움이 가득한 눈빛으로 마지막 인사를 건넨다.

"안녕. 또 보자."

저번에 이별을 했을 때 했던 인사는 '잘 지내'였다. 하지만 이번에 그가 건네는 인사는 '또 보자'다.

또 보자고? 어떻게? 그는 뉴욕에서 지내고 있었고, 자신은 한국에 있었다. 그런데 어떻게 또 보자는 걸까?

진위를 알아차리기도 전, 성준이 고개를 기울였다. 점차 그의 얼굴이 가까이 다가오자 지윤이 눈을 커다랗게 떴다.

'다가온다, 다가온다!'

속으로 비명을 내지른 지윤은 자신의 입술 위를 가볍게 머금는 입술에 숨을 들이켰다.

입술이 닿았다. 가벼운 입맞춤이었다. 하지만 자신에게 전해진 강도는 결코 가볍지가 않았다.

“이 다음은 다시 만났을 때.”

아이처럼 웃는 성준의 모습에 지윤의 손에 들려 있던 가방이 바닥으로 떨어졌다. 어쩜 그와 동시에 제 심장도 떨어졌는지도 모르겠다.

툭, 하고.

치명적인 남자

하성준.

그 이름을 떠올릴 때면 늘 어렴풋한 마음과 또렷하지 않은 색이 떠올랐었다. 그 색은 흐릿하지만 너무나 예쁘고 따뜻해서 생각하는 것만으로도 웃음이 났다.

하지만 허상처럼 느껴지는 만남 이후 그의 색채들은 명확하게 변했다. 강렬한 붉은색. 어른이 된 하성준은 그 색을 꼭 닮아 있었다.

귀신에게 홀린 것은 아닐까.

손가락엔 성준이 뚝딱뚝딱 만들어주었던 볼품없는 반지가 남아 있었고, 아직도 공항에서 예상하지 못했던 순간에 일어났던 입맞춤의 온기가 남아 있었다. 휴대전화엔 그의 번호가 저장되어 있었고 그와 주고받은 문자도 그대로였지만, 이 역시도 누가 만들어낸 장난처럼 느껴졌다. 모든 것을 사실 그대로 받아들이기엔 머리가 현실을 따라가지 못하는 듯했다.

"배고프다. 밥 먹을래?"

예고 없이 나타난 첫사랑이 가장 먼저 꺼낸 말이었다.

마치 어제도 만났던 사람처럼 인사를 건네고 밥을 먹으러 가자고 한 성준은 자신의 손을 꼭 잡고 걸음을 옮겼다. 그 뒤의 행동도 거침이 없었다. 맥을 더듬으며 달콤한 말을 속삭이는 남자는 당혹스럽고 겁을 잔뜩 집어 먹게 만들기에 충분했다.

"너 이름이 뭐야?"

아직은 어렸던 그날. 가슴에 달려 있는 명찰을 읽을 생각도 하지 못한 채 옆자리에 앉은 자신을 보며 그가 이름을 물었던 그날처럼…….

지윤의 눈빛이 멍하니 변했다. 과거의 기억을 더듬고 있는 모습은 어딘가 위태로워 보였다. 현실보단 과거의 그날이 더 좋아 현실 감각을 잃은 것처럼 보였다.

아침에 일어나자마자 일을 하러 가기에 급급했고, 자신에게 주어진 일을 하느라 치열하게 살았던 지윤은 잠시 과거를 되돌아보는 작은 시간도 내지 못했었다. 하지만 그를 만난 이후부턴 이렇게 멍하니 생각에 잠겨 있는 시간이 많아졌다.

지윤의 시선이 휴대전화로 힐끗 향했다. 그사이, 당연하게도 성준에게선 연락 한 통 없었다. 자신이 먼저 연락을 해볼 법도 했다.

홍콩 출장은 어땠니? 지금은 뉴욕이야? 회사 일은 어때? 등등 할 말은 많았다.

하지만 지윤은 성준에게 먼저 연락하지 않았다. 자존심이 허락하지 않았다. 왜 그런 생각이 들었는지는 모르겠지만 그를 만나자마자 열일곱 살로 돌아간 듯 괜한 오기에 몸도 마음도 유치해졌다.

"이 다음은 다시 만났을 때."

'키스의 다음은 도대체 언제 하자는 건데? 다음이 있으려면 연락부터 해야 하는 거 아닌가?'

지윤은 입술을 잘근잘근 깨물었다.

"자기, 내 말 듣고 있어?"

"아? 아, 네."

멍하니 허공을 주시하고 있던 지윤은 앞에서 들려오는 말에 서둘러 정신을 차렸다. 어색한 웃음을 지은 지윤이 만삭의 산모를 보며 머리카락을 쓸어 올렸다.

혼란스러운 감정은 한국에 돌아온 후에도 정리되지 않은 채였다. 환상처럼 느껴지는 남자의 존재는 앞으로 한동안 자신을 괴롭힐 것이 분명하다. 하지만 언제까지고 넋을 빼놓고 있을 수만은 없었다. 지금은 그녀의 인생에서 아주 중요한 지점이었으니까.

지윤은 정신을 놓고 있는 와중에도 모두 들었다는 듯 정아를 보며 힘없이 웃었다.

"그러니까 지금 스카웃 제의하신 거죠? 진지하게 생각은 해볼게요."

정아의 제안은 지윤에게도 꽤 군침이 도는 이야기이긴 했다. 잘 다니고 있는 회사를 그만두고 새로운 터전을 닦아야 하는 모험을 강행해야 하긴 했지만.

"지금 당장 결정할 문제는 아닌 것 같아서요."

지윤은 자신이 없다는 듯 힘없이 말했다.

일을 그만두고 싶다는 생각은 수없이 했었다. 다른 이들처럼 지윤 역시 가슴 속에 사직서 한 장쯤은 품고 있었으니까. 하지만 그건 일에 대한 지침 때문이었지, 지금 직장이 마음에 들지 않아 때려치우고 싶은 건 아니었다. 그러니 어느 회사를 가든 똑같을 것이다. 문제는 자신의 안에 있었다.

"그래, 나도 당장 답을 들을 수 있을 거라고는 생각 안 했어. 그래도 너무 길게 고민은 하지 마. 연봉도, 직급도 다 오르고, 근무 환경도 훨씬 좋아질 거야. 알지? 플래티넘은 우리나라에서 손가락 안에 꼽히는 브랜드인 거.”

“알고 있죠. 그래도 걱정은 좀 되네요. 새로운 팀을 만든다는 거잖아요.”

“사실 나도 그게 걱정이 되긴 하지만, 이번에 새로 개편을 하겠다는 의지가 대단하더라고. 국내 주얼리 시장은 좁아지고 있으니 변화 없이 있다간 그대로 사장되어 버릴 것 같다고 걱정하고 있어.”

“그렇기야 하죠.”

고개를 끄덕인 지윤이 커피 잔을 어루만졌다.

경제가 힘들어지면 가장 먼저 줄이게 되는 소비가 ‘사치품’이다. 여자가 이 세상에서 사라지지 않는 이상, 주얼리 업계가 망하는 일은 없을 거라고 말하지만 이 바닥에 있는 사람들의 위기감은 상상 그 이상이었다.

새로운 돌파구가 되어줄까. 서른의 나이에 중요한 일을 결정한다는 게 쉽지만은 않았다.

“그러니까 자기도 진지하게 생각해 달라고. 계속 함께 일하고 싶으니까. 그리고 이건 아직 오프 더 레코드인데 이번에 새로운 디자이너까지 영입한다고 하더라?”

“디자이너요? 우리도 아는 사람이에요?”

“그런 것 같던데? 꽤 거물인 것 같아. 자신감에 차 있는 걸 보면.”

“거물이요?”

"그래, 담당자의 눈이 아주 번쩍번쩍하더라고. 아직 확정된 건 아닌 모양이지만, 곧 마무리 될 것 같다고 좋아하던데?"

그 정도로 자신감에 차 있다면 자신 역시 아는 인물일 게 뻔했다. 이 바닥이야 손바닥을 들여다보듯 훤했다.

골든에 있는 이한아 팀장인가? 그게 아니라면 이번에 세계 주얼리 공모전에서 대상을 받은 한국 유학생인가? 어쩌면 그 정도 수준이 아니라 해외에서도 이미 유명세를 타고 활동을 하고 있는 디자이너일지도 모르겠다. 그러니까 예를 들어 유명 브랜드에 소속되어 활동하고 있는 디자이너라든가.

몇몇 인물을 떠올리던 지윤의 생각 끝에 '트윈'이 닿았다. 그리고 트윈을 떠올리면 자연스럽게 그곳에서 일을 하고 있는 한 사람이 떠오른다. 요즘은 어떤 생각을 하든 결국 '하성준'으로 귀결되었다.

한동안 가벼운 잡담을 주고받던 정아는 시선을 돌리다가 뒤늦게 발견한 반지를 보며 물었다.

"그런데 그 반지는 뭐야? 만든 거야?"

"음…… 청춘을 마주한 징표랄까요?"

"청춘?"

정아가 고개를 갸웃거리며 물었다. 그러자 지윤은 평소라면 하지 않았을 사생활을 쉽게 꺼내놓았다. 그만큼 지윤은 현재 들뜬 상태였고, 입 밖으로 이 말을 내뱉어야 꿈처럼 느껴지는 홍콩에서의 2박 3일을 현실로 받아들일 수 있을 것 같았다.

"네, 홍콩에서 첫사랑을 만났거든요. 첫사랑이 만들어준 거예요."

"첫사랑을? 와~ 그렇게 만날 수도 있나?"

정아가 눈을 동그랗게 뜨며 되물었다. 한국도 아니고 홍콩에서 무려 첫사랑과 우연한 재회라니. 심드렁하게 '아, 그렇구나'라고 넘어갈 수 있는 일은 아니었다. 누구나 한 번쯤 상상해 볼 법한 운명적인 만남을 야경이 아름다운 홍콩에서 한 것이니까.

정아가 양손을 맞잡으며 황홀하다는 듯 말했다.

"엄청 놀랐겠다."

"그렇죠? 아무리 생각해 봐도 참 이상한 재회였어요."

"그래서 지금 자기가 그런 표정을 짓고 있는 건 그 첫사랑 때문이야? 어땠기에?"

호기심이 가득한 눈동자가 반짝였다. 남의 연애사만큼 재미있는 것도 없으니까. 그 모습을 바라보던 지윤이 푸스슥 기운이 빠진다는 듯 웃었다.

"천하의 바람둥이로 변해 있었어요."

그렇게 변해 있을 줄은 몰랐다. 과거의 그 아이는 무엇에도 흥미가 없었으니까. 특히 사람에 대한 흥미는 극단적일 정도로 없었다. 그런 아이가 시간이 흘러 작업에 능숙한 바람둥이가 되어 있을 줄이야.

과감한 스킨십과 흔들림 없이 자신을 향해 있던 검은 눈동자를 떠올린 지윤이 몸을 떨었다.

"이런, 실망이 컸겠네?"

'실망? 내가 실망을 했던가?'

몇 번 눈을 깜빡인 지윤이 고개를 저었다.

"음, 놀라긴 했는데, 실망보단 아쉬움이 크더라고요. 또 헤어져야 하니까."

"그래?"

"십삼 년이 지나 다시 만난 첫사랑은 어떤 사람이 되었을까, 진심으로 궁금해졌거든요."

그래서 앞으로를 기약할 수 있다면 참 좋겠다는 생각을 하기도 했다. 그렇다면 만남을 더 즐거워하며, 그의 손을 붙잡았을 것이다. 좀 더 적극적으로 자신의 마음을 표현하며 이 유쾌한 만남을 더 이어가자고. 첫사랑을 마지막 사랑으로 만들어 버렸을 것이다. 그렇게 할 수 없는 상황이 아쉬웠다.

"그래? 외모는 역변이 없었나 봐? 보통 그것 때문에 많이 실망하는데."

"역변이라니요. 오히려 참기름 발라놓은 것처럼 반들반들 잘 자라서 놀랐죠."

"그럼 다행이네. 내 첫사랑은 배 나온 중년 아저씨가 되었다고."

첫사랑과 결혼까지 한 정아가 '난 그런 환상을 꿈꿀 수도 없다'고 말하며 한숨을 푹 쉬었다. 첫사랑과의 우연한 만남이라니.정아는 드라마나 영화에서 볼 법한 상황을 경험한 지윤이 단순히 부러운 모양이었다. 오히려 당사자는 입안이 써 입맛을 다시고 있었지만.

"그래서, 오랜만에 첫사랑을 만난 기분은 어때?"

'하성준을 다시 만난 기분이라…….'

멍하니 자신의 기분을 되새겨보던 지윤이 이내 결론을 내린 듯 천천히 입술을 달싹였다.

"음, 황당하기도 하고 이상하기도 하고, 또 좋기도 하고. 마치 어릴 때로 되돌아간 느낌이랄까?"

사춘기 소녀로 돌아간 것만 같았다. 시도 때도 없이 뛰던 심장이, 떨리던 목소리가. 앞으로 그렇게 가슴이 뛰는 경험을 또 할 수 있을까?

심장이 터질 것 같고, 체온이 급격이 올라가는 기분. 현실인지 꿈인지 모를 감각은 '어린아이'가 느끼는 감정보단 '성인'의 영역이었지만, 휘황찬란한 홍콩의 야경은 이런 감각을 '로맨틱'이라는 이름으로 포장해 주었다. 잔존해 흩어져 있던 감정이 한꺼번에 몰려 커다란 존재감이 되었다고 할까. 마치 붕 떠 있는 기분이었다. 꿈을 꾸고 있는 것처럼 감각은 은밀했다.

"그때로? 어머, 자기답지 않은 감상이네?"

제가 뭐요? 그런 의미 없는 질문을 던져도 됐지만, 지윤은 그 말을 이해한 것인지 고개부터 끄덕였다.

정아는 지윤이 했던 연애라면 소소한 부분은 아니더라도 대략적인 그림은 알고 있었다. 사회생활을 시작하면서 자신에게 일을 가르쳐 준 사수이기도 했지만, 여성이 적은 이 바닥에서 두 사람은 꽤 서로를 의지하며 일을 했었기 때문이다.

"그렇죠?"

"그래, 자기라면 좀 더 쿨한 반응일 줄 알았거든."

지윤이 작게 웃음을 뱉었다. 예전의 자신의 생각해 보면 정아가 이렇게 말하는 것도 무린 아니었다.

적당한 연애를 추구했었다. 일에 치여 살다 보니 남자를 만나는 것도 적당히 하고 싶었다. 타인에게 느끼는 감정으로 인해 이리저리 휘둘리는 것은 사양하고 싶었으니까. 지나친 감정 소모로 인해 피곤해지는 것을 견디질 못했었다. 그것 말고도 피곤한 일은 충분히 많았다.

덕분에 감당할 수 있는 부분까지만 상대를 좋아했고, 받아들였다. 하지만 이런 모습은 옆에서 상대를 진심으로 좋아하는 것인지 되물어올 정도였고, 지윤이 들은 이별의 말은 항상 '넌 날 좋아하지 않잖아'였다.

사람은 민감하다. 상대가 자신을 얼마나 좋아하는지 늘 긴밀하게 살피고, 자신의 감정과 가늠해 본다. 자신은 상대에 대한 배려가 부족했고 늘 마음을 들켰다.

연인들에게 특별한 이벤트인 크리스마스조차도 출장 때문에 해외에서 홀로 보낼 때가 많아 근 오 년 동안은 맥주 한 캔과 씁쓸하게 보냈었다.

"남의 페이스에 끌려가는 거, 별로 안 좋아했잖아. 일도 그렇고, 사적인 만남도 그렇고.”

지윤이 인정한다는 듯 고개를 끄덕였다.

예전엔 그런 사랑을 했었다. 조금 더 젊고 사랑이란 감정을 믿었던 때엔. 감정은 스스로가 어떻게 할 수 없는 것이었고, 특히 연애 상대는 이런 감각이 더욱 증폭되었다. 감당을 하지 못할 만큼.

그런 사랑을 했었다. 그런 감정이 부질없다는 것을 증명하듯 이젠 상대의 이름도, 얼굴도 정확히 떠오르진 않지만.

“첫사랑이라서 그런가 봐요.”

입가에 미소를 머금은 지윤이 시선을 돌려 잠잠한 휴대전화를 보았다.

“이제 다시 만날 일은 없겠지만.”

다시 내가 아닌 것만 같은 상태로 만드는 상대를 만날 일이 있을까?

잘 모르겠다.

*

런던 근교의 작은 마을에 위치한 공동묘지는 죽은 자들의 안식처라기보다는 공원처럼 보였다. 잘 가꾸어진 잔디와 모두 다른 형태의 비석, 그리고 그 위에 놓인 꽃다발은 뿌리가 흙 속 깊이 박혀 있는 것처럼 싱싱했다.

주위를 힐끗힐끗 둘러보며 천천히 걸음을 옮기던 성준이 걸음을 멈췄다. 그러더니 가장 가까운 비석에 적힌 이름부터 읽기 시작한다.

성준은 이곳이 익숙하지 않아 한참이고 비석에 적힌 글귀들을 읽고 또 읽고서야 한 곳에 멈춰 섰다. 그리고 이곳에서 깊은 안식을 취한 여인이 생전 좋아했던 구름국화 꽃다발을 비석 위에 내려둔 후 깊은 숨을 내쉬었다.

"……돌아가요, 어머니."

나지막하게 울림 있는 목소리로 안부를 전하듯 말한 성준이 천천히 눈을 감는다. 그리고 입 밖으로 말을 내뱉지 않은 채 한참 여인과 대화를 나누었다.

잘 지내세요?

그곳은 어떤가요?

오랜만에 만난 아버지는, 잘 지내고 계신가요?

그리고…….

"한동안 이곳에 오긴 힘들 것 같아요."

오늘 굳이 이곳까지 발걸음을 한 이유를 설명했다.

마지막 인사. 한동안이라고 말은 했으나 언제 이곳을 다시 찾을진 기약이 없었다. 그는 자유로웠고, 거침이 없었으며, 하고자 하는 일이 생기면 그것만 보았다.

"너무 걱정하진 마세요."

여전히 자신을 걱정하고 있을 어머니에게 걱정 말라는 듯 말을 건넨 성준이 입가에 잔잔한 웃음을 머금었다.

성준이 고개를 돌려 맞춘 듯 똑같은 비석을 보았다. 비석은 한동안 관리를 하지 않아 잡다한 풀이 말라 소복하게 쌓여 있었다.

한쪽 무릎을 꿇어 옷으로 대충 비석 위를 닦은 그가 무감한 시선으로 비석을 본다.

"거기서도 어머니 잔소리를 듣고 계시죠? 아버지."

이미 너무 오래전에 돌아가셔 얼굴조차 제대로 떠오르지 않는 아버지였지만, 어머니의 말론 자신과 참 비슷한 것이 많다고 했다. 외모는 물론이고 생활 패턴까지.

그래서 갑작스러운 병으로 아버지를 잃고 난 후 자신을 향한 어머니의 집착은 무서울 정도였다. 사소한 행동 하나, 생활 패턴 하나 그냥 넘어가는 법이 없었다. 그 답답함에 어머니는 런던에 있는 외가에서 지내게 한 뒤 자신 홀로 뉴욕으로 떠난 것이었다.

좀 더 함께 생활을 했으면 좋았을까. 생각을 해보았지만 집착에 가까웠던 행동들을 떠올리면 그때의 이별을 후회하진 않았다. 물론 마지막 임종을 지키지 못한 것이 짙은 슬픔으로 가슴에 남아 있긴 했지만.

"그곳에선 어머니 속 썩이지 마세요."

가벼운 인사를 건네듯 말한 성준이 입술을 닫았다. 여러 감정이 뒤섞인 눈동자에 가장 오랫동안 머문 감정은 허무함이었다.

띠리리-

깊은 침묵을 주머니에 들어 있던 벨소리가 깼다. 날카로운 벨

소리에 액정을 확인한 성준이 전화를 받자, 인사를 건네기도 전에 존은 본론부터 꺼냈다.

[준, 일어났어?]

「네 덕분에.」

[뭐야, 아직도 집이야?]

성준이 말없이 웃기만 하자 존은 한동안 잔소리를 늘어놓았다. 비행기 시간이 다 되지 않았냐는 말부터 시작해서 식사는 꼭 하라는 말까지. 계속 자신의 생활을 챙기는 일을 해와서 그런지 마지막까지 존은 그런 사소한 것들부터 챙겼다.

「지긋지긋하다고 했잖아. 이젠 신경 쓰지 않아도 돼.」

[내가 신경 쓰지 않으면 대신해 줄 사람은 있고? 난 네가 죽었다는 소식을 듣고 싶진 않아.]

성준은 대답 대신 웃었다. 그 말이 너무나 진심처럼 들려서.

아마 그럴지도 모르겠다. 존이 자신의 곁을 지켰을 때처럼 생활하다간 분명 얼마 가지 않아 그런 끔찍한 소식을 전하게 될지도 모를 터다. 지금 와 생각해 보면 존에게 어리광을 부렸는지도 모르겠다.

성준이 고개를 젖혀 하늘을 보았다. 어제도 부슬부슬 비가 내렸는데, 오늘도 곧 비가 쏟아질 것처럼 하늘이 어두컴컴했다. 깊은 한숨을 쉰 성준이 눈을 감는다.

[계획은 있는 거야?]

「계획?」

[그래, 당신이 그런 걸 생각했을 리가 없지.]

괜한 걸 물었다는 듯 존은 스스로 결론을 내리며 말을 잇는다.

[일선에 복귀하면 연락해.]

여기저기서 함께 일하자는 제안은 있었지만, 아직은 손 하나 까딱하고 싶지 않았다. 분명 또다시 의미 없는 것에서 자신의 삶을 찾으려고 할 테니까. 그런 삶을 다시 이어나가고 싶지 않았다, 지금은.

멍하니 생각하던 성준은 새하얀 얼굴에 커다란 눈을 깜빡이는 여자를 떠올리고선 작게 웃음을 뱉었다.

그래, 다른 것에 집중을 하는 것도 좋으리라.

[난 당신을 무척 좋아해.]

「…….」

[당신의 디자인도.]

「이런, 존. 난 게이가 될 생각은 없는데?」

장난스러운 답에 수화기 너머로 욕설이 들려왔다.

[사람이 진지하게 말을 하면……!]

「알아.」

[아니, 당신은 몰라! 섬세함은 모두 디자인에 쏟는 인간이니까!]

「그 정도는 아닌데. 넌 날 너무 과대평가하고 있어.」

말장난처럼 대화를 주고받던 성준이 천천히 걸음을 옮겼다. 부모를 뒤로하는 걸음에는 망설임이나 후회는 보이지 않는다. 그는 그런 남자니까.

천천히 걸음을 옮기던 성준은 전화 너머로 씩씩거리며 짜증 섞인 호흡이 들려오자 입가를 부드럽게 휘어 미소 지었다.

「그거 참 멋있는 마지막 인사네.」

결코 적지 않은 시간을 아직도 낯설게 느껴지는 대륙에서 보냈다.

학창 시절을 보냈던 런던, 그리고 커리어를 쌓았던 뉴욕. 하지만 그 두 곳 모두에서 떠나는 지금, 마지막 인사를 건넬 사람은 존 정도였다. 한국에서 인사를 건넬 것이 그 아이뿐이었던 때처럼.

「즐거웠어, 존.」

이 땅으로 다시 되돌아올 일이 있을까. 아마, 없을 것이다. 온통 유쾌하지 않은 기억뿐이었으니까. 마지막 인사를 건네는 이 친구를 제외하면 말이다.

주얼리 숍이 밀집해 있는 종로 거리를 바쁘게 걷던 지윤은 이젠 눈 감고도 찾아다닐 수 있는 업체들을 돌아다니며 물건을 전하느라 정신이 없었다.

낮은 단화를 신고 있었음에도 발바닥이 뻐근하게 아파올 즈음, 마지막으로 성수역에 위치한 주얼리 공장을 찾은 지윤은 자신을 반겨주는 신 사장을 보며 물건부터 건넸다.

"5부 여덟 개랑 2부 5리 열 개요. 확인해 보세요."

"김 주임 일 처리 깔끔한 거 아는데 굳이 확인까지."

"그래도 혹시 모르니까 해보세요. 나중에 상황 이상해지는 것보단 좋잖아요."

지윤의 성화에 신 사장이 감정서를 확인했다.

"정확하네."

바로 스톤을 물려야 하는 것인지 신 사장이 작업실 안으로 들어가 직원들에게 스톤을 넘겨준 후 자리로 돌아왔다.

그사이 김 대리를 보던 지윤은 핀셋에 집혀 있는 커다란 스톤을 보았다. 족히 5캐럿은 되어 보이는 스톤은 현실감이 없어서 다이아몬드보다는 큐빅처럼 보였다. 하지만 큐빅이라면 굳이 다이아몬드 감정기를 꺼낼 필요는 없다. 그가 스톤의 진위 여부를 확인하는 것을 보며 지윤은 깜짝 놀란 듯 눈을 깜빡였다.

삑- 삑- 삑- 삑-

감정기의 끝을 스톤에 대자마자 빠르게 경보음이 울렸다. 그렇다는 건 다이아몬드라는 것이었다. 현실과 괴리감이 느껴질 정도로 큰 사이즈의 다이아몬드를 보던 지윤이 감탄사를 내뱉었다.

"와, 다이아몬드예요?"

"그래, 큐빅을 이렇게 애지중지하겠어? 메인으로 쓸 5캐럿짜리야. 손님이 직접 스톤을 구입해서 보내준 건데 상태 죽이지?"

신 사장의 답에 발을 물리기 전 최종 확인 작업을 하던 김 대리도 다이아몬드와 감정서를 힐끗거리며 거들었다.

“저도 이 정도 되는 물건은 처음 봐요.”

“만나기 힘든 스톤이긴 하지.”

옆에 있는 감정서를 보던 지윤이 고개를 끄덕였다. 칼라는 물론이고 투명도까지 IF(6등급 중 두 번째 등급)였다. 이 정도 물건이 국내에서 거래가 되는 일은 극히 드물었기에 지윤이 신 사장을 보며 물었다.

“잠시 봐도 돼요?”

“물론.”

지윤이 일수 가방처럼 생긴 작은 핸드백에서 감정 도구를 꺼냈다. 핀셋으로 솜씨 좋게 허리를 붙잡은 지윤은 루페로 스톤의 속을 들여다보았다.

으레 있곤 하는 내포물 따윈 보이지 않는 다이아몬드는 깨끗했고 투명했다. 만약 이곳이 아니라 다른 곳에서 이 스톤을 접했다면 쉽게 다이아몬드라고 속단할 수 없을 정도였다.

지윤이 입을 벌리며 순수하게 감탄했다.

“와, 이거 사천은 하겠는데요?”

“가격은 안 물어봤는데, 그것보단 더할걸? 소매점에서 샀다고 하더라고.”

“그럼 육천까지 주고 샀을 수도 있겠네요.”

눈을 찡그린 지윤은 지문 하나 찍혀 있지 않은 것을 확인하고 나서야 다이아몬드를 원래 있던 자리에 내려놓았다. 컷팅 상태까지 아주 훌륭했다. 국내에서 직접 연마한 것 같아 보이지 않는 물건이었다.

“이 정도면 평소에 하고 다니기 무섭겠는데요? 손가락 잘릴까 봐.”

눈살을 찌푸리며 말한 지윤이 고개를 절레절레 젓는다. 자신이라면 무서워서 하고 다니지 못할 것 같았다. 하지만 신 사장의 생각은 조금 다른 모양인지 키득키득 웃는다.

“설마, 진짜 다이아라고 생각하는 사람이 몇이나 되겠어?”

“그건 그렇네요.”

짧게 고개를 끄덕인 지윤은 다시 스톤을 닦는 김 대리를 보았다.

“잘 봤어요, 고마워요.”

“제 것도 아닌데요, 뭐.”

사람 좋게 웃은 김 대리가 다이아몬드 겉면을 닦은 후 검은 벨벳 천 위에 스톤을 놓았다. 그러더니 신 사장에게 묻는다.

“직접 발 물리는 거 보겠다고 하셨나요?”

“설마. 물건도 퀵으로 보내달라는 거 참아달라고 말했다고. 별로 이런 거에 신경 안 쓰는 사람인가 봐.”

“와, 어디에 사는 누군지 보고 싶네요.”

“주소가 강남 타워펠리스.”

“휘-”

김 대리가 휘파람을 불었다. 그 정도 사는 사람이여야 손에 넣을 수 있는 물건이라 지윤은 놀라지 않았지만.

“근데 김 주임, 둥지 옮겨?”

“에?”

갑작스러운 신 사장이 말에 지윤의 고개가 옆으로 기울었다. 그러다가 곧 이어지는 신 사장의 말에 미간을 좁힌다.

“스카웃 제의 있었다며?”

“그 이야기가 벌써 신 사장님 귀에까지 들어간 거예요?”

“오, 그럼 이번에는 뜬소문이 아닌 모양이다?”

“아이고야.”

앓는 소리를 낸 지윤이 고개를 절레절레 저었다. 아마도 플래티넘에서 의도적으로 소문을 내고 있는 모양이었다. 이러면 이럴수록 자신의 결정이 부정적인 쪽으로 바뀐다는 것을 알고 있겠지만서도 이 바닥에선 일종의 침 바르기처럼 소문부터 내고 보는 경우가 간혹 있었다.

“이 바닥의 일이야 훤하지.”

“그래도 우리 사장님껜 한동안 비밀로 해주세요. 아직 아무것도 결정된 게 없거든요.”

“알았어, 그렇게 해야지. 괜히 나도 자네의 앞길을 불지옥으로 만들고 싶은 마음은 없으니까.”

“그건 오버예요.”

손목시계를 확인한 지윤은 모레 물건을 가지고 오겠다며 주문서를 받아 들고 밖으로 나왔다. 사무실로 돌아가기 위해 지하철

역으로 향하던 지윤은 주머니에 넣어둔 휴대전화가 울리자 액정을 확인했다.

〈엄마〉

짧은 두 글자를 읽은 지윤이 고개를 절레절레 저었다.

"또 무슨 잔소리를 하려고……."

출장 이후로도 몇 번이나 전화를 해서 자신의 연애 상황이라던가, 김민호 씨와 정말 만날 생각이 없냐고 꼬치꼬치 캐묻던 것을 떠올리며 지윤이 한숨을 쉬었다.

지금은 타이밍이 너무 안 좋단 말이지. 고민하는 얼굴로 휴대전화를 보던 지윤이 다시 주머니에 넣었다.

자신을 흔들려는 정 여사를 어떻게 상대해야 할지 골머리를 썩이던 지윤은 개찰구를 지나 아래로 내려갔다. 지하철에 오른 후에도 결국 계속 걸려오는 전화에 기가 질린다는 듯 고개를 저었다. 전화를 무시한 지 삼십분이 지났다.

"이 정도면 정말 스토커로 신고라도 해야 하는 거 아니야?"

부재중 전화 20통.

정 여사의 끈질김에 탄복한 지윤은 관리자에게 수거해 온 주문서를 내밀었다.

"이거 주문서요. 전 이만 퇴근해 보겠습니다."

"네, 수고하셨습니다."

대충 손을 저어 인사를 물린 지윤은 서둘러 문 쪽으로 걸음을 옮기며 전화를 받았다.

[너 왜 이렇게 전화를 안 받니? 뭐 일부러 무시한 게 뻔하지만.]

“알면 적당한 선에서 좀 그만둬 주면 안 될까?”

[엄마한테! 버릇없이! 아, 아니다. 이런 말을 할 때가 아니지. 지윤이 너 전에 선 봤던 남자, 기억해? 김민호 씨.]

“기억하고말고. 그런데 김민호 씨는 왜? 오늘 연락도 왔는데?”

[연락 왔어? 뭐야, 나한테 부탁하더니.]

“부탁? 무슨 부탁?”

지윤의 얼굴이 종잇장처럼 일그러졌다. 물어보지 않아도 알 수 있을 것 같았지만 우선 확인사살 차원에서 왜 이런 말을 하는지 직접 들어야 했다.

[너랑 진지하게 만나보고 싶대. 그런데 네가 자신을 탐탁지 않아 하는 것 같아 고민이라고 그러더라? 주선한 친구가 잘 말해달라고 해서 연락했는데 네가 그런 이야기를 하니까 기운이 빠지는 거지. 용기가 없어서 연락 못 하고 있나 했는데.]

역시나.

이렇게 질척질척한 인간이라는 건 첫 만남으로도 쉽게 파악을 했었다.

“하아, 엄마.”

[왜?]

"알지? 내 인생인 거. 이런 부분까지 엄마가 참견할 권리는 없어. 그 사람을 만나고 말고는 내가 결정할 일이야."

[권리가 없다고? 넌 무슨 말을 그렇게 하니? 엄마니까 당연히 걱정이 되고, 관심도 가고 그러는 거지!]

벼락처럼 내지르는 비명에 지윤이 입술을 깨물었다.

짜증이 몰려왔다. 어머니가 날 낳고 힘들게 키워준 것은 알고 있었지만, 딱 거기까지였다. 효도는 해야겠지만, 그 효도가 자신의 인생 전반을 간섭하고 아주 중요한 결혼까지 귀결되는 건 아니었다. 아무리 부모라 하더라도 자식의 인생을 마음대로 휘젓고 관섭할 권리는 어디에도 없으니까. 하지만 어디서부터 어떻게 설명을 해야 하는지 몰라 짜증만 울컥 솟았다.

"제발 그만하자. 더 이상 엄마랑 입씨름하고 싶지는 않아."

[지금 입씨름이라고 했니? 난 다 널 위해서…….]

"나도 엄마를 위해서 한 마디만 할게. 더 이상 답 없는 일로 평행선을 달리진 말자고요. 힘만 빠지니까 정 결혼을 원하면 내가 적당한 남자를 찾아볼게. 알았지?"

[김지윤!]

"그럼 이만 끊는다."

무정하게 전화를 끊은 지윤이 비틀거리다 말고 허리를 곧추세웠다.

적당한 남자라……. 휴대전화를 뒤지면 지금 당장에라도 튀어나와 씁쓸하고 짜증나는 제 마음을 달래줄 남자는 몇몇 있었다.

서른의 나이는 이십대보단 아니지만 아직도 연애는 쉽게 할 수 있는 나이였다. 하지만 자신의 주위엔 결혼까지 귀결될 남자는 없었다.

"일단 쉬자. 쉬어야겠어."

당장 집으로 돌아가리라. 그리고 욕조에 몸을 푹 담그고 지친 심신을 달래리라.

몇 번이고 꿍얼꿍얼 말을 내뱉던 지윤은 낡은 계단을 마저 내려와 차를 세워둔 곳으로 걸음을 옮겼다. 오전에 경기도에 잠시 들렀다 와야 해서 차를 끌고 나왔는데, 잘한 선택처럼 느껴졌다.

차에 오른 지윤은 문을 닫자마자 핸들에 이마를 기댔다. 그리고 꾹꾹 눌러온 마음을 풀어 헤치며 애써 붙잡고 있던 인내심을 내려놓았다.

"아악!"

비명을 지른 지윤이 이마를 콩콩 찧었다. 스트레스가 감당하지 못할 수준만큼 쌓였다. 이러다간 속병이라도 날 것 같았다.

"으악! 악! 아아악!"

몇 번이고 비명을 지른 지윤이 눈을 질끈 감았다. 실컷 소리를 지르고 나자 개운한 느낌이 들긴 했다. 더 미치기 전에 이 문제를 어떻게든 해결해야 했지만.

"아, 진짜 한심해."

자신이 한심해 미칠 것만 같았다. 이런 상황도 결국 자신이 만든 것이니까. 똑 부러지게 정 여사에게 자신의 의사를 전달하지 못해서 생긴 문제다.

숨을 몰아쉬던 지윤은 몸에 힘을 빼고 한참 그렇게 앉아 있었다. 집으로 돌아가야 한다는 생각만 할 뿐, 옴짝달싹할 수가 없었다.

똑똑. 차 문을 두드리는 소리에 지윤이 고개만 돌려 차창 밖을 보았다. 가늘게 뜬 눈 때문인지 흐려진 시야 너머로 남자의 모습이 보였다.

'누구야?'

신경이 날카로워져 짜증 어린 시선으로 몇 번이고 눈을 깜빡이던 지윤은 서 있는 남자의 얼굴이 명확하게 보이자 턱이 빠진 것처럼 입을 벌렸다.

"하, 하성준……?"

'안녕?'

성준이 창 밖에서 입술을 뻐끔뻐끔거렸다. 핏기가 가신 얼굴로 성준을 보던 지윤이 차 문을 열었다. 그리고 기가 질린 얼굴로 말한다.

"하, 하성준…… 너 여긴 어떻게……?"

"한국에 올 거라고 그랬잖아."

그런 말을 들은 기억 따윈 단연코 없다고 맹세할 수 있었다. 그것 때문에 속앓이까지 해야 했으니까.

지윤이 얼굴을 종잇장처럼 일그러뜨리며 외쳤다.

"그런 말 한 적 없어!"

"정말? 했던 것 같은데."

속에 천불이 난다는 걸 이런 때 하는 말일까. 하루 종일 스트레스의 연속이었던 지윤은 갑자기 나타나 이제껏 고민했던 모든 부분들을 '말하지 않았어?'로 가볍게 치부하는 것이 짜증 난다는 듯 이를 부득부득 갈았다.

"그래도 이렇게 다시 만났잖아. 좀 더 반가워해 줬으면 하는데."

지윤이 입술을 굳게 다물었다. 성준의 말에도 일리는 있다. 그를 만난 것 자체는 무척 좋았으니까. 연락 한 통 없이 나타난 것엔 조금 화가 나지만.

깊게 숨을 들이마신 지윤은 혹여 자신이 차 문을 닫을까 싶어 붙잡고 있는 성준을 보며 한쪽 눈살을 찌푸렸다. 그리고 허탈한 웃음을 지으며 말한다.

"어떻게 단순히 반가워할 수가 있어? 귀신에게 홀리기라도 한 기분인데."

아직은 상황을 정리할 시간이 필요하다며 한 말이었지만, 성준은 잠시의 시간도 주지 않으려는 듯 허리를 굽혀 의자에 앉아 있는 지윤을 끌어안았다.

품에 안긴 지윤은 시종일관 멍한 표정이었다. 갑작스러운 재회에 그의 체온이 현실 감각처럼 느껴지지 않았다. 하지만 촉감은 분명 현실이라는 것을 알려주었다.

갑자기 자신의 사무실 앞에 나타난 남자. 이 남자는 분명 하성준이 맞다.

“귀신한테 홀린 게 아니지. 나한테 홀린 거잖아.”

그래, 귀신일 리가 없지. 귀신의 품은 이렇게 따뜻하지도, 좋은 향도 나지 않을 테니까.

“……말이라도 못 하면.”

기운이 쭉 빠진 듯 읊조린 지윤이 눈을 감았다.

여전히 지윤을 품에 안은 채 성준이 고개만 돌려 그녀를 보았다. 지윤은 지쳐 보였다. 힘들어 보이기도 했고. 지윤이 차에 타는 순간부터 지켜보았던 성준은 손을 들어 그녀의 입가를 쓰다듬었다. 이로 짓이겨 새하얗게 질려 있던 입술은 그가 손을 대자 마법처럼 제 색을 찾았다.

“얼굴 끝내준다.”

그의 손길에 천천히 눈을 뜬 지윤이 고개를 들어 성준을 올려다보았다.

새까만 눈동자는 늘 그랬던 것처럼 무감했다. 아무런 감정도 느낄 수 없는 눈동자와 시선을 맞춘 지윤이 손으로 그의 가슴을 밀어낸 후 보조석에 던져둔 가방을 챙겨 들었다.

“한국엔 왜 온 거야?”

“너 보러.”

차에서 내리던 지윤이 멈칫하며 그를 올려다보았다. 성준은 웃고 있었다. 거짓 하나 없는 눈 역시.

그는 표정이 휙휙 변했다. 평소엔 메마른 듯 감정이 없었지만 한 번 바뀔 때면 드라마틱하다고 느낄 정도로 큰 변화가 있었다. 지금처럼. 그래서 사람을 얼떨떨하게 만든다.

성준의 손에 이끌려 걸음을 옮겼다.

“어디 가는 거야?”

물음에 성준은 가벼운 어조로 ‘밥 먹으러’라고 답한다. 황당하다는 눈으로 그를 보던 지윤이 헛웃음을 뱉었다.

“넌 나만 보면 배가 고파?”

“어.”

“왜?”

“몰라.”

아이처럼 웃은 성준이 배를 쓰다듬었다.

“식욕이 돋아.”

“그거 여자들이 들으면 썩 좋아하지 않을걸?”

“그래서, 너도 안 좋아?”

근본적인 질문이었다. 자신이 그렇게 오해를 하도록 이야기를 하긴 했지만, ‘보통’의 여자들은 그렇게 생각한다는 뜻으로 말한 것이었다.

그렇다면 나는? 곰곰이 생각하던 지윤이 답을 하기도 전에 쭉 늘어져 있는 가게 중 한곳으로 들어갔다. 꽤 장사가 잘 되는 곳이었던 터라 빈 테이블이 두어 개밖에 없었다.

성준에게 이끌려 자리를 잡고 앉았다. 어깨를 짓누르는 손길은 강압적이진 않았지만 적당한 무게를 가지고 있었다.

"남의 페이스에 이끌려 가는 거, 별로 안 좋아했잖아. 일도 그렇고, 사적인 만남도 그렇고."

정아의 말이 귓가에 울렸다.

그래, 자신은 타인에게 휘둘리는 것을 별로 좋아하지 않았다. 어머니의 전화나 결혼에 대한 종용도 제 나이 또래의 미혼 여성이라면 으레 들을 말이었고, 아무렇지도 않게 넘길지도 모른다.

하지만 자신은 달랐다. 제 인생을 누군가가 간섭하려고 들면 버럭 화가 났다. 휘둘리는 제 모습이 짜증났고, 견디지 못해 불쑥불쑥 반발이 들기도 했다. 그런데도 이상하게 지금의 하성준에겐 그러한 감정이 들지 않았다. 그 누구보다도 자신을 휘두르고 있는데도 말이다.

식당 종업원에게 메뉴판을 받아 든 성준이 진지한 눈으로 메뉴를 고르는 것을 보며 지윤이 한숨 쉬듯 말했다.

"아직은 잘 모르겠어. 널 모르겠으니까. 그 말에도 기분을 좋아해야 할지, 아니면 웃어야 할지."

"지금부터 알아가면 되지."

"간단하네. 너에겐 무슨 문제든 쉬워 보여."

성준이 시선을 옮겨 지윤을 보았다. 성준이 입꼬리를 끌어 올리며 웃는다. 무심했던 표정에 웃음이 번지자 지윤의 눈망울에 찬 감정이 찰랑찰랑 흔들렸다.

"세상에 어려운 일은 많아."

그래, 정도에 따라 다르겠지만 저마다 '어려운 일'은 많았다. 그 일을 붙잡고 끙끙 고민을 하다가 결국 결론을 내리지 못하는 경우가 대부분이었지만.

공감한다는 듯 지윤이 고개를 끄덕이자 성준은 제일 위에 있는 메뉴를 가리키며 주문을 마쳤다.

"그래서 다른 것은 단순화시키는 것뿐이야. 가령 예를 들어 당장 먹을 음식 메뉴. 보통 식당은 가장 자신 있는 음식을 메뉴판 가장 위에 올리거든."

조곤조곤 늘어놓는 목소리는 귀를 쫑긋 세우게 만든다. 성준의 이야기를 가만히 듣던 지윤은 밑반찬을 늘어놓는 종업원을 힐끗 보며 물었다.

"술을 마시고 싶은데 평일이라서 쉽게 결정을 못 할 땐?"

"마셔야지."

이번에도 답은 참 간단했다. 그 간단한 답을 따라하고 싶은 건 뇌리에 콕콕 박히는 목소리 때문일 것이다. 그게 아니라면 그 말에 무작정 고개를 끄덕이진 않았을 테니까.

"그 고민을 한 시점부터 엄청 마시고 싶은 거니까."

"그래, 그렇게까지 말한다면 그 의견을 받아들여야지."

소주 한 병을 시킨 지윤은 술과 함께 낡은 양푼 그릇에 담겨 나온 김치찌개를 보았다. 성준이 선택한 메뉴는 허름한 맛집의 소박한 음식이었다.

멋들어진 코트를 입은 성준과는 어울리지 않는다는 생각이 들었지만 소주 안주로는 안성맞춤이었다. 의견도 묻지 않고 주문한 음식이었지만 불만은커녕 오히려 무척 마음에 든다. 이런 기분에서 고상한 음식을 씹어야 하는 레스토랑에 데리고 갔다면 이 남자의 센스에 대해 진심으로 실망했을 게 분명했다.

가스 불 위에서 한 번 푹 끓여 나온 김치찌개가 보글보글 끓기 시작하자 종업원이 때맞춰 소주를 가져다주었다. 능숙하게 병뚜껑을 따는 지윤을 보던 성준이 눈을 동그랗게 떴다. 자신의 눈앞에서 일어난 일에 진심으로 놀라고 감탄했다는 듯이.

"와, 방금 뭔가 사회생활에 찌들어 사는 불쌍한 직장인 느낌이 들었어."

"불쌍한 직장인?"

"원치 않는 술자리까지 불려 나가야 그런 자세가 나오지 않을까 해서."

날카로운 분석이긴 했다. 술자리란 술자리는 모두 불려 나가 꿔다 놓은 보릿자루처럼 있었던 적도 많았다. 아직도 이 바닥은 인맥에 의해 좌지우지되는 경우가 많았고, 술을 좋아하는 술고래들이 많아 예전엔 주종을 가리지 않고 많은 자리를 가져야 했었다. 물론 지금이야 여유가 생겨 적당히 뺄 수 있는 스킬도 생겼지만.

지윤이 성준의 술잔을 채워준 후 제 것까지 채우며 말했다.

"그걸 아는 걸 보면 너 역시 그랬을 것 같은데?"

"내가 사는 동네엔 소주가 없었어."

그렇게 말한 성준이 소주가 찰랑이는 잔을 들었다. 그러더니 눈을 가늘게 뜨는 지윤을 보며 웃는다.

"그래서 처음 마셔보는 술."

"오호라, 이거 참 영광이네."

짠. 힘주어 잔을 부딪친 지윤이 곧장 술을 한 번에 들이켰다. 이 주 만에 마시는 술이었다. 그사이 회사일이 너무 바빠 공적인 술자리조차 피해왔었다.

빈 소주잔을 보던 지윤이 어깨를 으쓱였다.

참 좋다. 이젠 이 쓰디쓴 술 한 잔을 마시며 기꺼이 감정을 털어낼 정도의 나이가 되었다.

여전히 알코올의 잔향이 남아 있는 입을 쩝쩝 다시는 지윤을 보던 성준이 위험하리만치 투명한 술잔을 내려다보며 말했다.

"왜, 나의 처음이 되어서?"

"살 떨리게 이러지 말자? 어?"

더 이상은 무리라며 지윤이 고개를 절레절레 젓자, 이번엔 성준이 잔을 기울였다. 증류주는 알코올 특유의 향이 났지만 성준은 나쁘지 않다는 듯 고개를 옆으로 갸웃거린다.

"술은 별로 좋아하지 않아. 전 직장 동료는 그걸 알았지."

"아, 그 게이 친구?"

"친구인가?"

스스로에게 되물은 성준이 고개를 끄덕였다. 충분히 친구라고도 볼 수 있을 것 같았다. 그렇게 유쾌한 마지막 인사를 나눴던 것을 보면.

"음, 친구라고 할 수도 있겠네. 어리긴 하지만."

"오호, 연하의 남친이라……."

말꼬리를 길게 늘어뜨리는 지윤을 보며 성준이 술병을 집어 들었다.

"아마 지금 너와 술을 함께 마시고 있는 걸 안다면 무척 질투하겠지."

"뭐, 지, 진짜야?"

"물론."

술잔을 채운 성준이 병을 한쪽으로 밀어놓으며 진지한 표정으로 말했다. 지금 자신의 말에 거짓 하나 없다는 듯 맑은 눈동자로.

"삼 년 내내 한잔하자고 했었어. 한 번도 개인적으로 술자리를 가진 적은 없지만. 아마 너와 둘이서 마시는 걸 보면 더 질투에 눈이 멀지도 모르지."

그리고 이렇게 수다스러운 자신을 보면 더더욱 화를 낼 것이다.

「원하는 게 있으면 말을 해! 바보야?」

그가 수시로 그렇게 소리를 지르며 화를 냈었으니까. 귀찮다는 자신의 말에 길길이 날뛰기도 했었다.

"……그게 진짜야? 보통은 편하게 마시고 그러지 않나?"

"바빴어."

"술 한 잔도 못 할 정도로?"

성준이 답을 하는 대신 입을 굳게 다물었다. 더 이상 말을 하고 싶지 않다는 표현이었다.

이를 재빨리 눈치챈 지윤은 더 깊이 파고들 생각이 없다는 듯 소주잔을 집어 든 후 소주를 들이켰다.

"그래, 나도 이 주 동안 눈이 뒤집히도록 바빠서 이 좋은 걸 못 마셨으니 그럴 수도 있지."

크, 쉿소리를 내며 술을 마신 지윤이 잔을 내려놓은 후 가스 불을 껐다. 그리고 적당히 잘 졸여진 김치찌개를 맛본다. 매콤한 게 곧바로 해장이 되는 느낌이었다.

지윤은 말없이 소주잔 윗부분을 손가락으로 매만지고 있는 성준을 보았다. 그는 무언가 다른 생각에 잠겨 있는 듯했다. 이런 그를 보는 것은 재회 후 처음이었다.

진지한 표정이었지만 어떤 생각을 하는 것인지 속을 알 수 없는 모습에 지윤의 고개가 옆으로 기울어졌다.

'갑자기 왜 저러지?'

방금 전 그가 부러 대화를 피하던 것을 떠올렸다. 무언가를 자신이 건드린 것 같은 느낌은 들었으나 그것이 정확히 무엇인지는 알 수가 없었다.

그게 섭섭하다고 느낀다면 자신은 바보 천치였다. 오랜만에 만났으니 서로에게 하지 못할 이야기가 아주 많을 것이다. 자신 역시 그런 것들이 태산처럼 쌓여 있지 않은가.

지윤이 분위기를 전환하려는 듯 꽤나 평범한 대화 주제를 선택했다.

"왜 온 거야? 여행? 아니면 가족 만나러?"

"완전히 들어온 거야. 한국에서 살려고."

"……에?"

지윤의 눈이 커다랗게 떠졌다.

'뭐? 아예 눌러 사는 거라고?'

"가족은 다 뉴욕에 있는 거 아니야? 왜 갑자기 한국으로 돌아오겠다는 거야?"

"그건 말하기 싫다."

좋은 걸 말할 때처럼 싫다는 거부 의사 또한 명확했다.

그답지 않게 입을 꾹 다무는 모습을 보며 지윤은 고개를 끄덕였다. 이 역시 그가 말하고 싶지 않다고 하면 굳이 들을 마음은 없었다.

"갑자기 결정된 거니, 꽤 복잡한 사정이 있었겠네."

그래서 지윤은 딱 그 정도로만 결론을 내리려고 했다. 하지만 성준의 말은 이런 배려 따윈 깡그리 잊게 만드는 것이었다.

"갑자기 결정된 건 아니야. 회사가 붙잡는 걸 포기시키는 데에만 세 달이 걸렸으니까."

"……세 달? 그럼 홍콩에서 만났을 땐……."

"이미 퇴사가 결정되고 한국으로 돌아오는 게 결정되어 있을 때지."

지윤의 눈매가 좁아졌다. 이 역시 자신은 들은 바가 없었다. 하지만 성준의 생각은 조금 다른 모양이었다.

"왜? 왜 그렇게 봐?"

무심한 얼굴로 고개를 기울이는 모습에 지윤의 미간이 좁혀졌다.

'왜 이렇게 보냐고? 아오, 진짜!'

"진짜 나한테 홀렸어?"

지윤의 얼굴이 더욱 일그러졌다. 하성준은 '귀신'이 아니었다. '낮도깨비'다.

홍콩에서 그를 만났을 때, 미래를 계속 이어나갈 수 있는 사람이라면 '우연'이 아닌 '운명'이라고 믿었을 거라고 생각했던 적이 있었다. 모든 것이 예뻤고 아련해 보였으며 가슴 설레게 만드는 효과처럼 보였던 그날, 진심으로 그 '다음'을 꿈꿨다. 그리고 그 다음이 있다면 운명에게 격침당하는 기분일 거라며 씁쓸하게 조소하기도 했었는데, 알고 보니 그는 그때도 한국으로 완전히 돌아오기로 되어 있었던 것이다.

이건 마치 한 박자 늦게 뒤통수를 두들겨 맞은 기분이 들었다.

어쩜 이럴 수가 있지? 지윤의 표정이 쓰게 변하자 성준의 표정이 어두워졌다.

"왜 그렇게 봐?"

"못 들었어. 네가 한국에 오는 것도, 이곳에서 계속 생활할 거란 것도. 만약 미리 말해줬다면 네 행동에 당황만 하지 않았을 거야."

"왜 당황했는데?"

"감정의 깊이가 다르게 느껴졌으니까."

두 사람 사이에 침묵이 흘렀다. 감정이 그득 비치는 지윤의 눈망울에 잔잔한 파장이 일었다.

그와의 만남은 당혹감의 연속이었다. 가벼운 잠자리를 위해 자신에게 그러한 말을 하고 행동하는 것처럼 느꼈다. 그땐 그렇게 느낄 수밖에 없었다. 그의 계획을 몰랐으니까.

하지만 성준은 한국으로 온전히 들어왔고, 연락도 없이 제 앞에 나타났다. 그리고 말한다. 한국에서 계속 있을 생각이라고.

이런 그의 행동을 어떤 뜻으로 받아들여야 하는 것일까? 적지 않은 사회생활을 했고, 만남도 가졌다. 하지만 자신의 상식 안에선 이러한 행동에 대한 적절한 '해답'을 찾지 못했다.

"난 너와 홍콩에서 만났을 때 다음은 없을 줄 알았어. 그래서 네가 나에게 하는 것은 단순한 하룻밤, 그 이상도 이하도 아니라고 생각했거든."

"그건 아니야."

성준이 고개를 저었다. 지윤은 그를 말없이 보았고, 그의 얼굴 위를 시선으로 더듬었다.

"섹스가 필요하다 해서 너와의 관계를 무너뜨릴 생각은 없어."

직접적인 단어 선택은 자극적이었다. 하지만 목소리는 무감하고 낮다.

"그럼?"

그래서 지윤은 성준의 눈동자를 보며 홀린 듯 물었다. 그렇다면 너의 본심은 무엇이냐고.

그러자 성준은 막힘없이 답했다. 이미 머릿속엔 완벽하게 그 답이 정리되어 있다는 듯이.

"세 달 전에 사표를 낸 이유는 한국으로 돌아오고 싶어서야. 꽤 오랫동안 떠난 고국이지만 이 땅의 기억은 잊고 싶은 것보다 기억하고 싶은 것이 더 많았거든."

"……."

"꽤 즐거웠던 것 같아. 그 기억을 하나둘 떠올릴 때면 가장 먼저 생각나는 건 너였어."

성준의 말에 흔들리던 지윤의 눈동자의 떨림이 멈췄다. 그리고 호흡 또한 멈춘다. 검은 눈동자가 자신만을 올곧이 향하자 가게 안을 가득 채운 사람들의 소음도, 자신의 머리를 지끈지끈하게 만들던 생각도, 가슴에 고인 저릿한 감정도 모두 이명처럼 멀어졌다.

"그렇게 생각하니까 꼭 이곳으로 돌아와야 할 것 같은 기분이 들었어."

"……대책도 없이?"

오래전, 그가 유학을 떠난 이후로 간단한 안부조차 주고받은 적이 없었다. 한국으로 돌아온다고 해서 자신을 찾을 방법이 없을 텐데. 거기에다가 '기분'만 가지고 삶의 터전을 바꾼다는 건 대단한 도전이기도 했다. 자신은 결코 할 수 없는 도전 말이다.

지윤의 물음에 성준이 입술을 휘며 장난스럽게 웃었다.

"대책이 필요한가? 난 원래 한국에서 태어나 자랐으니 문화도, 언어도 문제가 없잖아."

"……아니, 그런 문제가 아니라."

지윤의 미간이 좁혀졌다. 생각하는 범위 자체가 일반 사람과는 많이 달랐다.

이런 일을 타인에게 말해본 적은 없는데. 지윤은 손을 들어 제 뺨을 더듬고 있는 그의 손을 떼어내며 말했다.

"삶을 유지하기 위해선 돈이 필요하잖아. 그럼 일을 해야 하고. 뭐, 트윈에서 일할 정도면 한국에서 직장을 잡는 것도 어렵진 않겠지만, 그래도 네가 있던 곳과 한국의 주얼리 시장은 엄청 차이가 크거든."

"삶을 유지할 돈 정도는 있어."

이야기를 하면 할수록 머리가 아팠다. 그러고 보니 성준의 아버지는 외교관이었다. 고급 공무원이었고, 외가 역시 무척 잘 산다고 들었었다. 그것 때문에 영악한 아이들은 하성준의 매력에 '집안'을 더했었다.

지윤은 기가 막히다는 듯 바람 빠지는 소리를 내며 웃었다. 이젠 이런 대화나 대화 주제조차 익숙해진 느낌이었다. 웃음이 나오는 걸 보면.

지윤은 다시 소주잔을 비운 후 여전히 자신을 향해 있는 시선을 느끼며 고개를 들었다. 또다, 그 부담스러운 시선. 지윤이 어색한 웃음을 지으며 물었다.

"계속 그렇게 볼 거……."

지윤이 말을 끝맺기도 전 팔을 뻗어 그녀의 목덜미를 감싸 쥔 성준이 상체를 기울였다.

두 사람의 입술이 마주했다. 비스듬히 고개를 기울인 성준이 혀로 입술을 가르고 안으로 파고들었다. 딱딱하게 굳어 있는 혀를 톡톡 건드린 성준이 곧 물컹한 혀로 굳어 있는 지윤의 혀를 옭아맸다. 급작스러운 키스는 지윤의 혼을 쏙 빼놓기에 충분했다.

달큰한 타액이 뒤섞였다. 침을 꼴깍 삼킨 지윤의 눈이 스르르 감기다 말고 뒤에서 이를 놀란 눈으로 보고 있는 남자와 시선이 마주치자 서둘러 팔을 뻗어 성준을 밀어냈다.

'헉!'

손을 펴 입술을 가린 지윤이 뺨을 붉혔다.

이 무슨 미친 짓이란 말인가! 이곳은 회사 근처에 있는 유명한 식당이었다. 가게 안엔 빈 테이블 없이 손님들로 가득 차 있었고, 좁은 공간에 종업원도 일곱이나 되었다. 그런데 북적북적 도떼기시장 같은 이곳이 두 사람의 키스로 인해 순간 침묵에 휩싸였고 수백 개의 눈이 둘에게로 모두 향해 있었다.

"너 진짜……!"

얼굴을 붉힌 지윤이 어조를 낮추며 외쳤다.

자신의 애정 행각을 남들에게 라이브로 보여주다 못해 상황을 인식하지 못해 두 눈까지 감으려고 했다는 생각에 가루가 되어 날아가 버리고 싶었다. 물론 자신이 세상에서 사라지기 전에 때와 장소를 가리지 못한 그 역시 가루로 만들어 버려야겠지만.

"왜? 약속했잖아, 다음에 그 뒤를 해보자고."

하지만 뻔뻔한 성준은 아직도 자신의 죄를 모르는 듯 천진한 눈동자를 빛냈다.

꽥, 소리를 지르려던 지윤은 곧 아직도 자신과 성준이 동물원의 원숭이가 되어 있다는 사실을 깨닫곤 자리에서 벌떡 일어났다.

"일어나."

짧게 말한 지윤이 먼저 계산을 하고 밖으로 나오자 성준도 곧 그 뒤를 따라왔다. 성큼성큼 걸음을 옮긴 지윤은 자신의 손을 붙잡는 성준을 향해 도끼눈을 떴다.

"여긴 네가 살던 성적으로 개방적인 외국이 아니거든! 아직도 여자들이 짧은 치마를 입고 길거리를 걸으면 혀를 차는 한국이라고!"

"외국이 개방적이라고 생각하는 건 모두 편견이야."

성준이 무심하게 말을 이었다. 지윤이 이를 버드득 간 것은 두 말 하면 잔소리였다.

"방금 그런 행동을 했는데 내가 그 말을 믿을 것 같아?"

"정말인데? 처음이라고."

"너 많이 변했다. 예전엔 안 그랬던 것 같은데……."

애가 왜 이렇게 능글맞고 손이 빨라졌니?

그렇게 뒷말을 이으려 했으나 성준이 적반하장으로 팔짱까지 끼며 삐딱하게 짝다리를 짚자 입을 꾹 다물었다.

"왜 여기서 옛날의 내 이야기가 나와? 지금의 나도 너와 함께 있는데."

"난 예전의 너밖에 모르니까."

"예전의 나도 그랬어."

성준의 말에 지윤이 눈살을 찌푸렸다.

"뭐?"

과거의 그를 떠올리던 지윤이 미간을 좁혔다.

"네 이름이 궁금해서 먼저 물었고, 항상 곁에 있기 위해서 노력했어. 같은 반이 되었을 땐 기뻐했고……."

"기뻐했다고? 네가 언제?"

그런 경험 따윈 없다며 지윤이 다소 격정적으로 말했다. 그러자 성준의 눈빛이 더욱 진지해진다.

"지금처럼. 그때도 무척 기뻐했어."

지금 이 표정이 기쁘다는 것을 표현한 것이라면 그때 역시 기뻐했던 것은 맞다. 무심한 눈동자와는 달리 호를 그리고 있는 입술. 감정 표현에 솔직한 '언어'와는 달리 '표정'은 어딘가가 조금 모자라 보였다.

"그럼 왜 그랬는데? 왜 이름을 묻고, 내 옆에 있으려고 노력했던 건데?"

지윤이 반쯤 포기하며 물었다. 그러자 성준은 이번에도 역시나 망설임 없이 말한다.

"좋아하니까."

턱이 떡 벌어졌다. 좋아했다고?

예전의 하성준은 만인의 연인이었지, 자신만을 바라보던 아이는 아니었다. 그건 당당하게 주장할 수 있다. 그의 주위에 자신만 있었던 것은 맞았지만, 그렇다 하여 그것이 연애의 감정은 아니지 않은가? 만약 그런 기미가 있었다면 유학을 떠났을 때 고백이라도 했었을 것이다. 하지만 자신은 고백을 하지 못했다. 잘 지내라는 인사를 건네며 내민 손조차 잡을 수 없을 만큼 의기소침했었다.

"첫사랑이거든."

"……."

"나 널……."

"잠시만…… 뭐라고?"

놀란 눈으로 성준을 보던 지윤은 곧 이어지는 말에 커다란 눈을 깜빡였다.

"첫사랑이라고. 널 무척 좋아했다고. 그리고 이상하게 지금도 그때의 감정과 비슷해. 마치 그대로 멈춰 있었던 것처럼. 몇 번이나 더 말해야……."

깜짝 놀란 지윤이 손을 들어 성준의 입을 틀어막았다. 그러더니 눈동자를 데굴데굴 굴리며 얼굴을 붉힌다. 그의 입에서 흘러나오는 말에 놀라고 기겁을 해 임시방편으로 입을 틀어막긴 했는데 그 다음엔 도저히 무엇을 해야 할지 떠오르지가 않았다.

이건 무슨 소꿉장난을 하는 것도 아니고. 얼굴이 터질 것만 같았다. 그와 함께 심장도 뻥 터질 것만 같다. 또다시 심장이 요동을 쳤고 가슴께가 뻐근하게 아파왔다.

"그만해라, 제발."

눈을 동그랗게 뜬 지윤은 어정쩡하게 웃으며 부탁조로 말했다. 고백을 한 것은 성준이었으나 지금 이 상황에서 완벽한 약자는 지윤이었다.

성준이 잔망스럽게 웃고 있었으나 손으로 입을 가리고 있어 부드럽게 말려 올라간 입꼬리까지 보이지는 않았다. 하지만 눈웃음만으로도 그녀를 위협하기엔 충분했다.

덜컹, 덜커더엉. 심장이 아래로 툭 떨어져 데굴데굴 굴러가는 기분이 들었다.

지윤이 어쩔 줄 몰라 시선만 옮겨 주위를 둘러보았다. 회사 자체가 워낙 사람의 인적이 드문 곳에 있어 주위엔 인기척 하나 없었다. 가로등 불만이 눈을 사로잡는 거리를 불안한 눈으로 훑던 지윤은 순간 손가락 사이를 가르는 말캉한 혀에 깜짝 놀라 숨을 들이켰다.

할짝. 혀가 손가락 사이를 파고들었다. 오싹한 느낌에 몸이 위로 붕 뛰어 올랐다가 아래로 떨어진다. 그와 함께 지윤의 이성도 함께 날아가 버렸다.

할짝, 할짝. 마치 달콤한 소스가 손가락에 묻어 핥는 것처럼 맛을 보던 성준이 정면으로 시선을 옮겨 지윤을 뚫어지게 보았다.

"하성준!"

뒤늦게 손을 뗀 지윤이 뒤로 더듬더듬 물러났다. 하지만 놓아줄 성준이 아니다. 그는 도망가는 지윤의 손을 붙잡은 후 손가락에 입을 맞췄다.

"왜 불러?"

성준의 숨이, 그가 남긴 잔상이 여전히 어른거렸다. 깜짝 놀란 마음에 여전히 호흡은 거칠었고, 머릿속은 새하얗게 타들어갔다.

아, 이런. 이래서 하성준은 몸에 나쁘다니까.

지윤이 입술을 길게 늘어뜨리며 허탈하게 웃었다.

"너 진짜 사람 돌아버리게 하는데 재주 있다."

"그런 이야기 자주 듣지."

나 말고 또 누구에게 들었냐는 질문을 던질 힘도 없었다. 성준에게 붙잡힌 손을 떼어낼 생각도 하지 못한 채 지윤이 고개를 절레절레 젓는다.

"나 집에 갈게. 진이 다 빠졌어."

이제 그만. 오늘은 정신 건강에 나쁜 대화와 만남은 여기까지만 하는 게 좋을 것 같았다. 아니면 정말 머리가 뻥 하고 터질 것만 같으니까.

기운이 쭉 빠진 얼굴로 시무룩하게 말하는 지윤을 보며 성준이 아쉽다는 듯 입맛을 다셨다.

한국에 도착하자마자 바로 이곳으로 날아와 자신 역시 피곤했으나 성준은 이별이 아쉽다는 듯 한참이고 그녀를 보았다. 그러다 이내 아쉬움이 뚝뚝 떨어지는 목소리로 말한다.

“데려다줄게.”

“택시 타고 갈 거야.”

“그러니까 데려다주겠다고.”

성준이 지윤의 손을 붙잡고 있던 손에 힘을 주었다. 혼자는 못 보내겠다는 강력한 의지였다.

“위험하잖아.”

혼자 가겠다고 말을 해도 됐다. 뉴스에서 떠들어대는 것보다 대한민국의 밤거리는 그렇게 위험하지 않았고, 큰 길에서 택시를 타고 곧장 집 앞에서 내리면 되니까.

하지만 그 어떤 말을 해도 성준은 자신을 놓아주지 않을 것이다. 단순히 위험하다는 이유만으로 자신을 붙잡고 있는 건 아닐 테니까.

나른하게 웃은 지윤이 이내 읊조리듯 말했다.

“위험하지 않다고 말하고 싶지만 굳이 데려다준다면 거절하진 않을게.”

성준은 바라던 말을 순순히 해주는 지윤을 보며 만족한 듯 고개를 주억거렸다.

새하얀 얼굴 위로 가로등 불빛이 쏟아졌다. 노르스름한 빛깔을 받아 반짝이는 검은 눈동자에 어린아이처럼 순수한 감정이 함께 일렁이는 것을 멍하니 올려다보던 지윤이 눈을 깜빡였다.

그러니까 우린 서로에게 첫사랑이었다는 거지? 남녀가 동시에 상대에게 연애 감정을 느끼는 것은 아주 특별하고 행복한 경험이다. 그런 사랑의 타이밍은 흔치 않은 경험이니까. 그런데 성준과 자신은 서로를 '처음'으로 정하고 풋사랑을 했다. 이건 정말 놀라운 경험이지 않은가.

그의 손에 이끌려 휘청휘청 걸음을 옮기던 지윤이 자리에서 비틀거렸다. 뒤늦게 취기가 올라오는 모양이었다. 미간을 구긴 지윤이 몸을 곧게 세우자, 성준이 작은 어깨를 붙잡아 자신의 품으로 당겼다. 물 흐르듯 행동이 너무나 능숙해 거부감은 들지 않았다.

성준의 품에 안겨 걸음을 옮기던 지윤이 고개를 절레절레 저었다.

다른 남자가 이렇게 했다면 따귀라도 올려붙였을 것이다. 어디서 개수작이냐며 욕이라도 했겠지. 만약 성준이 지금의 모습이 아닌, 자신이 생각했던 그대로 자라났다면 어색하게 밀어냈을지도 모르겠다. 지금의 그가 아니었다면.

'조금 더 함께 있겠다고 할 걸 그랬나.'

다음 만남을 약속할 생각이 없어 보이는 성준의 옆모습을 올려다보던 지윤이 고개를 저었다. 지금은 여기서 헤어지는 것이 좋으리라. 몸은 천근만근 무거웠고, 눈꺼풀도 슬슬 감기기 시작했다.

그를 만날 때면 하루가 유독 길게 느껴진다. 온 신경을 집중해야 할 때가 많아 쉽게 지친다. 오늘도 마찬가지였다.

큰길가까지 나와서야 택시를 붙잡아 탈 수 있었던 둘은 지윤의 집으로 향하는 내내 아무런 말도 없었다. 하지만 손가락 사이를 얽고 손등을 더듬고 시선을 맞추는 것은 그만두지 않았다.

그러다 얼마의 시간이 더 흐른 후, 택시에 오른 지 얼마 되지 않아 잠이 든 지윤의 고개가 이리저리 움직였다.

지윤은 목이 아프지도 않은 것인지 잠에서 깰 기미가 없었다. 양옆으로 움직이는 고개를 보던 성준이 살짝 뺨을 감싸 쥔 후 자신의 쪽으로 잡아당겼다. 머리를 어깨에 기대게 한 성준의 입가에 부드러운 웃음이 머물렀다.

그렇게 얼마나 한참을 달렸을까. 집이 지척까지 가까워져서야 슬쩍 눈을 뜬 지윤은 자신이 기대고 있는 단단하고 넓은 어깨를 느끼며 시선을 올렸다. 허공에서 마주친 시선에 긴장감이 흘렀다.

성준의 얼굴이 지나치게 가까이 다가와 있다는 생각부터 들었다. 그의 숨이 뺨에 닿을 정도였으니까. 이곳이 택시 안이라는 것도, 택시 기사가 백미러로 힐끗 바라보는 것도 잊은 채 지윤이 숨을 들이켰다.

쪽. 가볍게 마주한 입술에 지윤의 눈이 커다랗게 떠졌다.

"긴장 놓지 마."

천천히 닿았다가 떨어지는 입술에 지윤의 입가가 느슨하게 풀어졌다.

"……너랑 있을 때면 그냥 정신을 놓고 싶을 때가 있어."

대부분의 시간이 그러했지만.

"흠흠! 저기 손님들…… 도착했는데요?"

택시 기사가 헛기침과 함께 말을 하자 지윤의 시선이 앞으로 향했다. 그제야 자신들을 지켜보고 있는 시선이 있다는 것을 알아차린 듯 얼굴을 붉힌다.

'아, 무슨 주책이야. 성욕을 참지 못하는 이십대 초반의 풋내기도 아닌데!'

지윤이 서둘러 택시 문을 열고 내리자, 성준이 현금을 내민 후 곧장 뒤따라 내렸다. 아파트 로비로 거침없이 걸어가는 지윤의 뒷모습을 바라보던 성준은 길쭉한 다리로 순식간에 따라 잡아 팔목을 낚아챘다. 그리고 지윤의 몸을 뒤로 휙 돌려 자신의 품에 툭 하고 부딪치는 작은 여체를 끌어안았다.

"왜 도망가?"

"도망 안 가게 생겼니?"

지윤이 씩씩거리며 붉어진 얼굴을 손바닥으로 가렸다. 꽁꽁 숨어버린 얼굴을 보기 위해 고개를 요리조리 돌리던 성준은 손쉽게 그녀의 손 하나를 떼어냈다.

가로등 불빛이 터질 듯 붉어진 얼굴을 밝혀준다. 지윤의 얼굴을 가만히 바라보던 성준은 부끄러움에 눈가에 눈물까지 찔끔 고인 것을 보더니 입술을 내렸다.

눈 위에 한 번.

콧잔등에 한 번.

입술에 한 번.

그렇게 입술 위에 안착한 보드라운 입술을 혀로 가른 성준이 깊은 숨을 지윤의 입안으로 불어 넣었다. 혀로 아랫입술을 부드럽게 빨아 올린 그가 그녀의 혀를 자신의 입안으로 끌고 왔다. 그리고 혀끝을 부드럽게 핥는다.

숨이 막혔다. 입술부터 시작된 그의 짙은 향내에 어떻게 반응해야 할지 몰라 바짝 얼어 있던 지윤이 이내 팔을 들어 밀어붙이고 있는 커다란 가슴 위에 얹었다.

이런 입맞춤을 해본 적이 언제였던가.

사랑의 행위 역시 익숙해지는 것이기에 어른이 될수록 두근거림과 설렘은 점차 사라졌었다.

하지만 지금은 설렜다. 가슴이 와르르 무너질 것처럼 뛰었고, 주위의 작은 소음들은 이명처럼 느껴졌다. 이 세상에 고개를 비스듬히 기울인 채 자신에게 입을 맞추고 있는 이 남자와 자신 둘만 남은 것만 같은 착각에 빠진다.

그의 가슴을 밀어내지도, 그렇다고 자신의 쪽으로 끌어들이지도 못한 채 서 있던 지윤의 고개가 그의 손이 이끄는 대로 옆으로 비스듬히 기운다. 성준의 손은 지윤의 뺨을 감싸고도 남을 만큼 컸다.

그가 주는 감각에 세상 모두가 환상처럼 느껴질 때 즈음, 집요한 입맞춤을 하던 성준이 입술을 뗐다. 그리고 감겨 있는 눈가가 파르르 떨리는 것을 보더니 지윤의 몸을 자신의 쪽으로 잡아당긴 후에 꼭 안는다.

성준이 지윤의 귓가에 속살거렸다.

“자고 가고 싶은데.”

아아, 정말! 지윤이 눈을 질끈 감았다. 자신의 사정은 봐주지 않은 채 무작정 밀고 들어오는 그의 애정 행각은 싫지 않았다. 이것저것 재지 않아도 되고 그의 말, 행동만 올곧게 받아들이면 되니까.

하지만 무섭다. 솔직한 감정으로 부딪쳐 오는 ‘그’가.

“백년은 일러.”

이 유혹에 쉽게 넘어가지 않을 생각이었다. 몸이 말하는 언어를 쉽게 받아들이고 그를 품는다면 그 끝 또한 너무나 쉬울 것만 같아서.

그게 조금은 무서워졌다.

닿을 듯 말 듯, 닿다

내겐 다섯 명의 아버지가 있다. 내가 세상에 있으니 당연히 첫 번째 아버지는 '친부'였다. 하지만 얼굴은 몰랐다. 내가 태어나기도 전에 두 분이 갈라섰으니까. 어떤 이유로 가정을 이룬 후 얼마 되지 않아 갈라섰는지는 몰라도 매정하다고 해야 할까, 아니면 배려라고 해야 할까. 친부가 내 앞에 나타난 적은 단 한 번도 없었다.

두 번째 양부는 내가 태어나고 옹알이를 할 무렵 생겼다. 두 번째는 다행인지 불행인지 이혼 사유를 후에 들어 알고 있었다. 가정 폭력. 두 번째 양부는 술을 좋아했고 폭력적이어서 시도 때도 없이 엄마를 때렸다.

두 번째 결혼을 통해 엄마는 큰 깨달음을 하나 얻었다고 했다. 술 마시는 남자는 상종도 해선 안 되는구나. 그 후로 엄마의 결혼 상대는 하나 같이 술은 입에도 대지 못하는 사람이었다.

"그래도 그 사람 술만 안 마시면 좋은 사람이었어. 얼마나 잘해줬는데."

후에 엄마는 두 번째 결혼 상대를 그렇게 평가했다. 큰 단점 하나로 열 가지의 장점을 가리는 사람이라고.

세 번째 결혼은 내가 다섯 살이 되었을 때였다. 세 번째 아버지를 본 날은 내 생일이었고, 모르는 아저씨가 큰 곰 인형을 안겨주었다. 첫 인상은 아직도 기억에 남아 있는데 키가 무척이나 작은 사람이었다.

세 번째 결혼은 꽤 오랫동안 유지되었다. 내가 중학교 교복을 입을 때까지 두 분의 결혼 생활이 유지되었으니까. 하지만 세 번째 결혼이 가장 최악이었다고 지금도 당당히 말할 수 있다. 그때의 난 사춘기였으니까.

그때 처음으로 엄마에게 화를 냈다.

"엄마는 남자 없인 못 살아? 이 정도 실패했으면 그만 됐잖아!"

해선 안 될 말을 했다. 엄마 역시 어쩜 그런 소릴 할 수 있냐며 화를 냈다. 그 후로 모녀는 한동안 대화를 하지 않았다. 한집에 살았지만 완벽하게 단절된 삶을 살았다.

이후로 평생 아버지가 없을 줄 알았다. 하지만 그 뒤로 어머니는 두 번의 결혼을 더 했고, 현재의 아버지와 살고 있었다. 네 번의 결혼을 통해 이번엔 제법 괜찮은 남자와 결혼을 한 듯도 했다. 금은방을 하고 있어 세 번째 아버지처럼 돈으로 말썽을 피우지도 않았고, 여자 앞에선 숫기가 없어 네 번째 아버지처럼 바람을 피우지도 않았다.

하지만 여전히 사소한 문제로 부부 싸움을 할 때면 엄만 어김없이 나에게 전화를 걸었다.

"네 아버지가 나한테 어떻게 했는지 아니?"

엄만 남자에게 의존성이 강했다. 그 시대의 여자들 중 그런 사람이 많다고 하더라도 어릴 적부터 남자에게 과도하게 의존하면 어떻게 되는지 봐온 지윤은 연애를 할 때 과도하게 상대에 빠지는 것을 견제해 왔다. 엄마의 의존성은 상대를 과하게 사랑하는 것부터 시작이었으니까.

난 그렇게 되고 싶지 않아. 그렇게 살고 싶지 않아. 누군가의 아내로, 한 아이의 어머니로 그렇게 살고 싶지 않아.

불행했던 가정사에서 비롯된 트라우마는 평생 날 지탱해 줄 것이라고 생각했다. 어찌 되었든 난 엄마의 딸이었으니 닮고 싶지 않은 그 점까지도 닮아 그 생과 비슷한 생을 살게 될지도 모르니까. 아이는 가장 가까운 어른과 닮아가고, 자신에게 있어 가장 가까운 어른은 엄마였으니까.

하지만 이제 와 생각해 보니 그 생각은 불행에 가깝다는 걸 깨달았다.

"그만 뛰어라."

성준의 입술이 닿았던 제 입술을 어루만진 지윤이 우울한 목소리로 읊조렸다.

사람에게 빠져드는 게 무섭다. 엄마와 닮아버릴까 무섭다.

그런데…….

"나 정말 어떻게 해."

이 떨림에 단순해지지 못하는 내가 불행하다.

두 눈을 감은 지윤은 건어물처럼 메말라 버린 마음이 촉촉하게 젖어드는 것을 느꼈다.

*

제대로 가꾸지 못한 폐허 같은 마당 한쪽에 짐이 잔뜩 쌓여 있다. 낮은 울타리는 쉽게 뛰어넘을 수 있을 정도여서 방치되듯 놓인 짐은 누가 가져가도 이상하지 않을 만큼 허술하게 놓여 있었다. 이 동네의 사람들은 대부분 차를 타고 이동하고, 이 짐을 가져갈 만큼 궁핍하게 사는 사람이 없어 다행이라고 생각이 될 정도였다.

가로등 불빛을 뚫고 강렬한 라이트가 도로를 밝혔다. 빠르게 달리던 차는 정확하게 주택의 앞에 멈춰 섰고, 곧 차 문이 열리고 투 버튼 코트를 입은 성준이 내렸다. 그의 걸음이 거침없이 옮겨지더니 낮은 울타리 앞에 멈춰 섰다.

그의 시선이 상자를 무심히 훑는다. 상자는 국제 택배로 온 것으로 성준의 것이었다. 대부분의 물건을 망설임 없이 모두 처분하고 돌아와 많지는 않았지만 여러 번 나눠 옮겨야 할 수준은 되었다.

상자를 가만히 보던 성준이 울타리를 열고 안으로 들어갔다. 그리고 당연히 옮겨야 하는 상자는 말끔하게 무시한 채 걸음을 옮겨 현관으로 향한다. 주머니를 뒤적여 열쇠를 꺼낸 그가 문을 열었다. 그리고 순간 확 끼치는 불쾌한 냄새에도 무심한 얼굴로 집 안을 훑는다.

어두컴컴한 실내는 뭔가가 케케묵은 냄새가 났다. 그건 곰팡이 냄새보단 오랫동안 밀폐된 곳에서 나는 특유의 냄새에 가까웠다.

오랫동안 사람의 손길이 닿지 않은 것이 분명해 보이는 차가운 공간을 보던 성준이 신발을 벗지도 않은 채 그대로 집 안으로 들어섰다. 당연히 켜져야 할 센서는 이미 오래전에 전기 공급이 끊겨 켜지지 않았다. 그건 보일러 또한 마찬가지였다. 집 안은 냉기가 돌았다.

하얀 천이 덮여 있는 가구 사이를 지나 걸음을 옮기던 성준이 거실 한가운데에서 걸음을 멈췄다. 벽에 걸려 있는 커다란 가족사진을 보던 성준의 입매가 부드럽게 말려 위로 올라간다.

"여긴 예전과 똑같네요, 아버지."

그건 단순히 기분 탓일 것이다. 이 집을 떠난 지 오래 되었으니까. 하지만 과거의 기억은 여전히 그를 좀먹고 있어서 현실과 뚜렷한 경계를 그리지 못하고 있었다.

한참 가족사진을 올려다보던 성준은 다급하게 손을 들어 올려 입을 틀어막았다.

"윽-"

코까지 틀어막아 숨을 막은 성준이 급히 몸을 돌렸다. 그러더니 들어올 때와는 달리 빠르게 걸음을 옮겨 집을 벗어난다.

쾅!

"헉, 헉……."

등 뒤에서 거칠게 문이 닫히는 소리와 함께 성준이 구부정하게 허리를 숙인 후 두 무릎을 손으로 짚어 몸이 앞으로 고꾸라지지 않도록 지탱했다. 눈을 질끈 감은 그가 한심하다는 듯 읊조린다.

"젠장."

이게 뭐하는 짓이야.

일그러진 얼굴로 누렇게 죽은 잔디를 보던 성준이 몸을 곧게 폈다. 그리고 고개만 돌려 새하얀 집을 올려다보았다.

무언가 할 말이 있는 것처럼 입술을 빼끔거리다가 성준은 결국

한 마디도 내뱉지 못하고 입을 다물었다. 그러더니 성큼성큼 걸음을 옮겨 다시 방치해 두었던 박스로 향했다. 커다란 박스 중 가장 위에 있던 박스로 시선을 떨어뜨린 성준이 주머니에 들어 있던 차 키를 꺼내 들었다.

차 키로 테이핑되어 있는 박스를 뜯은 성준은 안에 원하던 물건이 있자 다음 박스도 뜯었다. 역시나 안에도 첫 번째 박스와 마찬가지로 작은 캐리어가 들어 있었다.

굳이 안을 확인할 생각도 하지 않은 채 캐리어 두 개를 질질 끌고 차고로 향한 성준은 오랫동안 한자리에 세워져 있어 먼지가 뽀얗게 쌓여 있는 차 트렁크를 열어 캐리어를 실었다. 모든 행동은 미리 계획을 한 것도 아니었으나 빠른 시간에 이루어졌다.

운전석에 오른 그는 시동을 켠 후 차에 달아둔 리모컨을 눌렀다. 다행이 배터리가 방전된 것은 아닌지 차고에서 소리가 나며 문이 열렸다.

어서 이곳을 벗어나자. 성준의 눈동자에 그런 다급함이 보였다. 다음 목적지가 없었음에도 그는 무작정 차를 몰았다.

빠르게 달리던 차에서 심상치 않은 소리가 났다. 그럴 수밖에. 오랫동안 쓰지 않으면 무엇이든 망가지기 마련이었다. 물건이든, 사람이든.

차를 갓길에 세운 성준이 입가에 웃음을 머금었다. 그러더니 덜덜 떨리는 손으로 붙잡고 있던 핸들을 놓았다.

"후."

거칠게 숨을 몰아쉰 성준이 손바닥을 내려다본다. 도통 마음이 진정이 되질 않았다. 그와 함께 간헐적으로 떨리는 움직임도, 멈출 생각을 하지 않는다.

정말, 꼴불견이다. 성준의 입술이 시니컬하게 휠 때였다. 외투에 들어 있던 휴대전화가 시끄럽게 울렸다. 이렇게 타이밍이 나쁠 때 전화라니. 평소라면 가볍게 무시했겠지만 혹여 지윤에게서 걸려온 것은 아닐까, 액정을 확인한 성준은 의외의 인물에 잠시 당황했다.

〈John〉

무슨 일일까. 분명 일과 관련된 것이 분명했다. 무시해도 됐지만 성준은 웬일로 기꺼이 전화를 받았다.

「너 정말 날 사랑하는 거 아니야?」

물론 약 올리는 것은 잊지 않았지만.

성준의 말에 존은 잠시 말문이 막힌 것인지 한 템포 늦게 답했다.

[……샘플 나왔다고 연락한 거야!]

「벌써?」

성준은 겉으론 평소와 같았다. 평소에도 수많은 감정들을 억누르고 살아왔었으니까. 오랜만에 끔찍한 기분이 든 것이긴 했으나, 그 정도는 성준의 인내심을 완전히 무너뜨리지 못한 모양이었다.

성준은 검은 하늘을 올려다보았다. 존의 목소리가 귓가에서 점차 멀어져 가는 것만 같은 착각이 들었다.

[이 일이 무사히 되어야 당신도 홀가분한 기분으로 다른 회사로 갈 거 아니야.]

「쓸데없는 배려야.」

[배려를 하는 건 당신이 아니라 회사야. 그러니까 불평하지 마.]

무심하던 성준의 눈동자에 짜증이 어렸다. 더 이상 전 회사와 얽히고 싶진 않았다. 과거와 얽히는 것은 지긋지긋할 정도였으니까.

[샘플 들고 직접 한국으로 갈 거야. 그렇게 알아.]

하지만 존이 이렇게까지 말하는데 더 이상 거절할 구실은 떠오르지 않았다. 그의 목소리에 명백한 비난이 담겨 있었으니까.

'이렇게 대충 일을 처리하는 머저리는 아니었을 텐데?'

후, 성준의 입에서 깊은 한숨이 흘러나왔다. 그가 손을 들어 화끈한 관자놀이를 손가락으로 꾹꾹 눌렀다. 두통이 몰려왔다.

「까다롭게 볼 거야.」

[어련하시려고. 회사도 그걸 원해.]

너무나 심플한 말이어서 몸에 잔뜩 들어가 있던 힘이 거짓말처럼 푸스스 풀렸다. 딱딱하게 굳어 있던 몸을 의자에 기댄 성준이 손을 들어 이마를 짚는다. 웃음이 나오려 했지만 애써 꾹꾹 참아내는 모습이었다.

「유람선 탈래? 아니면 63빌딩이라든가, 남산 타워도 있어.」

[난 당신과 데이트를 하려고 가는 게 아니거든?]

모두 데이트 코스라는 건 어떻게 알고. 한국에 생각보다 관심이 많구나, 라고 생각한 성준이 두 눈을 감으며 말했다.

「아니었어?」

성준의 어조는 지나치게 가벼웠다. 아이들이 소꿉장난을 하듯이. 누구도 자신의 기분 따윈 몰랐으면 했으니까. 하지만 한편으론 알아주었으면 하는 마음도 들었다. 이율배반적인 생각에 조소가 흘러나올 것만 같아 입을 굳게 다물었다.

그건 상대 또한 마찬가지였다. 성준은 아무런 말도 들려오지 않자 귀를 쫑긋 세웠다. 얼마의 시간이 흐르지 않아 존의 음성이 들려왔다.

[……당신 무슨 일 있어?]

망설이고 망설인 끝에 흘러나온 물음에 성준의 얼굴이 거짓말처럼 굳어졌다.

'뭐야, 이 걱정스러운 기색은.'

무심한 얼굴로 하늘을 보던 성준이 고저 없이 말했다.

「아무 일도 없어.」

[그래, 그럼 한국에 가기 전에 연락할게. 휴가를 받아서 가야 할 테니까.]

여전히 의아한 목소리였다. 아무 일도 없다는 말에 슬쩍 넘어가는 어투이긴 했으나, 곧 이어지는 물음에 성준의 웃음이 진해졌다.

[첫사랑과는 어떻게 됐어?]

「질투하는 거야?」

[……아니다. 됐어. 또 연락할게.]

무슨 촉이 이렇게 좋은 것인지. 긴밀하게 자신의 기색을 살피는 말을 가볍게 넘긴 성준이 휴대전화를 들고 있던 팔을 아래로 내렸다.

세상은 조용해졌다. 그를 또다시 끔찍한 침묵이 덮친다.

"벌써 보고 싶다."

한숨처럼 말한 성준이 다시 눈을 감았다.

참아야지. 도망갈 테니까.

"집요한 게 좋지 않다는 건 알잖아."

상대의 마음을 들여다볼 생각도 하지 않은 채 무작정 밀어붙인 결과가 어떤지 그는 아주 잘 알고 있었다. 그러니, 오늘은 여기까지만 하자.

성준이 스스로를 타일렀다.

*

지윤은 책상 위에 너저분하게 널어져 있는 물건들을 이리저리 치워가며 서류를 살폈다. 홍콩 출장 이후 휴가와 추석 명절까지 쭉 쉬었던 지윤은 제때 처리하지 못한 일들에 파묻혀 허덕이고 있었다.

혼이 나간 얼굴로 여기저기 더듬어가며 다이아몬드와 서류 속 넘버를 비교하던 지윤은 현미경으로 내포물까지 확인한 후 체크 표시를 했다. 마지막으로 업체에 다이아몬드를 넘기기 전 최종 확인을 하고 있는 중이었고, 원래라면 어제 낮에 모두 끝냈어야 할 일이었다.

아, 정말! 기어코 걱정했던 일이 터졌다. 물건이 잘못 표시되어 있자, 지윤의 얼굴이 일그러졌다. 붉은 펜으로 수정을 하면서도 신경은 더욱 날카로워졌다.

웅- 우우웅-

진동 소리에 지윤의 고개가 책상 귀퉁이로 향했다. 일감에 떠밀려 휴대전화가 바닥으로 떨어질 것처럼 아슬아슬하게 걸려 있었다.

〈보고 싶어.〉

보낸 이는 성준이었다. 이틀 전 보았을 때 잘 들어갔냐는 문자 이후로 처음 온 것이었다.

거칠게 머리를 쓸어 올린 지윤이 눈동자를 데굴데굴 굴렸다. 적당한 답이 떠오르지 않았다. 마음이 몽글몽글해지는 문자에 답을 해본 기억을 떠올리자 눈앞이 까마득해지기까지 한다.

〈나도 보고〉

문자를 쓰던 지윤이 미간을 좁히며 후루룩 지워냈다.

"……이런 걸 어떻게 아무렇지도 않게 쓸 수 있는 거야."

숨까지 턱턱 막히는 기분이었다. 그의 멘탈 때문이기도 했지만 또 다른 생각이 지윤을 괴롭혔다.

이렇게까지 빠져들어도 되는 걸까.

마약에 손을 대는 자들은 그게 얼마나 위험한 물건인지 알고 있으면서도 중독 때문에 취하게 된다. 그건 담배 또한 마찬가지다. 그것들이 몸을 망가뜨리는 것을 알면서도 사람의 의지는 종잇장처럼 얇고 가벼워서 뜻과는 반대되는 행동을 한다. 어쩜 자신은 하성준이란 존재에 벌써 중독되어 버린 것일지도 모른다. 때때로, 아니, 심할 정도로 그에 대한 생각을 하고 있었으니까. 위험하다는 것을 알면서도.

다른 답이 좋을 것이다. 그러니까 성준의 행동에 조금의 브레이크를 걸 만한.

휴대전화를 노려보며 적당한 답을 찾던 지윤은 자신의 이름을 부르는 목소리에 고개를 들었다. 정 부장이었다.

"김 주임. 시간 괜찮아?"

"무슨 일이신대요?"

휴대전화를 슬쩍 치운 지윤이 물었다. 그러자 정 부장은 잠시 이 말을 어떻게 전해야 할지 모르겠다는 듯 지윤을 보았다. 그러다 힘겹게 꺼낸 한 마디는 지윤의 기분을 바닥으로 추락하게 만들기 충분했다.

"김 주임, 다음 주에 출장 없지?"

"없긴 왜 없어요? 대구 교동 가야죠."

스케줄 표는 굳이 살펴볼 필요도 없었다. 사무실에서도 가장 잘 보이는 자리에 붙어 있는 커다란 칠판에 적혀 있었으니까.

더욱 이번 달에 잡혀 있는 출장은 모두 지방이었다. 9월이 힘들 터이니, 부러 세 달 전부터 일정을 조율해 10월 일정은 일부러 그렇게 잡아놓은 것이었다.

"교동 출장은 급한 거 아니잖아."

정 부장의 말에 지윤의 낯빛이 어두워졌다.

"또요?"

이 말이 나오지 않을 수가 없었다. 9월에 이미 다른 사람의 출장을 떠맡아 홍콩을 다녀왔기 때문이다. 지윤의 물음에 정 부장은 강경하게 나가야 할 타이밍이라고 느낀 것인지 손가락으로 그녀의 자리 주위를 가리키며 말했다.

"나도 되도록 널 보내지 않으려고 했는데, 어떻게 해? 주위를 돌아봐."

"이번엔 어딘데요?"

주위를 둘러보지 않은 지윤은 반쯤 포기하며 물었다. 죄다 출장을 갔거나 외근을 나간 것은 알고 있었으니까. 부디 가까운 곳이길 바라며 물은 지윤은 곧 들려오는 답에 인상을 굳혔다.

"대만."

"……대만은 왜요? 대만은 중국이랑 FTA 맺으면서 주얼리 시장 사장되지 않았어요?"

중요한 출장지도 아니었다. 하지만 정 부장의 생각은 다른 모양인지 곧이어 왜 '대만'이 중요한 출장지가 되었는지 구구절절 설명하기 시작했다.

"대만에서 가장 큰 B2B 전시회 Taiwan Jewellery & Gem Fair가 지난해에 꽤 성황리에 끝난 모양이더라고. 그래서 국내에서도 참여를 해볼까, 생각들은 하고 있는 모양인데 선뜻 발을 담그긴 애매하잖아. 그래서 우리라도 먼저 선점 진행해 볼까, 생각 중이거든."

"……다이아몬드는 인도에 완전히 밀릴 거고, 유색 보석도 다른 곳이랑은 가격 경쟁이 안 될 텐데, 우리가 가서 부스라도 차리자고요?"

"진주 있잖아."

진주.

대한민국에선 값비싸고 예쁜 양식 진주를 기르는 곳이 두 곳이나 되었다. 통영과 제주. 통영에서 자란 진주는 최상품으로 취급하는 예쁜 우윳빛깔에 모양도 좋은 것들이 많아 질 좋은 것은 일본으로 모두 수출하고 있었다.

설마……? 눈살을 찌푸리던 지윤은 곧 자신의 예상에서 벗어나지 않은 말에 한숨을 푹 내뱉었다.

"이번에 사장님이 통영 진주 양식장 하나 크게 사들인 거 알고 있지?"

"하아."

지금 사장의 개인 사업을 위해 다른 사업장에 있는 자신이 개고생하며 대만까지 출장을 다녀와야 한다는 뜻이었다.

"대부분 질 좋은 것들은 일본으로 나가고 있잖아요."

"거래처를 확대한다고 해서 나쁠 건 없으니까."

"물량에 한계도 있고요."

"그래도 위에서 까라는데 깔 수밖에."

이쯤 되니 핑퐁 게임처럼 주고받던 대화가 뚝 끊길 수밖에. 나도 까니까 너도 까라는 뜻이었다. 이 얼마나 무책임한 말인가.

울화가 치밀어 더 이상 참고 있을 수가 없었다.

"부장님, 솔직히 이야기해도 돼요?"

"그래, 솔직히 이야기해 봐."

"나 진짜 그만두고 싶어요."

지윤은 거침이 없었다. 다른 이들처럼 사표를 들고 다니는 것은 아니었으나 늘 마음에 그런 생각을 품고 있긴 했다. 최근 김 대리에게서 좋은 조건으로 스카웃 제의까지 받자 평소라면 하지 않았을 이야기가 술술 나왔다.

강건한 반응에 당황한 정 부장이 인상을 찌푸렸다.

"나한테 그러지 마. 김 대리도 없는데, 김 주임까지 없으면 어떻게 해?"

어떻게 하긴 어떻게 해? 난 깔 마음이 없으니까 부장님만 까시라고요!

그렇게 소리치고 싶었다. 하지만 바닥은 좁았고, 남자만 득실한 업계에선 하극상만은 절대 용납 못 하는 분위기도 있었다.

목구멍이 포도청이니 참아야 한다. 감정에 휘둘리면 될 일도 되지 않으니까.

"그럼 그렇게 믿고 난 내 할 일 하러 간다."

짧은 답 대신 고개를 끄덕인 지윤은 정 부장이 사라지자마자 한 편으로 밀어두었던 휴대전화를 집어 들었다. 연락처에서 번호를 찾아낸 지윤이 빠르게 키 판을 두드려 문자를 보냈다.

〈김 대리님, 플래티넘 담당자랑 한 번 만나볼게요. 자리 만들어주시겠어요?〉

홧김에 이래선 안 된다는 것을 알고 있으면서도 참을 수가 없었다. 언제까지고 회사 사정에 맞춰 갑작스러운 출장을 떠맡고, 그만큼 자신의 사생활을 포기하고 싶지는 않았다.

나도 숨 좀 쉬자.

제발.

숨 좀 쉬자고.

지윤이 지친 기색으로 한숨을 푹 내뱉었다. 누군가가 목을 죄고 있는 것도 아니었는데 숨을 쉬기가 힘들어 질식할 것 같을 때였다.

웅- 우우웅-

진동이 울리자 혹여 김 대리에게서 벌써 답이 온 건가 싶어 문자함으로 들어간 지윤은 의외의 인물에게서 온 문자에 눈을 동그랗게 떴다.

〈나만 보고 싶은 건가?〉

답장이 없자 성준이 다시 한 번 문자를 보낸 것이다. 멍한 눈으로 액정을 보던 지윤이 피식 웃음을 뱉었다.

〈나도.〉

방금 전과는 달리 이것저것 재지 않은 문자.

짧은 문자였으나 두 사람이 인연을 이어나가기엔 충분한 답이었다.

*

호텔 침대에 누워서 휴대전화를 보던 성준이 몸을 돌렸다.

부스럭부스럭. 이불과 살갗이 부딪치는 소리가 귀에 거슬렸지만 그의 신경은 온통 들고 있던 휴대전화로 향해 있었다. 날카로운 눈빛은 마치 휴대전화와 원수라도 진 듯했다.

'이게 말로만 듣던 읽씹인가?'

평소 누군가에게 이런 대접은 처음이었던 터라 성준의 미간이 좁아졌다. 이런 반응이니 더 오기가 생긴다.

'문자를 더 보내볼까? 아니야. 너무 집요한 건…….'

성준은 기다리는 연락이 오지 않자 몸을 뒹굴 굴렸다.

"하아."

한숨을 내뱉은 성준이 참지 못하고 문자함을 열었다. 정말 나만 보고 싶은 것이냐며 따져 물으려던 순간 새로운 문자가 도착했다.

〈나도.〉

짧은 두 글자에 구겨져 있던 얼굴이 거짓말처럼 활짝 펴졌다. 답지 않게 가슴도 부풀었다.

몸을 벌떡 일으킨 성준이 단숨에 테이블에 대충 벗어던져 둔 외투를 집어 들었다. 당장 지윤의 얼굴을 보고 싶어 가만히 있을 수가 없었다.

하고 싶으면 한다. 거칠 것 없는 성격대로 성준은 생각을 행동으로 옮겼다.

1층에 멈춰 서 있는 엘리베이터를 본 성준이 버튼을 눌렀다. 그리고 꼭 쥐고 있던 휴대전화로 빠르게 답장을 썼다.

〈간다.〉

문자를 보낸 성준이 엘리베이터에 올랐다.

지하 주차장에는 그의 차가 서 있었다. 아침에 정비소에서 나온 차는 새 차처럼 깨끗했다. 오래된 차여서 바꿔야 할 것 같긴 하지만.

그래도 김지윤에게 갈 힘은 남아 있겠지. 지윤에게로 향하는 성준의 입가에 미소가 맺혔다.

익숙하지 않은 서울 길을 내비게이션에 의지해 달리던 성준은 익숙한 도로로 들어서서야 웃었다. 지척이 바로 지윤의 회사 앞이다. 이미 한 번 와봤던 곳이라 간판 몇 개가 눈에 익었다.

회사 앞에 차를 세운 성준이 시동을 껐다. 그런 후 시간부터 확인했다.

7시 2분.

보통의 직장인이라면 퇴근할 시간이었다. 망설임 없이 차 문을 열고 내린 성준이 차에 비스듬히 몸을 기댄 후 건물 입구를 뚫어져라 바라보았다.

'어서 나와라. 어서 나와라.'

성준이 마치 '열려라 참깨'를 외치듯 속으로 되뇌었다.

옷깃을 스치는 바람에 성준이 옷깃을 세워 서늘한 기운을 막을 때다. 사람들의 발길이 거의 닿지 않은 낡은 골목엔 작은 소음 하나 없었고, 지나가는 이들도 드문드문 있을 뿐이다. 주위엔 이젠 가동이 되지 않은 공장들만이 새 주인을 기다리고 있어 을씨년스러웠다.

지윤이 일을 하고 있는 '태양'의 옆 건물 역시 커다랗게 '철거'란 글자가 적혀 있었다. 최근 불기 시작한 재개발의 바람을 이곳도 피하지 못한 모양이었다.

낡은 계단을 뚫어져라 보던 성준은 주머니에 넣어두었던 휴대전화가 울리자 액정을 확인했다.

〈어디에서?〉

이제야 문자를 확인한 모양이었다. 앞에서 기다리고 있다고 답장을 보내려던 성준은 터덜터덜 계단을 내려오는 지윤을 보았다. 그녀는 휴대전화를 보고 있었다.

왜 저렇게 지쳐 보이는 것일까?

진이 다 빠진 얼굴로 걸음을 옮기는 지윤을 보던 성준이 몸을 곧추 세운 후 성큼성큼 걸음을 옮겼다.

빠르게 걸음을 옮긴 성준은 지윤의 시선이 자신에게 향하자 활짝 웃었다. 그 후 얼떨떨한 얼굴로 아무런 말도 하지 못하는 지윤을 보던 성준이 오른손을 뻗어 작은 어깨를 잡아 당겼다.

"아."

성준의 품에 착 안긴 지윤이 눈을 동그랗게 떴다. 늘 갑작스러운 행동으로 자신을 놀라게 하곤 해서 이젠 이에 적응이 될 법도 했건만 심장은 도통 그의 페이스에 따라가지 못하고 있었다.

"뭐, 뭐 하는……."

"안아줘야 할 것 같아서."

나지막한 음성이 귓가에서 울렸다. 자신의 양어깨를 안으로 말려 들어갈 만큼 힘껏 옥죄는 품에 지윤의 입술이 벌어졌다.

"고마워."

이상하게도 그의 품에 위로를 받았다. 지치고 힘들었는데, 성준의 품에 안기자 하루 동안 쌓였던 피로가 사르륵 녹는 기분이 들었다.

"보고 싶었어."

얼마 전에 만나지 않았냐는 말은 할 수가 없었다. 설렘에 눈앞이 캄캄해지는 기분이었으니까.

성준의 체온과 체향에 알 수 없는 힘이 숨통을 옥죄는 느낌이었다. 숨을 쉬는 것이 쉽지가 않아 호흡을 크게 하던 지윤이 눈을 감았다.

"넌 진짜 너무 솔직해. 네가 그럴 때마다 어떻게 해야 할지 정말 모르겠어."

"내가 솔직하다고? 그럴 리가."

짧게 웃음을 내뱉은 성준이 지윤의 어깨를 붙잡아 제 품에서 꺼냈다. 그리고 허리를 숙여 그녀와 시선을 맞추며 빙긋 웃는다.

"솔직했다면 매일 만나러 왔을 거야. 잠시도 내버려 두지 않고 전화를 했을 거고. 늘 같이 있자며 졸랐겠지."

지윤이 자신처럼 일을 하지 않았다면 매일 신발이 닳을 정도로 찾아왔을 것이다. 일분일초가 아까워 함께 있는 순간에도 지윤의 얼굴을 보고 또 볼 것이고, 다양한 것을 하며 다양한 생각을 나눌 것이다.

하지만 그녀에게도 개인 생활은 있었다. 자신처럼 거리낌 없이 살아가는 사람이 아니었고, 홀로 있는 시간을 그리워하고 바라는 사람이라는 걸 몇 마디 대화로 알게 되었다.

자신이 마음대로 그녀의 시간을 빼앗아선 안 된다는 것쯤은 그도 알고 있었다. 하지만 왜 이렇게 욕심이 드는 것일까.

"지윤아, 우리 매일 보자."

놀란 토끼처럼 눈을 동그랗게 뜨고 있는 지윤을 보고 있자니 그 욕심은 덩치를 더욱 불렸다. 손을 뻗은 성준이 지윤의 머리를 쓰다듬으며 제 마음을 숨기지 않은 채 말했다.

"나랑 사랑하자."

언제나 준비운동도 없이 무작정 밀고 들어오는 남자의 고백에 지윤의 뺨이 발그레 붉어졌다.

답은 떠오르지 않았다. 하지만 갈구하는 눈동자에 입술이 저절로 달싹여질 때였다.

"어? 김 주임, 아직도 안 갔어?"

산통 깨는 목소리에 지윤의 고개가 팩 돌아갔다. 지윤의 얼굴이 새하얗게 질렸다.

"저, 정 부장님?"

이런. 회사 앞이란 사실도 잊어버렸다. 그에게 기가 쏙 빠져 그런 걸 신경 쓸 겨를이 없었으니까. 성준은 늘 그녀의 이성을 뒤흔들었다.

호기심이 가득한 눈동자를 보고 있자니 잇새로 신음이 흘러나왔다.

망했다.

내일부터 이어질 질문 공세를 생각하는 것만으로도 눈앞이 까마득해지는 기분이 들었다.

"뭐야, 남자친구? 김 주임, 남자친구 있었어?"

"그, 그게……."

지윤이 어떠한 답을 해야 할지 몰라 우물쭈물할 때였다. 지윤의 안색을 살피던 성준이 허리를 굽혀 인사했다.

"안녕하세요."

"아, 네. 안녕하세요."

정 부장이 어색한 표정으로 목례하자, 지윤이 그제야 퍼뜩 정신을 차린 듯 성준의 손을 잡았다.

"전 이만 들어가 보겠습니다."

우선 현장을 벗어나야 해. 지윤이 다급히 성준의 손을 잡아끌며 물었다.

"차 어디 있어, 차?"

"왜?"

"넌 뒤에서 저 따가운 시선이 안 느껴져?"

쥐구멍에라도 숨고 싶다는 듯 어색한 표정을 짓고 있던 지윤이 숨을 왈칵 삼키자, 성준의 시선이 자동적으로 정 부장에게로 향했다. 그는 여전히 두 사람을 보고 있었다.

'왜 도망가야 하지?'

이해를 할 수 없었지만 계속 고개를 숙이는 지윤을 보고 있자 가만히 있을 수만은 없었다. 성준은 지윤을 이끌고 차로 이끌었다. 그녀를 차에 태운 성준이 보닛을 돌아 운전석에 오른다.

"가자, 어디로든."

손을 들어 연신 얼굴을 가린 지윤이 정 부장과 눈이 마주치자 어색한 표정으로 고갯짓했다. 정 부장은 두 사람을 보고 있던 시선을 옮겨 잘 빠진 성준의 애마를 감탄 어린 시선으로 보고 있었다. 오래된 차긴 했지만 처음에 뽑을 때 일반 국산차와는 금액 자체가 다른 외제차였으니 그가 그렇게 보는 것도 무린 아니었다.

아, 정말. 자리를 뜰 생각이 없는 정 부장을 슬쩍슬쩍 살피던 지윤은 가슴 앞으로 불쑥 내밀어지는 손길에 화들짝 놀라 몸을 뒤로 뺐다.

"지금 뭐, 뭐하는……."

"안전벨트."

고저 없이 말한 성준은 안전벨트를 매준 후 손을 거뒀다. 뻣뻣하게 굳어 있는 지윤을 보던 성준이 힘없이 웃으며 차에 시동을 걸었다.

빠르게 사건 현장을 벗어난 차가 커다란 도로를 달리기 시작한다. 목적지 없이 달리던 차가 퇴근 시간에 꽉 막힌 도로로 들어설 때까지 말없이 안전벨트를 붙잡고 있던 지윤은 그제야 힘이 풀린 것인지 푸스스 한숨을 내쉬었다.

정 부장은 사생활이란 걸 모르는 사람이었다. 거침없이 개인사를 물어오곤 했고, 자신의 것도 생각 없이 풀어놓았다. 벌써부터 머리가 지끈 아파오는 기분이었다.

관자놀이를 꾹꾹 누르던 지윤은 차가 갓길에 멈춰 서자 고개만 돌려 성준을 보았다.

"아직 답을 못 들었는데."

성준의 말에 지윤이 허탈한 듯 웃음을 왈칵 터뜨렸다.

지금 그게 중요해? 그렇게 물을 수도 있었다. 하지만 그의 얼굴을 보니, 그에게 있어 지금 가장 중요한 것은 자신의 답인 듯 보였다.

시무룩하고 자신감 없는 눈동자로 자신을 보는 성준의 눈빛에 지윤의 고개가 옆으로 기울었다.

"그런데 표정이 왜 그래?"

"자신 없어서."

"에? 뭐가?"

지윤이 모르겠다는 듯 눈을 동그랗게 떴다. 천하의 하성준은 자신의 답을 듣기도 전에 이미 차인 사람처럼 굴고 있었다.

"마치……."

말꼬리를 늘이던 지윤이 말을 끝맺지 못하고 입을 다물었다.

아까 행동 때문인가? 미간을 좁히던 지윤이 피식 웃음을 내뱉었다.

늘 자신만만하던 성준의 새로운 모습을 보자, 백 년은 이르다던 생각은 거짓말처럼 사라졌다.

안전벨트를 풀고 몸을 돌린 지윤은 성준을 빤히 보았다. 그의 시선이 아래로 떨어지는 것을 가만히 바라보던 지윤은 왜 매번 성준이 자신과 눈을 맞추려 하는지 이제야 알겠다는 듯 손을 뻗는다.

성준의 뺨을 한 손으로 가볍게 감싸 쥔 지윤이 힘으로 고개를 돌렸다. 검은 눈동자가 자신을 향하자 지윤은 성준의 뺨을 붙잡고 있던 손에 힘을 주어 그의 입술을 동그랗게 오므렸다.

성준이 당황하며 눈을 동그랗게 뜨자 지윤은 장난스럽게 눈살을 찌푸렸다. 마지막까지 그의 간을 보듯 요리조리 얼굴을 살피는 척하던 지윤은 성준의 표정이 거의 울 것처럼 일그러지자 천천히 손에 힘을 풀었다.

"그래, 하자."

"……응?"

성준이 입술을 오물거리며 물었다. 아직 상황 파악이 안 되는 모양이었다.

'어쩔까. 조금 더 놀려줄까?'

내가 놀랐던 만큼 그를 놀라게 만들고 싶었는데 그것이 쉽지가 않다. 고민하는 얼굴로 성준을 보던 지윤이 이내 입술을 뗐다.

그리고 자신의 말이 끝나자마자 드라마틱하게 변하는 그의 얼굴을 보며 따라 웃는다.

"사랑. 그거 해보자고."

성준은 정말 행복해 보였다.

아직 내가 할 말은 덜 끝났는데. 지윤이 뺨을 쥐고 있던 손에 힘을 주어 다시 입술이 앞으로 삐죽 나오도록 만들었다.

"아."

성준이 작게 신음을 뱉으며 시선을 내리깔아 손을 보았다. 그 표정이 웃겨서 웃음이 나올 법도 했지만 지윤은 무심히 말을 이었다.

"근데 조금씩, 천천히 해줘라."

"에에."

제대로 발음이 되지 않자 성준이 미간을 좁혔다. 하나 지윤은 손을 떼지 않은 채 말을 잇는다.

"내가 조금 무섭거든. 두렵기도 하고."

힘으로 손을 떼어낼 수 있었으나 성준은 그렇게 하지 않았다. 그녀가 하는 대로 잠자코 보기만 했다.

하지만 이 말을 듣고도 가만히 있을 수는 없다. 성준은 힘으로 자신의 뺨을 붙잡고 있는 손을 떼어낸 후 지윤의 눈동자를 들여다보았다.

눈동자는 마음의 창구다. 그 사람의 생각을 가장 잘 읽을 수 있는 신체 부위 중 하나였다. 지윤의 '창구'는 일렁이고 있었다.

무엇인지 모를 것에 겁을 집어먹은 지윤은 불안해 보였다.

"적당히 사랑하게 해주라. 너무 과한 건 무서우니까."

시작 전부터 한 발 뒤로 물러서는 말에 성준의 표정이 일그러졌다. 온전히 마음을 쏟지 않는 관계가 잘 이어져 나갈 리가 없다. 최선을 다해도 지키기 어려운 것이 '관계'고 '사랑'이다. 마음의 추가 한쪽으로 기우는 순간, 많이 주는 쪽은 불안해하고 아파하며 메마른다.

자신의 어머니가 그렇지 않았는가.

성준은 그런 사랑 따윈 할 마음이 없었다. 하지만 그는 그녀를 윽박지르지 않았다. 왜 그런 생각을 하고 있는 거냐고 따져 묻지도 않는다. 그저 지윤을 가만히 바라보았고, 들끓는 마음을 애써 삭이며 그녀의 말을 되뇌었다.

적당히 사랑하게 해주라. 너무 과한 건 무서우니까.

"내 부탁 들어주면 사랑하자, 우리."

부탁.

그렇게 정중한 단어를 써야 할 만큼 '적당히'라는 말이 중요한가?

아무리 생각해 봐도 이해가 되지 않았다. 그래서 그는 무작정 거칠게 입을 맞췄다.

궁금한 것은 물어보면 그만이다. 하지만 그 정중한 말이 이를 막았다. 눈치 빠른 성준은 이를 묻지 않았다. 다만 입술로 화를 낼 뿐.

말캉한 혀로 굳게 다물려 있는 입술을 갈랐다. 여린 입안 속살을 혀로 더듬었고 이내 옭아맸다. 타액이 서로 뒤섞였고, 하나가 됐다. 그럼에도 채워지지 않았다. 말캉한 아랫입술을 이로 짓이긴 성준이 신음을 내뱉었다.

이건 키스가 아니었다. 폭력이었다. 상대가 자신의 마음을 받아주지 않는다고 멋대로 날뛴다면 그건 더 이상 사랑이 아니었다. 집착이고 추악한 마음이지.

천천히 입술을 뗀 성준이 나지막한 한숨을 쉬었다. 그리고 여전히 눈을 감고 있는 지윤을 본 후 다시 입술을 내린다.

턱을 붙잡은 성준이 다정한 호흡을 되돌렸고, 혀를 부드럽게 빨아들였다. 집요하지 않게 간간히 짧은 입맞춤을 했고, 깨물었던 자리를 혀로 핥았다.

척추를 타고 간질간질한 기운이 온몸으로 번졌다. 지윤 또한 마찬가지인 것인지 목석처럼 굳어 있던 몸에 힘이 빠진다.

"싫어. 내 마음대로 할 거야."

입술을 뗀 성준은 여전히 눈을 감고 있는 지윤에게 말했다. 부채처럼 늘어진 속눈썹이 파르르 떨렸다.

지윤의 눈을 보고 말하고 싶었다. 그래서 그녀가 말하지 않는 '비밀'을 은밀히 알아내고 싶었다.

손가락으로 지윤의 입술을 적신 타액을 닦아주자 그의 바람대로 다갈색의 눈동자가 자신을 향한다. 방금 전보다 더 혼란스러운 눈빛에 성준은 결코 가볍지 않은 목소리로 말했다.

"나도 무서워. 너에게 깊이 빠지는 게."

어머니처럼 될까 봐 무서웠다.

집착으로 인해 죽음조차 받아들이지 못하고, 끔찍한 악취도 느끼지 못했던 모습이 눈앞을 스쳤다. 그렇게 미쳐 갈지도 모른다. 자신도.

하나 그녀라면 괜찮을 거라는 바보 같은 생각이 들었다.

"그러니까 그냥 같이 무서워하자. 그럼 좀 나을 거야."

성준의 말에 지윤의 시선이 아래로 떨어졌다. 그와 함께 떨어진 고개가 들리지 않는 것을 보며 성준은 속살거리듯 작은 목소리로 읊조렸다.

"미리 겁먹고 움츠러드는 건 바보 같은 짓이야."

감정을 억누르는 짓도.

성준의 말에 지윤은 굳게 다물고 있던 입술을 잘근잘근 씹었다. 고민하는 기색이었으나 길지는 않았다.

"책임져."

나중에 감당 안 되기만 해봐.

지윤이 협박처럼 한 말에 성준이 작게 웃으며 고개를 끄덕였다.

"기꺼이."

함께 있어야 하는 수많은 이유 중 하나

킴벌라이트(Kimberlite)에 붙어 있는 정팔면체의 다이아몬드 원석부터 시작해 다양한 색상의 수정과 에메랄드 원석 등이 세공되지 않은 채 그 멋 그대로 투명한 유리 장식장에 자리를 잡고 있다. 값어치로 따지면 얼마 되지 않을 것들이었지만 주얼리 회사에 놓여 있자 그 어떤 장식품보다 값비싸 보였다.

무심한 시선으로 사무실 안을 훑어보던 성준의 시선이 자신의 앞에 앉아 있는 사람들에게로 향했다. 플래티넘에서 높은 자리에 앉아 있는 임원과 그의 스카웃을 주도적으로 진행한 디자인팀 장 실장이 앉아 있었다.

"다시 한 번 생각해 보실 수 없으십니까?"

장 실장의 말에 성준의 입에서 가느다란 신음이 흘러나왔다. 이 말을 이번 주만 해도 다섯 번이나 들었다. 마치 한 마디 말만 할 줄 아는 앵무새가 되어버린 기분에 한숨이 터져 나오려 하자 성준이 잠시 입을 꾹 다문 후에야 답했다.

"죄송하지만 제 생각은 확고합니다. 지금 당장은 일할 여력도 안 되고요."

자신의 말엔 하나도 거짓이 없다. 여전히 아무런 계획도 없이 아무런 것도 하지 않고 시간을 흘려보내고 있었지만 여력이 없었다.

지금 성준에게 가장 필요로 한 것은 머리를 비우고 마음을 비우는 일이었다. 전쟁 같았던 시간 덕분에 이력이 쌓이고 여기저기서 자신에게 러브콜을 보내고 있었지만 당장은 일을 할 계획은 없었다.

"다른 회사에도 같은 의견을 전했습니다."

딱 잘라 하는 말에 모두들 꿀 먹은 벙어리가 되어 성준을 보았다.

서른밖에 되지 않은 남자는 중역의 입을 틀어막기에 충분할 만큼 단련되어 있었다. 단순히 그가 유명하고 황금알을 낳는 거위처럼 회사에 수많은 수익을 안겨주는 디자인을 해온 사람이어서 그런 것은 아니었다. 거짓말처럼 젊은 나이에 디자인 대회에서 수상하고, 디자인 스쿨에서 과제로 냈던 디자인이 다음 해 디자인계를 휩쓸 만큼 훌륭해서도 아니다.

남자는 자신의 재능을 뛰어넘을 만큼의 분위기를 가지고 있었고, 그건 연륜이 깊은 자들이 입고 있는 슈트와는 달리 자유분방한 옷차림과 눈빛에 그득했다.

하지만 그럼에도 디자인 실장은 포기할 수 없다는 듯 힘주어 말했다.

“다시 한 번만 재고해 주세요.”

그 후로 이어진 끈질긴 설득에도 눈 하나 깜짝하지 않은 성준은 결국 자리에서 일어설 때까지 ‘안 되겠다’는 고집스러운 의견을 밝혔고, 사무실을 벗어날 수 있었다.

엘리베이터 앞까지 자신을 배웅하는 디자인 실장을 본 성준이 피곤한 눈가를 손으로 어루만졌다. 이 바닥에서 수십 년을 버틴 여잔 성준보다 고집이 더 대단했다. 끝까지 물고 놓아주지 않겠다는 강력한 표현에 더 어떻게 거절해야 할지 몰라 고민하던 찰나, 성준은 화려한 색상의 투피스를 입고 있는 실장을 힐끗 보았다.

“예의상 온 자리였습니다.”

“고집이 대단하시네요.”

“실장님도 만만치 않습니다만.”

허탈한 웃음을 짓던 성준이 한숨처럼 말을 이었다.

“저 말고도 훌륭한 디자이너는 세상에 많습니다.”

“그래도 플래티넘엔 하성준 씨가 필요합니다.”

역시나.

이제껏 그랬던 것처럼 한 치도 물러서지 않는 여자를 힐끗 보던 성준이 엘리베이터가 올라오는 것을 보았다. 거절의 말을 수없이 했다. 그 덕에 목 안이 껄끄럽게 느껴지기도 했다. 아무리 말을 해도 들어주지 않는다면 그 자리를 피해 버리면 그만이라 생각하던 성준이 워커를 신은 발을 까딱까딱 움직였다.

"다른 회사에서의 제안을 모두 거절했다는 건 저도 다른 사람을 통해 들었습니다. 혹시 특별한 이유라도 있으십니까?"

"……음."

짧게 신음을 뱉은 성준은 고민에 잠긴 듯 손으로 머리카락을 쓸어 올렸다. 진지한 답을 해주어야 할 타이밍이란 것은 알았다. 하지만 제 말에 그녀가 동감을 해주지 않을 것 같았다.

이를 어쩌나. 성준은 아직도 올라오지 않는 엘리베이터를 난감하다는 듯 바라보았다.

도망갈 곳이 없구나. 그렇다면 솔직히 부딪칠 수밖에.

성준은 끈질기게 제 답을 기다리는 장현미 실장을 보며 툭, 말을 내뱉었다.

"재미가 없어서요."

"……네?"

"그래서 더 이상 디자인을 이어나가야 할 이유를 느끼지 못했을 뿐입니다."

황당함에 굳어진 디자인 실장의 얼굴을 본 성준이 입술을 길게 늘어뜨려 웃었다. 이 말을 믿든 말든 그녀가 받아들일 문제지

제 문젠 아니다. 좋을 대로 생각하라는 듯 어깨를 으쓱인 성준이 시선을 돌려 올라오는 엘리베이터를 보았다. 아래에서 왔다 갔다 하던 엘리베이터가 드디어 그에게 기회를 준 모양이다. 그러니까, 서둘러 이 자리에서 도망갈 기회.

"정말이십니까?"

"물론이죠. 거짓말을 해야 할 이유는 없고."

거짓 하나 없는 말간 눈동자를 바라보던 장 실장이 바람 빠지는 웃음을 내뱉었다. 트윈의 수석 디자이너가 괴짜라는 이야기는 들어서 충분히 알고 있었고, 섬세한 디자인을 하는 사람들 중 평범한 사람은 손에 꼽을 만큼 독특한 감성을 가지고 있는 이들이 많았다.

그렇게 생각하니 그의 말에 납득이 간다는 듯 장 실장이 진중한 얼굴로 고개를 끄덕였다. 그녀에겐 사활이 걸린 일이었다. 웃으며 '아, 그렇군요'라고 할 수가 없었다.

"그럼 이유를 찾으시기만 하면 되는 겁니까?"

"물론이죠. 재미있는 일엔 망설이지 않습니다."

성준의 말에 실장이 고개를 끄덕였다.

엘리베이터 문이 열리자 성준이 조금은 다급히 걸음을 옮겼다.

"그럼 그때 가장 먼저 떠오르는 회사가 저희였으면 합니다. 또 연락드릴게요."

깍듯하게 허리를 숙이는 장 실장을 보며 성준이 마지못해 고개를 끄덕였다.

“알겠습니다.”

지하주차장이 아닌 1층 로비 앞쪽에 차를 세워두었던 것을 떠올린 성준이 버튼을 눌렀다. 그리고 문이 닫히기 전 디자인 실장에게 다시 한 번 눈짓으로 인사를 건넨 뒤 벽에 등을 기댔다. 성준의 눈썹이 위로 치켜 올라갔다.

아픈 목을 어루만지던 성준은 화려한 신식 건물을 뒤로했다. 곧장 차로 향하던 그가 갑자기 몸을 돌렸다. 물이 간절해졌다. 건물 안으로 다시 들어가 마시면 됐지만 피곤한 일이 생길 것 같아 걸음은 플래티넘 본사가 아닌 근처에 있는 편의점으로 향했다.

신호등을 건너 봐두었던 편의점 안으로 들어가려던 성준은 자신을 바라보는 시선을 느꼈다.

타인의 시선은 익숙했다. 하지만 이런 시선은 익숙하지 않다. 보통 그를 보는 사람들은 비밀스럽게 보았다가 고개를 돌리는 경우가 대부분이었지만 이번엔 달랐다.

끈질긴 시선에 고개를 든 성준은 유리창 너머로 입안 가득 라면을 우물우물 씹고 있는 여자를 보며 눈을 동그랗게 떴다.

“……어?”

지윤이었다. 지금쯤 사무실에서 일을 하고 있어야 할 그녀를 전혀 의외의 장소에서 만나게 된 것이 기쁜 것인지 성준의 걸음이 빨라졌다.

딸랑- 문을 열고 안으로 들어온 성준은 젓가락을 든 채 멍하니 자신을 올려다보는 지윤을 보며 물었다.

"네가 여긴 어쩐 일이야?"

"보면 몰라? 점심 먹잖아."

우물우물, 입 안에 있던 라면을 씹어 삼킨 지윤이 컵라면을 들어 후루룩 마셨다. 그녀에게 가까이 다가가자 고소한 참치 냄새가 진동을 했다.

"네 사무실은 성수잖아."

그런 네가 왜 강남 한복판에 있는 편의점에서 라면을 먹고 있는 것이냐며 물었다. 시선을 내려 테이블을 보자 커다란 참치캔 하나가 텅 비어 있었다.

저건 도대체 다 어디에 간 거지? 참치만 우적우적 씹어 먹지 않았을 테니 의문이 들었다. 옆엔 빈 햇반이 하나 놓여 있었다. 이건 또 뭘까?

의아하게 생각을 하던 성준은 지윤이 컵라면을 테이블 위에 내려놓자 이제야 눈치챈 듯 고개를 끄덕였다. 맑은 국물이 담겨 있어야 할 컵라면은 죽처럼 걸쭉하게 변해 있었다.

"일이 있어서 왔지. 넌?"

"나도 일이 있어서."

도대체 저걸 무슨 맛으로 먹을까? 한 번도 경험해 보지 못했기에 가늘게 눈을 뜬 성준은 지윤이 김치를 집어 먹자 궁금증을 참지 못하고 물었다.

"……그런데 뭘 그렇게 맛있게 먹어?"

"우동 라면에다가 참치랑 밥 넣어서 함께 먹으면 끝내주거든."

칼로리도 끝내주지만.

"도대체 무슨 맛으로 먹어?"

"먹어볼래?"

지윤이 무심한 표정으로 컵라면을 그에게 내밀었다. 미심쩍은 눈으로 컵라면을 보던 성준이 얼떨결에 받아 들었다. 그리고 지윤의 눈치를 살피며 이걸 먹어야 할지 말아야 할지 고민한다. 음식은 심히 위험해 보였다.

어쩌지? 고민하던 성준이 컵라면을 기울여 걸쭉한 국물을 후루룩 마셨다. 혀에 참치와 밥알이 닿자 그의 눈이 동그래졌다.

"음?"

"맛있지?"

고개를 끄덕이는 성준을 보며 지윤이 희미한 웃음을 내뱉었다. 자신을 무슨 괴식을 즐기는 사람처럼 보기에 건넨 것인데, 입맛에 맞는 것인지 성준이 다시 한 번 맛보는 것을 보며 지윤이 김치 하나를 더 집어먹었다.

저게 다 좋긴 한데, 느끼한 것은 어쩔 수가 없어서 계속 김치를 먹게 되는 게 단점이라면 단점이었다.

입 안에서 아삭아삭 씹히는 식감이 좋아 나른한 웃음을 지은 지윤이 말을 이었다.

"칼로리 폭탄이긴 하지만."

"넌 좀 찔 필요가 있지."

"내가? 설마. 숨겨놓은 살이 얼마나 많은데."

지윤이 자신도 모르게 옆구리 살을 주물럭주물럭거리자, 성준이 컵라면을 그녀의 앞에 내려놓으며 단호하게 고개를 저었다.

"허리 24인치가 그런 이야기하면 같은 동족에게 미움 받아."

"그건 어떻게 알았어? 너…… 아니다. 안 물어볼래."

엄한 소리를 듣게 될 것만 같아 지윤이 서둘러 말을 정정했다. 그 역시 그저 어깨만 으쓱일 뿐이다.

이 바람둥이! 입술을 아작아작 깨문 지윤이 콧방귀를 끼었다.

과거는 과거일 뿐이다. 애초에 이 아이의 바뀐 모습에 대해 적응을 끝낸 상태에서 연애를 오케이하지 않았던가. 그래, 괜히 열 내봤자 자신의 속만 쓰리다는 걸 깨달은 지윤이 한숨처럼 물었다.

"밥은? 먹었어?"

"생각 없어서 아직."

"너도 뭐 좀 사와."

성준이 말 잘 듣는 아이처럼 고개를 끄덕였다.

다 식은 컵라면을 플라스틱 수저로 휘휘 휘던 지윤은 기름이 둥둥 뜬 컵라면을 한술 떠먹었다. 어제 저녁부터 아무것도 먹지 못해 눈앞이 핑핑 돌아 고칼로리로 음식을 제조하긴 했으나 이를 성준에게 들킨 것이 뒤늦게 부끄러워졌다.

작은 편의점 안을 돌아다닌 성준이 계산을 마치고 돌아왔다.

"이게……."

지윤의 눈이 동그래졌다. 지윤의 시선은 성준이 내려놓은 물건들로 향해 있었다. 당황한 그녀의 얼굴을 본 성준이 개구지게 웃으며 컵라면과 참치, 햇반을 지윤의 앞으로 스윽 밀어둔다.

"만들어줘."

무슨 뜻으로 받아들여야 하는지 몰라 멍한 눈으로 성준을 보던 지윤이 이내 바람 빠지는 소리를 내며 웃었다. 그러더니 컵라면을 다시 그의 앞으로 내밀며 말했다.

"물 받아와."

명령어에 가까운 말이었지만 성준은 어색한 손길로 컵라면 스프를 뜯었다. 그리고 슬쩍 지윤을 보며 이게 맞는지 눈치를 보며 컵 안에 쏟아 넣는다. 어색한 걸 보면 한 번도 컵라면을 먹어본 적이 없는 모양이었다. 결국 스프를 흘리기까지 하자 지윤은 컵라면을 다시 빼앗아오려다가 이내 마음을 고쳐먹었다.

어색하게 하나둘 해나가던 성준이 컵라면에 뜨거운 물을 부운 후 이번엔 햇반을 그대로 전자레인지에 넣으려 하자 지윤이 태클을 걸었다.

"그거 안 뜯고 넣으면 터진다?"

"어? 그래?"

어리바리한 표정으로 되물은 성준은 지윤이 고개를 끄덕이는 것을 보며 다시 비닐을 조금 뜯어 넣었다. 뭐가 불안한 것인지 전자레인지에서 잠시도 시선을 떼지 못하던 성준은 다 돌아간 햇반을 지윤에게 내밀었다. 그 후엔 일사천리였다.

지윤은 국물이 넘치지 않도록 참치와 밥을 조심스럽게 말아 내밀었다. 뜨거운 김이 모락모락 올라오는 라면은 칼로리만큼이나 위험한 자태를 뽐냈다.

하지만 이미 한 번 맛을 보았기 때문일까. 성준은 거부감 없이 한술을 떠서 입 안으로 밀어 넣었다. 오물오물, 연신 입술을 움직여 라면을 맛보는 성준을 보며 지윤이 입술을 길게 늘어뜨리며 웃었다.

"어이구, 맛있어?"

"까분다."

커다란 손으로 머리를 툭 두드린 성준이 플라스틱 숟가락으로 김이 모락모락 올라오는 죽처럼 된 라면을 떠먹었다. 턱을 괴며 그 모습을 바라보던 지윤은 눈 밑에 진 짙은 그늘과 어두운 낯빛을 보며 물었다.

"피곤해 보인다?"

"음, 그래? 늘 이 상태인데."

성준이 모르겠다는 듯 자신의 뺨을 쓰다듬는다. 그 모습에 지윤이 고개를 저었다.

"눈에 실핏줄 다 터졌어. 잠은 제대로 잤어? 아직도 시차 적응이 안 된 거야?"

"지금 내 걱정해 주는 거야?"

"지금 네 몰골을 보면 길 지나가는 사람도 걱정할 거야."

걱정스러운 눈으로 성준을 올려다보던 지윤은 제 손을 붙잡는 커다란 손에 시선을 옮겼다. 성준은 너무나 자연스럽게 그녀의 손을 붙잡아 자신의 뺨으로 가져갔다.

"그렇게 걱정되면 만져 줘."

"마, 만져 줘?"

"음, 그게 아닌가? 한국을 떠나 있은 지 오래 되어서 내 마음을 표현하기가 힘드네?"

거짓말. 짧게 반박을 할 수 있었으나 장난스럽게 웃는 모습에 따라 웃어버렸다.

"쓰다듬어 줘."

그렇게 말하면서 성준은 그녀의 손을 움직여 제 뺨을 어루만지게 했다. 손바닥에 닿는 매끈한 피부에 지윤의 손가락 끝이 오그라들었다. 마음 같아선 정말 그의 뺨을 쓰다듬고 싶었으나 어찌 된 일인지 이를 행동으로 옮길 순 없었다.

지윤의 고개가 아래로 뚝 떨어지자 성준의 입술이 부드럽게 호를 그렸다. 그녀를 바라보는 눈동자에 따스함이 번졌다.

손가락 끝이 저릿저릿해졌다. 어쩔 줄 몰라 힘없이 들고 있던 손에 힘을 주어 빼낸 지윤이 성준의 앞에 있는 라면을 스윽 밀며 입술을 삐죽였다.

"먹기나 해."

투덜거리는 어투와는 달리 부끄러움에 발그레해진 뺨을 본 성준이 피식 바람 빠지는 웃음을 뱉었다. 그 모습이 귀엽다는 듯이. 하지만 입을 꾹 다물었다. 여기에서 말을 덧붙였다간 부끄러움에 지윤이 가시를 세울 것이란 것을 예감한 모양이었다.

성준이 말없이 라면을 먹는 모습을 보던 지윤은 은연중에 시간을 확인했다. 급한 일이 있어 보이는 모습에 성준은 컵라면을 반도 채 비우지 못하고 숟가락을 내려놓았다.

"왜? 더 먹지."

"배불러. 충분히 많이 먹었어."

성준은 장난스럽게 배를 통통 두드렸다.

뒷정리를 마친 두 사람이 함께 편의점을 나섰다. 사무실에 들어가야 할 시간이 훌쩍 지나 버린 지윤은 성급한 걸음을 옮겨 택시가 쭉 늘어져 있는 곳을 보았다.

들어가서 부장님께 어떤 변명을 하지? 솔직하게 플래티넘 관계자를 만나고 왔다고는 이야기하지 못할 테니 다른 변명거리를 미리 생각해 두는 것이 좋을 듯하다. 그리고 퇴사를 할 때도 잘 그만두는 것이 좋으니 거기에 대한 변명도 미리 생각하는 것이 좋을 터다.

바쁘게 머리를 굴리면서도 걸음은 택시가 있는 쪽으로 향했다.

"난 이만 가볼게."

병원을 다녀온다고 나왔으니, 대기 환자가 많았다고 하는 것도 좋은 변명거리가 될 것이라 생각하던 지윤은 자신의 팔을 붙잡는 손길에 걸음을 멈췄다.

"사무실까지 데려다줄게."

"진짜? 그럼 사양 안 하지."

성준은 붙잡고 있던 손을 자신의 주머니 안으로 쏙 넣었다. 그와 발맞춰 걷던 지윤은 성준이 주머니 안에서 연신 제 손가락을 꼼지락꼼지락 만지며 손장난을 하자, 거기에 맞춰 손을 움직였다.

주머니가 불뚝해질 정도로 장난을 치던 두 사람은 성준이 깍지를 끼고 나서야 멈췄다. 힘으로 해도 그의 손길에서 벗어날 수가 없자 지윤이 그를 흘겨보았다. 하지만 성준은 부러 모른 척 걸음을 옮겼다.

신호등을 건너 온 지윤은 그를 따라 익숙한 길을 걷다 말고 주차장에 세워져 있는 차를 보았다.

"……어? 여기 차 세워놨어?"

"응."

플래티넘 본사 앞이었다.

12층짜리 빌딩의 반을 플래티넘에서 쓰고 있었는데 1층엔 플래티넘의 매장이, 2층부터 6층까지는 디자이너와 내부 직원들이 사용하고 있었다. 물론 그 위로는 다른 회사들도 있었지만, 그가 트윈에서 근무했던 것을 알고 있었으니 목적지는 쉬이 예상이 되었다.

"플래티넘에 볼 일 있어서 온 거야?"

지윤의 물음에 성준이 고개를 끄덕였다.

"어. 약속이 있었어."

"나돈데."

이쯤 되니 그가 미국에서 어떤 일을 했을지 궁금해진다. 처음엔 단순히 '트윈'에서 근무했던 것만 떠올렸지만 굳이 플래티넘에서 접촉을 한 것을 보면 일반 판매직이나 내부 직원은 아닌 모양이었다.

'어떤 일을 했어?'

그렇게 물을 수도 있었으나 지윤은 에둘러 물었다.

"스카웃 제의를 받아서 세부 조율 하러 왔어. 넌?"

"……비슷해."

"비슷한 건 또 뭐야?"

씩 웃은 성준은 무작정 지윤의 손을 잡아끌어 자신의 차로 향했다. 뒤따라가던 지윤은 그의 넓은 등짝을 보며 입술을 삐죽 내물었다.

'가르쳐 주고 싶지 않은 건가?'

그가 보조석 문을 열어주자 차에 오르던 지윤이 말간 눈으로 성준을 보았다. 그는 무심히 보닛을 돌아 운전석에 오른다. 성준은 지윤이 안전벨트를 매는 것을 보며 물었다.

"뭐가 궁금한 거야?"

"뭐가 비슷한 건지 궁금하잖아. 어쩜 같은 회사에서 근무할 수도 있고."

"음, 그것 괜찮은데?"

입술을 길게 늘어뜨리며 말한 성준이 한숨처럼 말을 이었다.

표정엔 귀찮은 기색이 역력했다.

"한국에 입국한다는 소문이 돌았었나 봐. 그래서 여러 업체에서 스카웃 제의가 들어왔고, 현재 받아들인 곳은 없어."

"왜?"

"아무것도 하고 싶지 않아서 들어온 거야."

성준의 말에 지윤은 말문이 막혀 입을 꾹 다물었다.

아무것도 하고 싶지 않다. 그런 생각을 지윤도 몇 번이고 한 적이 있었다. 일을 그만두고 늘어지게 자고 싶었던 적이 한두 번이 아니었고, 가끔 친구가 여행을 갔다는 이야기를 들으면 자신도 훌쩍 떠나고 싶었던 적도 있었다.

하지만 그것을 행동으로 옮긴 적은 없다. 목구멍이 포도청이기도 했지만, '현실'을 생각한다면 도저히 일을 손에서 놓을 수가 없었기 때문이다.

일에 대한 프라이드는 모두 내려놓은 지 오래였다. 꿈에 가득 차 다른 건 되돌아보지 않은 채 일에만 매달렸던 적도 있었지만 어느 순간 그 생각은 모두 가루가 되어 허공으로 날려 보내고 현실에 찌들어 살고 있었다.

그가 익숙하게 핸들을 조작해 도로 위를 달리는 것을 보았다.

"그래서 아무것도 안 하고 있어? 그런 것치곤 엄청 피곤해 보이는데."

"응, 정말 아무것도 안 하고 있어."

이쯤 되자 근본적인 의문부터 들었다.

"그럼 지금은 어디서 지내는데?"

성준이 한국에 들어와 어떠한 생활을 하고 있는지에 관한 것.

만남은 거의 성준이 자신을 찾아옴으로써 이루어졌기에 지윤은 그에 대해선 사소한 것 하나 몰랐다. 어떤 곳에서 어떤 사람들과 만나며 시간을 보내는지. 그리고…… 그를 이렇게 만든 근본적인 이유가 무엇인지도.

지윤의 물음에 성준은 일상적인 대화를 하듯 말했다.

"고려호텔."

"……집은?"

"집인데?"

어떻게 호텔을 집이라 할 수 있는가. 그곳에 있는 건 모두 본인의 물건이 아닌데.

일을 하지 않는 것은 본인의 선택이니 지윤이 관섭할 권리는 없었으나, 그 외적인 부분은 달랐다.

"의식주 정도는 제대로 챙기면서 살아야지. 사람이라면."

걱정스러운 마음에 한 말에도 성준은 입을 꾹 다물 뿐이다. 덕분에 지윤의 시선이 더욱 집요해졌다. 그의 입술이 열릴 때까지 빤히 볼 것처럼.

지윤의 시선을 도저히 참을 수 없었던 것일까. 빨간불에 차를 멈춘 성준이 지윤을 흘깃 곁눈질하며 읊조리듯 말한다.

"그렇게 보지 마. 부끄럽잖아."

"……내일 당장 부동산 가서 집부터 구해."

성준은 아주 묘한 경계에 서 있는 것만 같았다. 철없는 어린아이와 세상에 태어나 많은 것을 경험한 노틀. 그래서 가끔은 이 남자의 행동 하나, 말 하나에 어떻게 반응을 해야 할지 몰라 짜증이 불쑥 올라올 때가 있었다. 바로 지금처럼.

지윤은 빙그레 웃는 성준을 보며 톡 쏘아붙이듯 말했다.

"웃지 마. 정들어."

"그럼 더 웃어야지."

개구진 아이처럼 웃은 성준은 신호가 바뀌자 정면을 주시했다. 빠르게 달리던 차가 사무실 앞에 도착할 때까지 사소한 대화 몇 마디를 더 주고받은 두 사람은 이별이 조금은 아쉬운 듯 차가 멈춰 선 후에도 정면을 주시했다.

더 이상 시간을 지체할 수 없다는 생각이 들었을 때야 안전벨트를 푼 지윤이 감사의 인사를 전했다.

"고마워."

가방을 챙겨든 지윤이 문을 열고 차에서 내리자 성준이 창문을 내리며 말한다.

"오늘 시간 괜찮아?"

사무실로 돌아가려던 지윤이 운전선 쪽으로 오며 물었다.

"오늘?"

"어. 집 구하러 가야지."

성준이 창밖으로 팔을 뻗어 지윤의 뒷목을 감싸 쥐었다. 그리고 살짝 힘을 주어 아래로 내렸다. 두 사람의 입술이 가볍게 닿았다. 그 순간까지도 뚫어지게 지윤을 보던 성준이 입술을 길게 늘어뜨리며 웃는다.

“정말. 그렇게 웃지 말라니까.”

얼굴을 붉힌 지윤은 이를 보여주고 싶지 않다는 듯 손으로 얼굴을 가렸다. 목 뒤에 닿아 있는 그의 손이 불에 달군 쇳덩어리처럼 느껴졌다.

뜨겁다.

*

작은 일수가방을 들고서 종로 보석 상가를 종횡무진 돌아다니던 지윤이 주위를 둘러보았다. 아무래도 오늘은 들러야 할 곳이 평소보다 세 곳이나 많다 보니 발바닥이 아파 잠시 쉬었다 가야 할 것 같았다.

작은 카페에 들어가 커피 한 잔을 시키는 것도 좋을 것 같았지만 안타깝게도 벌써 퇴근 시간에 가까워졌다. 저녁에 성준과 만나야 했기에 대충 난간에 엉덩이를 붙이고 앉은 지윤이 바닥이 납작한 단화를 벗었다. 멋을 부린다고 한 번도 신지 않은 새 신발을 신은 게 아무래도 문제인 듯했다. 빨갛게 부은 발가락을 손으로 꾹꾹 누르던 지윤이 울상을 지었다.

“이래서 사람이 안 하던 짓은 하면 안 돼.”

길거리에서 맨발을 주무르고 있는 여자가 아무래도 이상해 보이나 보다. 지나가던 행인들이 힐끗 자신을 돌아보자 지윤은 그제야 신발을 신고 자리에서 일어났다.

성준을 만나기 전에 밴드라도 붙여야 할 것 같았다.

마지막 집까지 모두 돌아다닌 지윤은 지하철로 걸어가면서 간간히 손바닥만 한 수첩을 확인했다. 모두 제대로 보냈는지, 혹 사무실에서 확인하지 못해 빠뜨린 업체는 없는지. 거기에다가 사무실에 돌아가자마자 오늘 주문을 넣어야 하는 업체까지 꼼꼼하게 확인했다.

"샤넬이 0.25캐럿 두 개, 0.5캐럿 열두 개, 1캐럿 하나고……."

웅얼웅얼 머릿속에 입력이라도 하려는 듯이 수첩을 한참 확인하던 지윤은 자신의 휴대전화 벨 소리에 무심한 손길로 전화를 받았다.

"여보세요?"

[나야.]

정 여사였다. 휴대전화 액정을 확인하지 않아 받고 싶지 않았던 전화를 받아버렸다.

아무 일 없을 때도 안 좋은 소리만 하게 되어 간혹 엄마 전화를 피했었다. 그런데 지금은 기분까지 최악이다. 발은 아팠고, 회사에선 그녀의 의지와는 다르게 올해 말까지 출장 일정을 잡았다.

엄마의 목소리를 듣는 순간 안 좋은 소리가 턱 끝까지 차올라 버렸다. 타이밍이 좋지 않았다.

[집으로 좀 오렴. 할 이야기가 있어.]

"난 없어, 엄마. 바쁘기도 하고."

[바빠도 와.]

본능적으로 정 여사가 이번에 선을 본 남자에 대해 이야기하려 부른다는 것을 알았다.

그 남자가 정말 마음에 안 들어. 하나부터 열까지 다. 그래서 그 남자와 만날 마음도 없고, 앞으로도 그 남자 이야기는 꺼내지 마. 나 만나는 남자 있어. 나한테 더 이상 결혼을 강요하지 마.

해야 할 말들이 수없이 많이 떠올랐다. 하지만 정 여사 역시 지윤처럼 딸이 할 말을 미리 예상했나 보다.

[엄마 죽는 꼴 보고 싶어?]

비명처럼 신경질적인 어조에 지윤의 미간이 짜증스럽게 구겨졌다. 만나러 가지 않는다 해서 정 여사가 죽는 일은 없겠지만 그래도 무시할 수 없는 말이었다.

이럴 때의 정 여사는 아무도 못 말린다. 자신이 하고 싶은 말만 하고, 듣고 싶지 않은 말은 죄다 듣지 않으니까.

"후."

한숨이 끓어오르자 지윤이 거칠게 머리를 쓸어 올렸다. 손에 쥔 노트가 머리에 부딪쳤다.

띵. 작은 터치에도 머리가 울린다.

"가. 가면 되잖아."

결국 정 여사에게 원하는 답을 한 지윤은 곧장 전화를 끊었다.

몇 걸음만 더 내려가면 계단의 끝이었다. 그대로 지하철을 타고 사무실로 돌아가야 했지만 지윤은 힘없이 계단에 걸터앉았다.

지윤의 곁을 무심한 표정의 사람들이 스쳐 지나갔다. 개중 몇몇은 그녀를 의아한 눈으로 바라보기도, 혹은 어디 아픈가 살펴보기도 했다.

하지만 누구 하나 도움의 손길은 내밀지 않는다. 다들 갈 길이 바쁠 테니. 참견을 바라는 것도 아니었다. 과도한 관심은 지금의 그녀에겐 '독'이었다.

한참 앉아 있던 지윤이 손에 꼭 쥐고 있던 휴대전화 액정을 두드렸다. 화면이 밝아지자 곧장 통화 버튼을 누른 지윤은 지금 가장 보고 싶은 남자의 얼굴을 떠올리며 전화를 걸었다.

[벌써 퇴근한 건 아닐 테고. 미리부터 보고 싶어서 전화한 거야?]

"어."

[……무슨 일 있어? 어디 아파?]

"반응이 왜 그래? 스윗하고 달콤한 답을 했는데."

[평소의 김지윤은 스윗하고 달콤한 답은 부끄러워서 안 하니까.]

귀신이다. 나에 대해 너무 잘 알고 있어.

헛웃음을 내뱉은 지윤이 이마를 부여잡았다.

"아프지는 않는데 일은 생겼어. 엄마가 집에 좀 오래. 그래서 저녁에 만나지 못할 것 같아서 전화했어."

[무슨 일 있으셔?]

"아니. 한 달에 한두 번 정도 있는 호출이야. 단순한 호출."

그 단순한 호출을 무시하면 그만이었는데 매번 이런 식이었다. 엄마가 미운데도 무시할 수 없고, 보고 싶지 않은데도 떠올라 신경이 쓰인다. 그래서 끌려 다녔다. 잔소리가 이어지는 전화를 무시하다가도 종국엔 '미안, 일 때문에'라는 답장을 보냈다.

이래서 물보다 피가 진하다는 걸까. 피는 무시할 수 없다고들 하는 걸까. 남보다 못한 가족이라고 느낄 때가 많은데.

지친 기색이 역력한 표정으로 지윤이 자리에서 일어났다. 힘겨움에 주저앉아 있을 수만은 없었다.

[데려다줄까? 잠시라도 보고 싶은데.]

"아니, 괜찮아. 미안해."

뭐가 미안한 것일까.

사과의 말을 한 지윤이 입을 굳게 다물자 성준은 다시 한 번 '괜찮아'라고 물었다. 전혀 괜찮지 않았지만 지윤은 '응, 괜찮아'라고 말한다.

괜찮아야 하니까.

*

"그 남자, 정말 마음에 안 드는 거니? 그쪽에선 계속 마음에 든다고 하는데 네가 연락을 안 한다고…….”

문을 열어준 것은 새아버지였다. 그리고 정 여사가 물을 줄 알았던 물음을 던진 것도 그였다. 어쩌면 정 여사가 슬쩍 물어보라고 했을지도 모른다. 이제껏 엄마가 제일 잘 선택한 남자를 바라보던 지윤이 한숨처럼 고개를 내저었다.

“그 사람은 아니에요.”

“어머니가 많이 서운해한다.”

“그래도 제가 결혼할 사람인걸요.”

“그래, 그건 그렇지.”

사람 좋게 웃는 새아버지를 보며 지윤 또한 따라 웃어버렸다. 어머니의 다섯 번째 남편은 그녀가 이제껏 선택한 남자 중에서 가장 좋은 사람이었다. 경제력은 요즘 업계가 많이 힘들어졌다고는 하지만 두 사람이 먹고 살기엔 충분할 정도는 되었다. 사람을 때리지도 않았고, 술, 담배는 평생 입에 대본 적도 없으며 무엇보다 어머니를 사랑해 주는 남자였다.

하나 이 사람을 ‘아버지’냐고 묻는다면 지윤은 고개를 저었다. 식사를 한 것은 두어 번 정도. 함께 나눈 대화도 얼마 되지 않았다. 서로를 알아가기엔 지윤은 너무 커버렸고, 새아버지는 그녀를 어려워했다.

“그럼 저 들어가 볼게요. 새아버지는…….”

“그래. 알았다. 자리 피해주마.”

부엌으로 향하는 새아버지의 뒷모습을 잠시 보다가 지윤이 몸을 돌렸다.

어머니의 다섯 번째 남편에게서 가장 큰 장점을 찾는다면 바로 이런 배려였다. 그 배려가 간혹 눈치를 보는 것처럼 느껴져서 거리감을 느꼈지만. 그건 아무래도 좋았다.

똑똑. 노크를 하고 안방으로 들어간 지윤은 몸져누워 있는 정 여사를 보았다. 어쩜 레퍼토리가 참 한결 같다. 자신의 뜻대로 되지 않으면 머리부터 싸매고 눕는다. 그리고 자신의 뜻이 관철될 때까지 이 상황을 계속 이어나간다. 지긋지긋할 정도로.

기분이 조금이라도 좋았다면, 아니, 어머니가 골라준 그 남자가 조금이라도 괜찮은 사람이었다면 이렇게 화가 나진 않았을 것이다. 남자를 네 번이나 잘못 고른 사람인데 사위 역시 제대로 고를 리가 없다.

"원래는 적당한 남자가 있으면 그 사람이랑 하려고 했는데, 오늘 그 마음이 바뀌었어."

지윤은 자리에도 앉은 채 서서 말했다. 그러자 정 여사는 여전히 뒤돌지 않은 채 지지 않고 말한다.

"뭔 이야길 또 얼마나 독을 담아서 하려고 네 아버지까지 내쫓니?"

부들부들 떨리는 목소리는 감정으로 그득했다. 대부분은 자신의 뜻에 따라주지 않는 딸에 대한 '화'였지만 그 외에도 여러 감정이 조금씩 섞여 있었다.

서운함. 두려움.

그걸 알면서도 지윤은 자리에 털썩 주저앉으며 따지듯 말했다.

"내 아버지? 새아버지는 내 아버지가 아니야, 엄마. 함께 산 적도 없어서 가족 같지도 않아. 남처럼 느껴져."

"뭐, 뭐라고?"

"앞선 아빠들도 그랬어. 친부는 본 적도 없으니 가족처럼 느껴지지 않고 두 번째 아버진 워낙 어릴 적에 헤어져서 아버지처럼 느껴지지 않았어. 세 번째 아버지는 날 눈엣가시처럼 여겨서 정말 싫었어. 네 번째 아버지와 다섯 번째 아버진 얼굴 맞대고 식사 한두 번 한 게 고작이어서 남처럼 느껴지고."

"허, 허……!"

그렇게 느꼈다. 그래서 말을 했는데 정 여사의 표정을 보자 갑자기 속이 쓰렸다. 헛숨을 내뱉는 정 여사는 크게 상처를 받은 듯했다. 사춘기 시절, 불안정했을 때 이런 독설을 한 번 내뱉었었는데도. 어쩜 정 여사는 이젠 다 괜찮다, 라고 생각하고 있었는지도 모르겠다.

그래서일까.

눈시울이 붉어졌다. 금방이라도 눈물이 쏟아질 것 같아 지윤이 눈에 힘을 주고 다음 말을 따박따박 이어나갔다.

"난 엄마처럼 쉽게 결혼할 마음 없어. 오랫동안 보고 결정할 거야."

"쉽게 결혼해? 내가? 넌 어쩜 말을 그렇게 못되게……!"

"난 말만 못되게 하지. 엄마는 어땠어? 내가 왜 이렇게 됐는지 정말 모르겠어?"

자리에서 벌떡 일어난 정 여사가 몸을 부들부들 떨었다.

"내가 왜 네가 결혼하길 바라는데! 조금이라도 행복하길 바라서……!"

"결혼이 어떻게 행복과 직결돼?"

"……."

"내 행복은 내가 찾을 거야. 남자가 아니……!"

짝!

날아든 손바닥과 함께 끔찍한 고통이 뺨에서 느껴졌다. 단순히 뺨을 맞아서 그런 게 아니었다. 얼이 빠질 만큼 정신이 와르르 무너져 내리는 기분이 들었다.

"못된 기집애."

그렇게 말한 정 여사는 어느새 눈물을 흘리고 있었다. 뚝뚝 흘러내린 눈물이 주름진 얼굴을 타고 아래로 흘러내린다.

언제 이렇게 늙어버린 걸까. 기억 속의 엄마는 조금 더 젊었다. 성인이 되고 나서 자세히 얼굴을 본 적이 없으니 마지막으로 봤다고 할 법한 건 십년 전이었다.

"내가 널 얼마나…… 얼마나……."

자신의 마음을 조금도 알아주지 않는 딸아이에게 서운한 마음이 들어서 정 여사는 울었다. 하나 지윤은 말없이 그녀를 바라보기만 했다.

내가 얼마나 고생을 했는데. 너 하나 제대로 키우자고 얼마나 발악을 했는데.

엄마는 그런 말을 하고 싶을 것이다. 자금만치 다섯 번이나 결혼을 했지만 그사이에 빈 공간들은 있었다. 그리고 마을 사람들의 따가운 눈총과 손가락질 또한 엄마의 마음을 아프게 했을 것이다.

그걸 다 참고 견딘 게 나 때문이란 건 알았다. 하나, 자신이 원한 건 그게 아니었다.

"아빠를 만들어주고 싶었지?"

지윤의 물음에 정 여사가 놀란 듯 동그랗게 뜬 눈으로 딸아이를 보았다. 이런 말을 들은 건 처음이어서. 하지만 그 다음 말은 정 여사의 마음을 더욱 미어지게 만드는 것이었다.

"그런데 난 엄마면 족했어. 한때는."

더 이상 눈물을 참기 힘들어 지윤은 자리에서 벌떡 일어나 시선을 피해 버렸다.

"나 가요."

곤란하고 힘들 땐 도망가야 한다. 그 만고의 진리를 지윤은 오늘도 실행했다.

문을 닫고 서둘러 안방을 나온 지윤은 문 앞에서 안절부절못하고 있던 새아버지와 눈이 마주치자 손을 들어 눈을 가려 버렸다.

"괜찮니?"

새아버지의 시선이 조금 열린 문과 지윤 사이에서 어쩔 줄 몰라 한다. 열린 문틈 사이로 정 여사의 울음소리가 들렸다.

"죄송해요."

빠르게 사과의 말을 한 지윤이 새아버지 곁을 스쳐 지나 밖으로 나왔다. 현관문이 닫히는 소리에도 안심이 되지 않는지 대문을 나서고 나서야 힘을 주고 있는 다리에 힘을 풀었다.

힘없이 자리에 주저앉은 지윤이 무릎 사이에 얼굴을 묻었다.

엄마는 소녀 같은 사람이었다. 순진하고 순수해서 늘 남자 때문에 아파했다. 그런데 끝임 없이 자신의 곁을 지켜줄 사람을 찾아다녔다. 그러다가 여기까지 왔다.

엄마에게 그렇게 말해서 안 된다는 걸 알았다. 그랬기에 눈물이 났다. 자신에게 화가 나서. 자신이 과거에 상처받았듯이 엄마 또한 상처로 가득한 과거였는데. 그걸 들먹이며 화를 내버렸다.

"하여튼. 성격 한 번 지랄 맞지."

거기에다가 쓸데없이 자존심만 높았다. 이런 순간에도 혹 새아버지나 어머니가 제 모습을 보면 어쩌나 싶어 힘껏 밖으로 나왔다.

주저앉아 한참 무릎 사이로 눈물을 흘려보내던 지윤이 입술을 잘근잘근 씹었다. 여기저기 아팠다. 그래서 계속 눈물이 나온다.

발이 너무 아파서 울었다. 심상치 않더니 결국 뒤꿈치에 물집이 잡히다 못해 터졌다. 발가락의 상태 또한 심상치 않았다. 얼얼한 것이 곧 뚝하고 떨어질 것만 같다.

'내가 다시는 이 신발 신나 봐라.'

지윤이 원망스러운 눈으로 낮은 단화를 보았다. 집에 도착하자마자 당장 쓰레기통에 처박아 버릴 것이다. 우울한 지금의 마음과 같이.

화끈한 눈두덩을 대충 손바닥으로 비벼 닦은 지윤이 자리에서 벌떡 일어났다. 때마침 지나가는 택시를 놓칠 수 없어 힘껏 손까지 흔들었다.

다행히 택시에 올라탄 지윤은 집주소를 간결하게 불러준 후 창밖에 시선을 두었다. 손으론 코와 입을 함께 틀어막았다.

집이라면 실컷 울 수 있을 텐데. 엉망이 된 기분을 갈무리할 수 있을 텐데.

안타깝게도 자신은 택시 안이었고, 기사가 힐끗거리는 시선이 뺨에 고스란히 느껴졌다. 하지만 지윤은 꿋꿋이 창밖을 보았다.

이십여 분을 달려 집에 도착하자마자 지윤은 택시비를 현금으로 준 후 차에서 내렸다. 엘리베이터를 타면 될 텐데 잠시도 기다리기 싫어 무작정 계단을 올랐다. 숨이 턱 끝에 차오를 무렵 집 현관문이 보였고, 지윤은 빠르게 비밀번호를 눌렀다.

쾅. 등 뒤에서 문이 닫히는 소리와 함께 현관문 센서가 켜졌다. 신발장 옆에 붙어 있는 전신 거울에 참 못난 자신의 모습이 고스란히 비치자 작은 얼굴이 종잇장처럼 일그러졌다.

"망했다. 출근 어떻게 하냐."

퉁퉁 부운 눈두덩을 본 지윤이 헛웃음을 내뱉었다. 집으로 돌아오자마자 순식간에 현실로 돌아와 버렸다. 당장 내일 출근할 걱정을 하다니.

신발을 훌훌 벗은 지윤은 다짐했던 대로 단화를 들고 곧장 창고로 향했다. 그곳에 아가리를 쩍 벌리고 있는 쓰레기봉투에 곧장 단화를 집어 던진 지윤이 몸을 돌렸다.

지윤이 향한 곳은 욕실이었다. 외출복 차림으로 욕실로 들어간 지윤이 모습을 감춘 지 얼마 되지 않아 물줄기가 쏟아지는 소리가 문틈 사이로 들려온다.

"아! 차가워."

각 얼음을 눈두덩에 대자마자 저절로 신음이 흘러나왔다. 11월이니 집 안에 가만히 있어도 가끔 오한이 드는데, 얼음까지 대니 온몸에 있는 솜털이란 솜털은 죄다 곤두서는 느낌이었다. 거기에다가 살에 닿자마자 얼음이 녹아 뚝뚝 물이 흘러내렸다.

"아, 귀찮은데 하지 말까."

고민하던 지윤은 얼음이 다 녹을 때까지 고문 같은 일을 끝까지 했다. 이렇게 해서 눈두덩이 조금이라도 가라앉는다면 밤새도록 대고 있을 수도 있었다. 귀찮음보단 부끄러운 게 더 싫으니까. 퉁퉁 부은 눈으로 출근을 하고 종로를 활보할 걸 생각하는 것만으로도 눈앞이 아찔해졌다.

그렇게 몇 번이나 얼음 찜질을 한 지윤은 거울 속 제 모습에 입맛을 쩝쩝 다셨다.

"이 정도면 뭐."

아침엔 필히 이것보다 더 붓겠지만 이 정도면 피곤해서 얼굴이 부은 것 정도로 변명을 할 수 있을 것 같았다. 만족한 듯 지윤이 촉촉한 얼굴을 수건으로 닦은 후 밖으로 나왔다.

만족하지 않으면 어쩔 텐가. 눈두덩만 동상을 입은 듯이 얼얼한데.

"됐어, 됐어."

말은 그렇게 하면서도 지윤은 숟가락 두 개를 냉동고에 넣었다. 만일을 대비해서. 그제야 조금은 안심한 지윤이 기초화장을 마친 후 습관적으로 휴대전화를 확인했다.

부재중 전화 한 통과 문자가 도착해 있었다.

〈일이 있다는 건 잘 해결됐어?〉

성준이었다. 아무래도 목소리가 심상치 않아 연락을 했나 보다.

〈응. 지금 집이야. 씻고 침대에 누웠어.〉

답장을 보낸 지윤이 침대에 눕는 대신 인터넷에서 싸게 주고 산 책장으로 향했다. 새하얀 책장은 심플했지만 어딘가 부실했다. 삐딱하게 기울어 있는 게 마치 자신 같아 오늘따라 보기 싫었다.

시선이 자연스럽게 시야에 닿는 칸으로 향했다. 그곳엔 어디에 둬야 할지 몰라 결국 책이 꽂혀야 할 자리에 자리 잡은 보석함이 놓여 있었다. 이름만 거창하게 보석함이었지 실상은 은제품이 대부분이었다. 주얼리 업계에서 일하고 있었지만 보통 사람들은 하나씩 가지고 있는 그 흔한 금반지, 팔찌 하나 없었다.

보석함을 연 지윤은 당당히 센터 자리를 차지한 은반지를 보았다.

홍콩의 이름 모를 뒷거리에 위치한, 역시나 이름 모를 은 공예 공방에서 만든 반지였다. 이 반지를 만들 땐 하성준이 자신의 곁에 있어줄지 몰랐다. 그저 들뜬 마음을 즐겼고 곧 있을 이별을 아쉬워만 했었다.

그땐 좀 더 솔직해질 수 있었는데. 그리고 그때의 자신은 현실 감각을 잃은 사람처럼 굴었었다. 지금과는 달리.

오랜만에 성준이 만들어준 반지를 낀 지윤은 네 번째 손가락보다는 조금 큰 반지를 엄지손가락으로 돌돌 돌렸다.

"예쁘네."

투박하고 못생긴 반지였다. 확실히 점토로 만들다 보니 정교할 수가 없다. 하지만 이 반지가 오늘따라 왜 이렇게 예뻐 보이는 것일까.

띠링띠링-

휴대전화는 문자가 도착했다는 걸 알렸지만 지윤은 한참 반지를 바라보기만 했다. 그러다가 투박한 반지를 계속 끼는 것이 아닌 보석함에 다시 넣었다.

하성준, 그 아이가 무척 보고 싶어졌다. 그래서 부러 도착한 문자를 확인하지 않았다. 문자를 확인하자마자 당장 와달라고 할 것 같아서.

침대에 누운 지윤이 눈을 질끈 감았다. 정 여사의 손이 닿았던 뺨이 화끈거렸다. 아프지 않았다. 그저 마음이 아프다. 좀 더 힘껏 맞았다면 이렇게 아프진 않을 텐데.

"힘껏 때리지도 못하면서."

이불을 머리끝까지 덮은 지윤이 몸을 동그랗게 말했다.

오늘 밤은 참 길 것 같다.

*

약 132m², 40평형대 아파트는 싱글족이 살기엔 넓었지만 드레스룸과 욕실 두 개를 제외하고선 모두 오픈형으로 되어 있었다. 그전에 살던 사람이 완벽하게 인테리어를 해놓아 당장 들어와서 살아도 될 정도였다. 아니, 모던한 가구도 모두 새 제품 특유의 냄새가 났고, 먼지 하나 쌓여 있는 곳이 없어 마치 지금도 사람이 살고 있는 것 같았다.

"와, 이건 뭐. 너 당장 들어와서 살아도 되겠다."

여기저기 돌아다니며 물을 틀어보는 지윤을 뒤로한 성준이 곁에 선 공인중개사를 보았다. 두 사람이 은밀히 시선을 나누는 모양새를 보아하니 모종의 거래라도 있는 모양이다. 성준은 혹여 지윤이 들을까 싶어 작은 목소리로 말했다.

"잔금은 계좌로 입금했습니다."

공인중개사가 감사하다는 말과 함께 수수료 금액과 함께 계좌를 이야기하려고 하자 성준이 가볍게 고개를 저었다.

"그 역시 입금했습니다. 확인해 보세요."

"……벌써요?"

"배려해 주신 게 있어서. 빨리 입금을 해드리는 게 좋을 것 같아서요."

"저희야 감사하죠. 워낙 이런 거로도 속을 썩이는 고객들이 있어서. 잠시만요."

확인 차 통화를 해보겠다며 걸음을 옮긴 중년 남성이 구석으로 향한다.

"하성준님이요. 네네. 입금하셨어요?"

통화만 들어도 대략 내용이 예상이 갔다. 그래서일까 엿들으려고 한 것은 아니었으나 옆에서 이를 주워듣게 된 지윤이 눈을 뾰족하게 떴다.

"뭐야. 여기 계약했던 거야?"

"보시다시피. 어떤 정신 나간 사람이 가구까지 모두 놓고 이사가겠어?"

"……설마 집도 확인 안 해보고 덜컥 계약부터 한 건 아니겠지?"

"설마가 맞아. 네가 알게 되면 뭐라고 할까 봐 비밀로 하고 싶어서 여기까지 데리고 온 거고."

"……물이 잘 안 나오거나 변기 물이 안 내려가면 어떻게 하려고."

그런 정신 나간 짓을 했냐는 물음에 성준이 어깨를 으쓱였다. 그 역시 거기에 대한 대책은 없다는 듯이. 지윤의 얼굴이 구겨지자 성준이 허리를 구부정하게 숙이더니 머리를 내민다.

"뭐 하는 거야?"

"칭찬해 줘야지. 의식주 정도는 제대로 챙기며 살라고 했었잖아. 난 제대로 챙기고 있고."

어서 쓰다듬어 달라는 듯이 성준이 고개를 까딱이자 지윤이 허, 하며 웃음을 뱉었다. 예전, 호텔에서 지낸다는 말에 제가 했던 답이었다.

하지만 손은 머리로 향하지 않는다. 이게 제대로 챙겼다고 할 수 있는 건가? 집을 확인도 안 하고 덜컥 계약부터 하다니.

"전세야?"

"자가. 완벽하지? 너만 들어와서 살면 돼."

역시. 사람의 말문을 닫는 재주가 있다.

지윤이 아무런 답도 하지 못하자 그가 어깨를 흔들며 졸랐다.

"자, 이제 이 사람 착하네, 해줘."

탁. 쓰담쓰담.

결국 커다란 강아지를 쓰다듬듯이 지윤이 머리를 쓰다듬어 주었다. 성준이 웃는다. 귀에 걸릴 것처럼 힘껏 올라간 입술 끝이 언뜻 보였다.

"좋아?"

"안 좋겠어?"

"……좋다니 다행이다."

헛웃음이 이내 잦아졌다. 이에 따라 손 또한 조금은 빠르게 움직인다.

"흠흠. 입금은 확인했습니다. 부동산으로 이동해서 계약서 사인 마치시면 됩니다."

뒤에서 이를 바라보던 공인중개사의 말에 지윤이 두어 발자국 멀어졌다.

또다. 또 장소를 가리지 않아버렸다.

지윤의 뺨이 발그레 달아올랐다. 부끄러웠다. 어른이라면 응당 자신이 어떠한 행동을 하고 있다는 것쯤은 인지를 하고 있어야 하는데. 이건 세, 네 살짜리 어린아이의 행동이 아닌가.

감정을 숨기지 못해 얼굴을 붉히는 것 또한 마찬가지였다.

"둘이서 살기에 충분히 넓죠?"

"네?"

입을 가린 성준이 작게 웃음을 뱉었다. 기함하는 지윤의 모습이 귀여워 웃음을 참을 수가 없었다.

보조석에 앉은 지윤의 얼굴이 붉으락푸르락 물들었다. 당장 옆에 있는 사람을 물어뜯어도 이상하지 않을 표정을 힐끗 본 성준이 입술을 깨문다. 부동산에서 있었던 일을 떠올리면 히죽히죽 웃음이 나왔다. 하지만 어떻게든 참으려 애썼다. 여기서 웃음을 터뜨렸다간 정말 물어뜯길 것 같았기 때문이다.

하지만 거기까지만 눈치가 있을 뿐, 정작 가장 조심해야 할 입은 멋대로 움직였다.

"역시. 아이까지 키우기엔 딱이지? 턱도 없고, 계단도 없고."

"하성준."

"왜?"

"너 정말 아까부터!"

성준이 정말 아무것도 모르겠다는 듯이 딱 잡아떼자 지윤의 미간이 좁아졌다.

"너 아까 그거 뭐야. 뭐? 12월에 결혼을 해? 겨울의 신부라고?"

가구까지 완벽하게 준비되어 있는 집은 결국 신혼집이 되었다. 자신의 서프라이즈 선물이라고 했고, 인테리어 역시 그녀의 취향이라고 했다.

내 취향이 모던한 것이었나. 이제야 그 사실을 깨달았다는 듯 지윤이 고개를 끄덕였다. 나도 모르던 취향이 있었구나. 그래, 그렇구나, 하며.

"너도 딱히 아무 말 안했잖아. 수긍하듯이 고개를 끄덕여서 난 또."

"난 또? 그럼 거기에다 대고 뭐라 그래! 아니라 그러면 분위기만 이상해지는데!"

"어? 고등학교다."

"동네에 고등학교 있는 게 뭐가 특별하다고…… 아."

성준의 시선을 따라 고개를 돌린 지윤이 조잘거리던 입술을 굳게 다물었다. 어느 동네든 고등학교는 있다. 특히 인구가 밀집되어 있는 아파트 단지엔 학교가 웬만한 관공서보다 많은 경우도 있었다. 그런데 눈앞에 있는 학교는 달랐다.

주말이어서 학생은 없었다. 하나 교문은 기억하던 그때 그대로였고, 학교 건물로 올라가는 높은 언덕 역시 그대로였다. 기억은 하나 퇴색된 추억으로 남아 있는 교문을 바라보던 지윤이 금세 밝아진 얼굴로 그를 바라본다.

"가볼까?"

아무래도 그의 작전이 통한 모양이다.

근처에 주차를 한 두 사람이 함께 등굣길을 걸었다. 안타깝게도 교복을 입었던 그 시절엔 함께 등교했던 적이 단 한 번도 없었지만 성준이 곁에 있자 모든 게 크게만 느껴졌던 열일곱 소녀로 돌아간 것만 같았다.

차가운 바람에 목을 움츠린 지윤은 따스한 기운에 고개를 들었다. 성준이 기다란 롱코트를 어깨에 덮어주고 있었다. 그의 품에 안겨 있으니 차가운 바람 대신 닿은 익숙한 체취가 체온을 높인다.

따뜻하다.

넓은 어깨에 머리를 기댄 지윤이 어깨를 감싼 손에 제 손을 겹쳤다. 한 마디 주고받지 않았으나 그와 많은 대화를 나누고 있는 듯한 기분이 든다.

"많이 바뀌었을까?"

"되도록 안 바뀌었으면 좋겠다."

"그래도 세월이 세월이니 만큼."

가벼운 답에 지윤이 힐끗 성준을 올려다보았다. 그 역시 그녀처럼 추억에 젖어 있었다.

"열일곱에 전학 갔으니 십삼 년 만이네."

"난 그래도 이 학교에서 졸업했어."

"그래도 십 년인데?"

"……나이 먹은 게 급격히 서러워지니까 그렇게 말하지 마."

그와 추억이 더 많은 곳이라면 '중학교'였다. 어떻게 되었든 같은 반을 세 번 연속이나 했고, 학교의 자잘한 행사 역시 같이 했으니까. 하지만 마지막이 이곳이어서 그럴까. 마음이 간질간질거리기도 했고, 스산한 바람이 불기도 했다.

지윤이 손을 내려 깍지를 끼고 있는 손을 보았다.

그날엔, 이 손을 잡지 못했었는데. 놀랍게도 시간이 흐르고 흘러 이 손을 다시 잡고 있다.

주차를 하느라 근처 주택가까지 가야 했기에 학교까지 걸어가는 그 길이 참 멀기만 했다. 추위에 몸을 떨던 지윤은 담이 낮은 전원주택을 보고서 '어?' 하며 놀랐다. 자신의 기억이 맞다면 성준의 집이었다.

"어? 여기 너희 집 아니야?"

"맞아."

쉼 없이 움직이던 걸음이 우뚝 멈췄다. 잔디가 볼품없이 삐죽삐죽 자라 있었고, 건물 또한 새하얀 페인트가 바래 있었다.

"관리가 하나도 안 된 것 같아."

사람이 사는 느낌이 아니어서 지윤은 가볍게 물었다. 보통 예전에 살던 집에 현재 누가 살고 있는지 궁금해하니까. 그 역시 어떤 사람이 살고 있을까, 라고 궁금해할 줄 알았다.

하지만 되돌아온 답은 의외의 것이었다.

"오랫동안 비워놨거든."

아직 자신의 집이란 뜻이었다. 그렇지 않으면 이제 막 한국에 돌아온 성준이 이 사실을 알 리가 없으니까.

"그럼 여기서 지내면 되잖아. 굳이 왜……."

"팔 거야, 곧."

이 금싸라기 땅에, 오랫동안 팔지 않고 놔둔 것을 보면 특별한 집 아닌가?

성준의 가족은 한국의 삶을 모두 접고 런던으로 떠났다. 선생님들도 그렇게 이야기를 했고, 동네 사람들 역시 갑자기 야반도주를 하듯 떠난 가족을 두고 그렇게 말했었다. 그런데도 집을 내버려 두었다는 걸 보면 특별한 의미가 있다는 것이다. 자신의 모친 역시 그래서 세 번째 남편과 힘겹게 구입했던 집에서 현재에도 지내고 있지 않은가.

지윤이 이상하다는 듯 바라보았다. 뭔가 더 있지 않냐고. 하지만 그는 말하고 싶지 않다는 듯이 어깨를 가볍게 끌었다.

"가자."

멈췄던 걸음이 다시 움직이기 시작했다. 학교가 지척에 가까워졌지만 지윤의 시선과 관심은 온통 그에게 향해 있었다.

"……이사할 때 도와줄까?"

"아니, 짐도 얼마 없는데 뭐. 사람 쓰면 되고."

지윤의 표정이 이상해졌다.

"깨끗하게 정리한 후에 초대할게."

지금도 충분히 깨끗한 집이었다. 그는 자신의 개인 공간에 타인을 들여놓는 일 역시 꺼리지 않는 듯했다. 이미 살게 될 집에 다녀오지도 않았던가.

그렇다면 오랫동안 비워두었던 저 집에 관련된 일이란 예감이 들었다. 그가 말하고 싶지 않다는 듯이 시선을 피하는 건.

원래라면 깊이 알려고 들지 않았을 것이다. 이제껏 그가 몇 번이고 이런 반응을 보였을 때도 깊게 알고 싶지 않다며 넘겼었다.

하지만 지금은 좀 더 자세히 알고 싶어진다. 그가 숨김없이 자신에게 모든 걸 말해줬으면 하는 바람도 들었다. 자신 역시 숨기는 것들이 있음에도 이기적이게. 고개를 내려 붙잡고 있던 손을 말없이 바라보았다.

걸음을 옮겨 교무실로 향한 두 사람은 전혀 변하지 않은 학교 내부에 깜짝 놀랐다. 운동장엔 그 당시에 없었던 푸른 잔디가 깔끔하게 깔려 있어 낯설었는데, 건물만은 그때 그대로다.

"스승의 날도 아닌데 어쩐 일이야?"

그들을 반겨준 건 수학을 가르치던 막내 교사였다. 집안 사정이 힘든 아이들을 위해 주말임에도 자율학습을 지도하기 위해 출근을 했다고 했다.

그 역시 짧지만 꽤 강렬한 인상을 남겼던 성준을 기억하고 있었던 건지 반가운 마음으로 물었다. 하지만 어찌 된 일인지 삼 년 내내 이 학교를 다닌 지윤은 기억을 하지 못하고 있었다. 그에게만 반가운 인사를 건넸으니까.

지윤을 바라보는 눈치는 '너도 이 학교 학생이었나?'였다.

"갑자기 생각나서요. 교실 좀 둘러봐도 되나요?"

"닫혀 있을 텐데. 잠시만."

열쇠를 찾으러 가는 선생님의 뒷모습을 보며 성준이 힐끗 지윤을 내려다보았다.

"어찌 된 일인지 나만 기억하시는 것 같지?"

"난 조용히 학교만 다녔거든."

특별히 튀는 학생은 아니었다. 외모도, 성적도, 행동도. 그 수많은 학생 중에서 선생님의 기억에 남는 학생은 몇 되지 않는다. 지윤 또한 이해한다는 듯이 고개를 끄덕였다.

"아무것도 만지면 안 된다. 알았지?"

"감사합니다."

두 사람은 익숙하게 걸음을 옮겨 3층으로 올라갔다. 1학년 교실은 모두 3층에 모여 있었다. 1학년 A반, B반, C반…….

낡은 나무 바닥에서 삐그덕삐그덕 소리도 났다. 그들이 성인이 되고, 이제 '어른'이라고 할 법한 나이가 된 만큼 학교 역시 그만큼 낡았다.

"그대로다."

"그러게."

"너 저기서 C반이었던 김, 김, 김…… 나래였나? 나현이었나? 하여튼 걔한테 고백받은 거 기억나?"

점심시간.

갑작스러운 고백에 다들 놀랐었다. 많은 아이들이 모여들어 고백을 받아주라며 외쳤다. 그 사이에, 자신은 아무 말도 하지 않았지만 끼여 있었다.

'받아주지 마라. 받아주지 마라.'

속으로 몇 번이고 되뇌었다. 제발 받아주지 말라고. 그전에도 성준에게 고백을 해온 애들이 많았으나 유독 그때 긴장을 많이 했던 건 군중심리와 그리고 고백을 했던 아이가 무척 예뻤기 때문이다.

예쁘긴 참 예뻤지. 지금까지 기억나는 걸 보면. 하지만 이런 제 마음과는 달리 자물쇠를 열던 성준은 고개를 기울였다.

"기억 안 나는데?"

"……그래."

그런 아이였지.

아무것도 관심이 없었던 아이. 뭐든 잘해서 주목을 받았지만 그 눈초리조차 알아차리지 못하던 아이였다. 자신에 대한 관심도 부족했었던 것 같다. 지금 생각해 보면.

"내가 고백을 받았었나?"

"너 학교 다닐 때 인기 많았어."

"고백 한두 번은 다 받아."

한두 번이 아닐 텐데. 하성준은 많은 아이들의 첫사랑이었다.

"너 중학교 2학년 땐가. 밸런타인데이 기억 안 나?"

성준이 미간을 좁혔다. 전혀 기억을 하지 못하는 눈치였지만 지윤은 마치 영화 속의 한 장면처럼 남아 있는 잔영을 꺼내 말했다.

"사물함이고, 책상 서랍이고 초콜릿이 넘칠 정도로 받았었잖아."

"아."

"그때 나 먹으라고 열 개 넘게 줬었어."

초콜릿과 함께 받은 편지를 그가 읽었는지는 모른다. 지금 표정을 보아하니 아마도 읽지 않은 모양이다. 자신의 눈으로 타인의 감정을 확인하지 않았으니 가볍게 치부해 버렸을지도 모르겠다. 그러니까 어느 누군가는 편의점에 가서 고심해 골랐을 초콜릿을, 어느 누군가는 밤새 긴장하며 만들었을 초콜릿을 아무렇지도 않게 자신에게 줬는지도 모르겠다.

배려가 부족하다며 욕을 먹을 상황이긴 했지만 저런 무딘 성격 덕분에 그와 함께 한 사 년 동안 자신은 상처받지 않을 수 있었다. 그리고 그 역시 자신이 첫사랑이라고 말했으니 상대는 차디찬 거절을 받지 않았던 것이고.

달칵. 자물쇠가 열리는 소리와 함께 드르륵, 낡은 문이 열렸다. 지윤과 성준은 교실 한가운데 자리로 향하려다 말고 서로를 바라본다.

"이 자리였던가?"

"아니, 뒷줄 아니었어?"

정확한 자리는 기억이 나지 않았지만, 그때 그 시절처럼 두 사람은 옆자리에 앉았다. 이미 몸은 성인에 가까워졌을 때여서일까. 의자도, 책상도, 불편함이 없었다.

책상에 귀를 대고 누운 지윤이 턱을 괴고 자신을 바라보는 성준과 시선을 마주하더니 이내 눈을 감아버린다.

"죄 많은 남자."

"뭐?"

한숨처럼 한 말에 성준이 눈을 동그랗게 뜨자 지윤이 다시 한번 말했다.

"죄 많은 남자."

"왜 그렇게 되는데?"

성준이 되물으며 그녀와 같이 책상에 귀를 대고 누웠다. 눈을 감고 있는 지윤과 마주 보고 있던 성준이 작게 웃음을 터뜨렸다.

"그럼 그 아이들의 마음에 일일이 대응을 해줬어야 한다고 생각하는 거야?"

지윤이 아무런 답을 하지 않자 성준이 연거푸 말을 이었다.

"마음을 확실하게 잘라내는 건 성인 때나 좋은 거야. 그 나이 땐 무엇이든 상상할 수 있도록 내버려 두는 게 좋다고 생각해."

"자기 변론 아주 훌륭해."

"그러지 않으면 지금 더 혼날 거 같거든."

지윤이 작게 웃음을 뱉었다. 그의 말이 맞을지도 모르겠다. 무엇이든 상상할 수 있도록 내버려 두는 게 첫사랑에게 차인 기억보단 훗날 훨씬 추억하기 좋을 테니까.

나 역시 그 첫사랑을 멋대로 생각하고, 하성준이란 아이의 이미지를 멋대로 퇴색해 좋은 기억으로 간직했으니까.

"넌 언제부터 나 좋아했어?"

지윤의 나지막한 물음에 성준은 '넌?' 하고 되물었다. 그러자 지윤은 귀 밑에 손을 찔러 넣으며 미간을 좁힌다.

"잘 기억이 안 나."

"나도 언제가 시작이었는지는, 모르겠어. 그래서 처음부터라고 생각하고 있어."

처음부터 좋아했다.

지윤이 아주 좋은 방법이라는 듯이 고개를 끄덕였다.

"그럼 나도 그렇게 생각할래."

처음 만나는 그 순간부터 좋아했다고.

두 사람은 서늘한 기운이 도는 교실에서 한참 서로를 마주 본 채 앉아 있었다. 종이 특유의 향기와 조금은 꿉꿉한 먼지 냄새. 그리고 창을 통해 들어오는 따뜻한 겨울 빛.

모든 것들이 그 시절로 돌아가기엔 충분한 장치처럼 느껴져 한참이고 그렇게 마주 보았다. 마음 역시 순수해져서 그 시절로 돌아간 것 같다. 서른의 못난 김지윤이 아닌 열일곱, 순수했던 김지윤으로.

*

〈집에 한번 들러줄 수 없니? 네 엄마가 많이 아파. 너 보고 싶어 하고.〉

새아버지에게 도착한 문자를 말없이 보던 지윤이 휴대전화를 그대로 가방에 넣어버린다. 그날 이후로 자리에서 일어나지 않은 것인지 문자에선 조심스러움과 함께 걱정 또한 느껴졌다. 그리고 가운데에 낀 그의 입장이 참 난감하다는 것도.

하지만 지윤은 이를 무시했다. 지금 당장 만나는 건 좋지 않은 방법처럼 느껴졌다. 아주 오랫동안 깊어진 감정의 골은 '무시'가 가장 현명한 답이라고 결론을 내렸다.

산장처럼 꾸며진 레스토랑엔 주말을 맞이해 꽤 많은 사람이 모여 있었다. 오늘은 교외로 나가보자는 성준의 말에 무작정 따라 왔더니 이곳에 도착했다.

향기 나는 집

식당 이름이라기보단 꽃집 같았다. 하지만 전체적인 분위기는 자유롭고 편안해서 마치 산속으로 여행을 온 것만 같았다.

싱그러운 풀내음과 겨울바람 특유의 서늘함이 섞인 공기를 힘껏 들이마신 지윤은 창가에 앉아 메뉴판을 보고 있는 성준을 본다. 통화를 해야겠다며 먼저 그에게 들어가 있으라고 했는데, 창밖 풍경이 가장 좋은 자리를 잡고 앉아 있었다.

눈이 마주치자 성준이 손을 흔들어주었다. 그래서 지윤 또한 저도 모르게 손을 따라 흔든다. 무거웠던 마음이 조금은 가벼워진다.

식당 안으로 들어온 지윤은 다가오는 직원을 향해 '일행 있어요'라고 말했다. 그러면서 먼저 걸음을 옮긴다. 걸음은 자연스레 성준에게로 향했다. 그의 맞은편 자리에 앉은 지윤은 밖과는 달리 깔끔한 식당 내부를 훑어보며 물었다.

"여긴 어떻게 알았어?"

"얼굴 모르는 사람이 가르쳐 줬어."

지윤의 고개가 옆으로 기울자 성준이 말없이 자리에서 일어났다. 자리에서 일어난 성준은 지윤의 곁에 앉으며 심드렁하게 말했다.

"네티즌이."

지윤이 작게 웃음을 터뜨렸다. 그리고 제 옆에 앉은 성준의 어깨에 고개를 기대며 나지막한 한숨을 내뱉는다.

성준과는 서로의 마음을 확인했던 그날에 했던 말처럼 매일 만나고 있었다. 가볍게 손을 잡고, 끌어안기도 하고, 그의 체취를 깊게 들이마시기도 한다. 지금처럼.

"향수 뭐 써?"

예전부터 궁금했다는 듯 지윤이 묻자 성준이 가벼운 어조로 답했다.

"남자친구가 준 향수."

"존이란 남자?"

"이름을 기억하고 있어?"

"너에 대해선 뭐든. 사랑하기로 한 사람이니까."

그리고 그렇게 결심을 하자 뭐든 쉬이 넘어갈 수 없게 되었다. 아주 사소한 문제 역시 속속들이 알았으면 좋겠다는 바보 같은 집착이 들기도 했고.

이런 상태는 위험하다는 것을 알고 있었다. 과도한 애정이 어떤 파국을 몰고 오는지도.

그래서 지윤은 주문을 하는 성준을 멀뚱히 바라만 볼 뿐 자신의 마음 안에서 자리 잡기 시작한 불안을 말하지 않았다.

"이사는, 잘 되어가고 있어?"

"곧 정리 끝날 것 같아."

성준의 말에 지윤은 다시 넓은 어깨에 머리를 기댔다. 함께하고 있는데도 멀리 있는 것 같다. 왜 많은 걸 자신에게 숨기냐고 묻고 싶은데도 그렇게 하질 못한다. 자신 역시 숨기고 있는 것들이 많으니까.

지윤이 두 눈을 감았다.

*

딸깍. 딸깍.

펜의 뒷부분을 누르길 반복하던 지윤이 한숨을 푹 내쉬었다. 걱정 근심이 가득해 보이는 얼굴로 연신 펜을 딸깍거리던 지윤이 휴대전화를 힐끗 보았다. 저녁에 만나자던 성준에게선 아직도 연락이 없었다.

평범한 연애를 이어나가는 것은 오랜만이다. 가슴이 뛰고, 일을 할 때도 그 사람이 간간이 떠오르는 것을 보면 '첫사랑'의 위대함과 자신이 성준을 이제껏 가볍게 흘려보냈던 연인들과는 조금 다른 포지션으로 바라보고 있다는 것쯤은 쉽게 예상할 수 있었다.

매사 자신 같지 않은 모습을 보여줄 때도 있었다. 그것이 기분 나쁘거나 싫은 건 아니었다. 오히려 좋았다. 뭔가 마음속에 쌓여 있던 벽 같은 것을 뛰어넘은 듯한 기분이 들었으니까.

하지만 내심 마음에 걸리는 문제가 있었다.

하성준의 마음은?

자신의 첫사랑은 예전과 다르다. 매사 쉬운 듯 행동하다가도 그렇지 않을 때도 있어 파악하기가 쉽지 않았다. 거침없이 행동하다가도 무언갈 숨기고 싶다는 듯 입을 꾹 다물기도 했고, 가끔은 알 수 없는 눈빛으로 자신을 바라보기도 했다.

하성준은 날 어떻게 생각하고 있는 것일까?

성준이 자신과 똑같은 마음으로 이 만남을 이어나가고 있는 것인지에 대한 확신은 여전히 없다.

"나도 무서워. 너에게 깊이 빠지는 게. 그러니까 그냥 같이 무서워하자. 그럼 좀 나을 거야."

그가 그렇게 말해줬음에도.

어른이 되어 생긴 나쁜 버릇. 그건 상대의 마음과 제 마음을 저울질한다는 것이었다. 그리고 제 마음이 조금이라도 그의 쪽으로 기울어져 있으면 불안해진다. 감정 소비가 심한 연애는 정신뿐만 아니라 신체 또한 지치게 만든다는 걸 이젠 잘 알고 있었으니까. 안전한 선택을 하고 싶어진다.

그랬던 자신이 하성준에게 있어서만큼은 아무것도 재지 않고 싶어진다. 그리고 생각한다.

그냥 가볍게 생각하면 되지 않을까?

그래, 쉽게. 하고 싶은 대로 이제껏 해왔던 것처럼.

곤죽이 되어버린 머릿속은 정리가 되지 않고 오히려 엉망이 되었다. 후, 한숨을 내뱉던 지윤은 옆에서 들려오는 인기척에 퍼뜩 고개를 들었다. 정 부장이 퇴근 준비를 마치고 그녀를 의심스러운 듯 가재미눈으로 보고 있었다.

"무슨 생각을 그렇게 해? 퇴근 안 해?"

"아. 벌써 시간이 이렇게 됐네요."

지윤은 으레 아무 일도 없었던 척 모니터 화면 한쪽에 적혀 있는 시간을 확인한 후 자리에서 일어났다.

바쁜 사람처럼 서둘러 자리를 정리하는 지윤을 보던 정 부장은 그녀가 휴대전화를 확인하자 슬쩍 떠보듯 묻는다.

"오늘 데이트?"

그게 도대체 왜 궁금한 걸까? 자기 와이프에게나 잘해주지.

지윤이 답 없이 휴대전화를 보았다. 생각에 잠겨 있던 사이 새로운 문자메시지가 도착해 있었다.

〈진상〉

기다리던 사람에게서 온 연락이 아닌, 한동안 연락이 뜸해 잊고 있었던 남자에게서 온 문자에 지윤의 얼굴이 종잇장처럼 일그러졌다. 이젠 얼굴도 가물가물한 맞선남에게서 온 문자였다.

"남자친구 많이 좋아하나 봐. 혼이 나가 있네."

남자친구에게 온 문자인 줄 안 것인지 정 부장이 놀리듯 말했다. 평소라면 이에 톡 쏘아붙여 줄 지윤이었으나 오늘은 달랐다.

"그럼 저 이만 퇴근하겠습니다."

힘차게 인사한 지윤은 대충 가방을 챙기곤 외투도 챙겨 입지 않은 채 밖으로 뛰어 나왔다.

우당탕! 낡은 계단이 비명을 질렀으나 지윤의 발걸음은 더욱 빨라졌다.

〈밑에서 기다리고 있어요.〉

왜! 뭘 어쩌라고! 비명이 터져 나오려는 입술을 잘근잘근 씹으며 걸음을 옮기던 지윤은 건물 입구 근처에서 서성거리고 있는 남자를 발견했다.

김민호였나? 이민호였나?

정확하게 성이 떠오르지 않았다. 하지만 그걸 떠올리려 노력하진 않았다. 지금은 그것이 중요한 게 아니니까. 중요한 건 오늘 저녁에 성준을 보기로 했다는 것과 이 남자와 성준이 마주치면 분위기가 썩 좋지 않을 거라는 것. 그리고 무엇보다 그건 연애를 하는 대상에겐 절대 하지 말아야 할 일 중 하나라는 것이었다.

민호의 앞에 선 지윤이 숨을 삼켰다. 당장 그의 팔을 잡아 끌어내고 싶었지만 그의 눈동자를 보자 그럴 수가 없었다.

기대감에 찬 눈빛. 그와 시선을 맞춘 지윤의 얼굴이 일그러졌다. 도대체 이 남자는 어떻게 자신의 사무실을 찾았을까. 저 기대감은 뭘까. 조금만 생각해 봐도 답은 하나로 귀결되었다.

"여긴 어쩐 일이세요?"

"어머니가 알려주셔서요."

엄마!

역시나 예상에서 벗어나지 않은 답에 지윤의 미간이 좁혀졌다. 갑자기 울컥 눈물이 날 것만 같아 손을 들어 관자놀이를 꾹꾹 누르던 지윤은 이런 자신의 기분은 모른 채 눈치 없이 말을 이어나가는 남자를 보며 입을 꾹 다물었다.

"지윤 씨가 연락을 계속 무시해서 직접 만나러 왔어요."

"……."

"전 우리가 만났던 날, 분위기가 좋았다고 생각했는데 아니었나요?"

도대체 어떤 부분에서 그렇게 느꼈냐고 묻고 싶을 정도였다. 그날 분명 대화는 무미건조했고, 몇 번이고 침묵이 흐르기도 했다. 마지막엔 에둘러 자신이 음식값을 지불했으며, 다시 만날 수 있냐는 물음엔 분명하게 '아니오'라고 말을 했다.

자신이 생각하기엔 그 어느 것 하나도 여지를 주지 않았는데, 이 남자의 입장에선 아니었나 보다.

"김…… 민호 씨?"

"네, 지윤 씨. 말씀하세요."

웃음을 띠는 모습에 콧잔등을 찡긋거린 지윤이 한숨처럼 말을 이었다.

"저희 어머니가 무슨 말을 했는지는 모르겠지만, 김민호 씨가 이러는 거 불편해요.”

“이러는 거라니요?”

민호가 이해를 못 하겠다는 듯 고개를 기울였다. 이렇게까지 말귀를 알아듣지 못하는 것을 보면 정 여사가 어떤 식으로 그를 구워삶았는지는 예측은 됐으나, 굳이 내용까지 확인하고 싶지는 않았다.

“전 분명 거절 의사를 밝힌 것 같은데, 김민호 씨가 제대로 알아듣지 못하신 것 같아서 말씀드릴게요.”

심호흡을 한 지윤은 거짓말처럼 머리가 맑아지자 정리된 생각을 하나둘 꺼내놓기 시작했다.

“김민호 씨, 좋은 사람이에요. 다만 저와 연이 없었을 뿐이죠. 제가 판단하기로 우린 맞지 않는 것 같아요. 그러니까 이런 식으로 찾아오는 것도, 연락하는 것도 그만해 주셨으면 해요.”

지윤의 말에 민호는 자신이 엄청난 착각을 하고 있었다는 것을 깨달은 것인지 얼굴을 붉혔다.

이렇게까지 하고 싶지 않았던 지윤이 다시 한 번 사과를 하려 했다. 어떻게 되었든 그가 얼토당토않은 생각을 하게 된 이유 중에 제 친모가 포함되어 있었으니까.

어찌 보면 그도 피해자란 생각을 한 지윤이 ‘미안합니다’라고 다시 한 번 사과의 말을 꺼낼 때였다. 어깨에 올라오는 묵직한 손길에 지윤의 고개가 뒤로 확 돌아갔다. 그리고 지금 이 순간 가장 보고 싶지 않은 남자가 인상을 굳히고 있는 것을 보며 입술을 잘근잘근 깨물었다.

"무슨 일이야?"

잊고 있었던 성준이 호기심 가득한 눈동자로 물었다. 하지만 동그란 어깨를 붙잡고 있는 손은 이 모든 상황을 파악하고 있는 듯 힘이 잔뜩 들어가 있었다.

백짓장처럼 창백해진 얼굴로 성준을 올려다보던 지윤이 어떤 말을 해야 할지 몰라 입술을 빼끔 거렸다. 무슨 말을 할 수가 있겠는가.

"누구셔?"

"어? 어……."

중간에서 입장이 난처하게 된 지윤은 잠시 어떤 변명을 해야 할지 몰라 눈알을 데룩데룩 굴렸다. 그러다가 문득 이 상황에선 변명보다 진실을 말하는 것이 더 좋다는 판단을 내렸다. 괜히 거짓말을 하거나 말을 보탰다가는 양쪽 다 기분이 나빠질 수도 있었고, 눈에 빤히 보이는 거짓말만큼 멍청한 것은 없다는 것을 알고 있다.

마음을 결정한 지윤은 망설임 없이 두 사람 사이에 서서 서로를 소개해 주었다.

"이쪽은 김민호 씨. 홍콩 출장 떠나기 직전에 선 봤던 남자. 이쪽은 하성준 씨예요. 연인이요."

"여, 연인?"

당황한 것은 민호였다. 성준이 말없이 손을 내밀어 인사를 건네는 것도 받지 않은 채 멍하니 두 사람을 번갈아 보는 것을 보며 지윤의 미간이 좁혀졌다.

민호의 눈빛이 흔들렸다. 그가 어떠한 오해를 하고 있는 것인지 눈에 빤히 보였지만 지윤은 전후 상황에 대한 설명은 하지 않았다. 그 대신, 그에게 가장 해주고 싶은 말을 꺼냈다.

"전에 김민호 씨가 물어봤던 적 있죠? 나에게도 첫사랑이 있냐고."

그가 기억이 나지 않는다는 듯 고개를 저었다. 대화를 할 때 신중하게 말을 하는 타입이 아니라는 것쯤은 첫 만남을 통해 알고 있었다. 하지만 상관없었다. 그저 지금의 내가 그때의 나와 다르다는 걸 설명하고 싶었지만, 그가 모른다고 하더라도 지금 자신의 말에 대한 답이 바뀌진 않을 테니까.

"이 남자가 그 첫사랑이에요."

지윤이 고개를 돌려 민호를 보았다. 갑작스러운 상황에 어쩔 줄 몰라 하는 그를 보자 이젠 미안한 마음이 든다.

"죄송합니다, 김민호 씨."

허리를 숙인 지윤이 사과의 말을 건넸다.

투벅, 투벅. 지윤이 말없이 걸음을 옮기자 성준은 한 발자국 떨어져 그 뒤를 따랐다. 주고받은 대화 하나, 목적지 하나 정하지 않았지만 둘 다 행선지가 있는 사람처럼 걸었다. 일정한 거리를 둔 두 사람이 함께 길을 걸었다. 가로등 불빛에 의지해서만.

말없이 걸음을 옮기던 지윤은 가방에서 휴대전화가 울리자 꺼내어 확인했다. 액정을 보자 엄마 번호가 떠 있었다.

이를 악문 지윤이 성준에게 밑바닥까진 보이고 싶지 않아 휴대전화를 다시 가방에 넣었다. 하고 싶은 말이 곤죽이 되어 머릿속에서 뒤섞였다. 하지만 굳게 다물린 입은 아무런 말도 내뱉지 못한다.

성준에게 먼저 사과의 말을 해야 한다는 생각은 들었다. 왜 이런 상황이 되었는지도 말해주어야 한다. 그와 난 연애를 하고 있으니까. 관계를 계속 지속해 나가기 위해선 그 남자가 왜 자신의 회사 앞에 찾아왔는지, 엄마와 난 어떠한 관계고 과거에 어떤 일이 있었는지도 말해야 했다. 하지만 부끄러움에, 나의 치졸한 자존심에 쉬이 말을 꺼낼 수가 없었다.

걸음걸음, 고민이 뚝뚝 떨어졌다. 그래서 걸음걸이는 더뎠고, 아직도 회사 근처를 벗어나지 못하고 있었다.

'어떤 말을 해야 할까. 우선은 과거부터 말해야겠지…….'

이런 생각과는 달리 입을 통해 흘러나오는 말은 정반대의 것이었다.

"나랑 결혼해 줄래, 하성준?"

"……."

"우리 엄마 소원이 내가 결혼하는 거거든. 내가 얼른 결혼을 해야…… 이 상황이 끝날 것 같아."

지쳤다. 관계에. 그것도 그냥 일반 사람과의 관계에 지친 것도 아니고 절대 끊을 수 없는 혈연관계에서 오는 지침이다.

그에겐 차마 말하고 싶지 않았던 속마음이 가장 먼저 튀어나와 버렸으나 지윤은 아무래도 좋다는 듯이 거침없이 말했다.

"부모가 자식에게 자신의 뜻을 강압적으로 관철시키려고 하는 순간, 그건 학대야. 난 그렇게 생각해."

두 주먹을 꼭 쥔 지윤이 눈을 감았다. 만약 성준이 자신의 얼굴을 보고 있었다면 차마 하지 못했을 말이었다. 속에서 고여 썩어버린 감정들이 그녀를 괴롭혔다.

"그걸 어릴 때 하면 아동 학대가 되는 건데 성인까지 이어져서는 아무것도 아닌 게 돼. 정서적으로 학대를 받는다고 이야기를 하면 어른인데 그걸 왜 거부를 하지 못하냐고 사람들은 손가락질하지."

어릴 적의 생활을 떠올려 보면 불행했다. 그래서 엄마에게 직접적으로 이에 대해 이야기를 하며 반항을 했었다. 그땐 엄마의 입장이 어떠한지, 상황이 어떠한지 생각하지 않아도 되는 나이였다.

하지만 어른이 되어서는 다르다. 비로소 엄마가 보였다. 그랬더니 나의 불행은 감춰야만 하는 상황이 벌어졌다.

"사람들한테 손가락질 받고 싶지 않아. 그리고 내가, 엄마한테 손가락질을 하고 싶지도 않아. 힘든데, 지금의 난 그래. 내 기분이. 그래서 서로 상처받지 않기 위해 엄말 보고 싶지 않은데, 강요만 하는 엄마가 너무 싫은데. 그런데……."

주절주절 말을 내뱉던 지윤이 입술을 굳게 다물었다. 무슨 이야기를 하고 싶어 이 대화를 시작했는지, 가닥조차 잡을 수가 없어져 버렸다. 힘없이 손을 든 지윤이 나지막한 신음을 뱉는다.

"……진짜 꼴불견이야."

이 나이가 되도록 혼자 아무것도 결정할 수 없고 나아가지 못하는 자신이 너무 바보 같아서 헛웃음마저 나왔다.

그때, 뒤에서 멈춰 있던 성준이 천천히 걸음을 옮겨 그녀에게 다가선다. 등 뒤까지 다가온 인기척에 지윤의 어깨가 뻣뻣하게 굳어졌다.

긴장하고 있는 모양인 작고 마른 뒷모습을 말없이 바라보던 성준이 손을 뻗어 어깨를 붙잡았다. 그러더니 지윤의 몸을 천천히 뒤돌린다.

"성준아, 난……."

지윤의 말에 성준이 고개를 끄덕였다. 무슨 말을 해야 할지 모르겠다는 듯이 움직이는 시선을 보며.

이해를 한다고 '감히' 말할 순 없다. 타인이 보기엔 뭐 그런 문제로 고민을 하고 있냐고 말을 할 수도 있겠지만 하성준은 알고 있었다. 사람은 저마다의 고민을 안고 살고, 그건 크기로 비교할 수 없다. 내가 더 불행하네. 너보다 난 더 힘드네. 그런 이야기는 어린아이나 하는 짓이라는 걸.

서로 마주본 두 사람의 표정은 비슷했다. 지쳐 버려 새하얗게 되어버린 모양새다. 지윤의 안에 끔찍한 상처가 있듯이 그 역시 그랬다.

하지만 두 사람은 사력을 다해 서로의 모습을 상대에게 감췄다. 긴밀해지고 가까워진 만큼 서로의 안에 어떠한 '근원'이 있다는 것은 알고 있었지만 애써 모른 척했다. 당당하게 묻기엔 서로 켕기는 것이 있었기 때문이다. 하지만 지윤이 먼저 말했다.

'위로해 줘.'

'나 어떻게 하지? 견디기 힘들어.'

'정말 지쳤어.'

그래서 그 역시 움직일 수밖에 없었다.

"멈춰 있기 싫어졌어."

무심히 닫혀 있던 입술이 달싹였다. 의외의 말에 지윤의 미간이 좁혀졌다.

'괜찮아?'

'힘들면 다 말해. 들어줄게.'

'네 아픔이 뭔지 공감하도록 노력해 볼게.'

'내가 있잖아. 너무 아파하지 마.'

으레 연인이 위로할 법한 말을 할 줄 알았더니 아니었다. 그는 고저 없이 다음 말을 이었다.

"가만히 있으면 아무것도 바뀌지 않으니까."

어머니는 아버지가 사라진 그 세상이 두려워 죽음을 받아들이지 않았다. 그 역시 바보 같게도 멈춰 있었다. 그러다 성인이 되어 고작 한 것이 어머니의 곁에서 도망쳐 '일'로 숨어들었던 것이다.

"갑자기 유학을 떠나게 된 건 어머니 때문이야. 초등학교 때 아버지가 갑자기 돌아가신 이후론 위태로워 보였거든. 아버지가 돌아가신 걸 믿지 않았어. 몇 날 며칠을 끌어안고 지내셨어. 집 안엔…… 악취가 가득했고."

그의 눈망울이 흔들렸다. 한 마디 한 마디 내뱉는 것이 힘든 모양이다. 하지만 듣는 쪽도 마찬가지였다. 지윤은 충격으로 물든 얼굴이 되어 성준을 바라보았다.

악취.

많은 것을 예상하게 만드는 단어였다.

지윤이 신음을 내뱉지 않기 위해 손으로 입을 가려 버렸다. 그러지 않으면 신음이든 비명이든 둘 중 하나가 터져 나올 것 같았기 때문이다.

지윤의 모습에 성준이 작게 고개를 저었다.

이 말을 자신의 입 밖으로 내뱉는 일이 있을 줄은 몰랐다. 그 일로 인해 세 번의 이사를 다녀야 했고, 결국 어린 시절 함께 지냈던 동네로 돌아오고 나서야 어머니는 많이 진정이 되었다.

"외가가 있는 영국으로 가는 것이 그땐 최선이라고 생각했고, 그 마음은 지금도 변화 없어."

떨어져 있는 게 최선이었다.

아버지와 닮아갈수록, 어머니는 다시 예전으로 돌아갔고 자신은 대용품이 되어버렸다. 아버지에 대한 집착은 자신에게로 이어졌다.

난 아빠가 아니에요, 어머니. 날 봐주세요.

그렇게 말할 수도 없었다. 집엔 단 두 사람뿐이었고, 그 말로 인해 어떠한 결과가 벌어질지 몰라 두려웠다.

그래서 어머니가 원하는 대로 살았다. 자신의 삶은 철저하게 파괴한 채. 어머니의 눈에 닿는 곳에 언제든 있어주었다.

"아버지를 가까운 곳에서 계속 보고 싶다고 하는 바람에 유골함까지 가지고 이민을 갔어. 어느 정도인지 알겠지?"

노이로제에 가까웠다. 이러단 함께 미쳐 버릴지도 모르겠다는 생각마저 했다.

이젠 한계다. 이러다가는 내가 죽겠다.

그렇게 생각할 무렵, 어머닌 그렇게도 그리워하던 사람에게로 떠나 버렸다.

"그런 어머니가 반년 전에 돌아가셨지. 홀로 뉴욕에 있는 내 걱정만 하셨어."

완벽하게 혼자가 된 후, 모든 게 시시해졌다. 목적을 잃었고, 이유를 잃었다. 삶 자체가 너무 재미없게 느껴졌고, 왜 이렇게 계속 살아야 하나, 이유를 찾지 못했다.

그러다가 떠오른 곳이 한국이었다. 아버지를 잃고, 어머니가 아파 힘들었던 땅. 하지만 그곳에선 웃을 일이 많았다. 평범하게 학교를 다녔고, 어머니의 감시 아래에 있었으나 친구도 있었다.

김지윤. 그 아이가 갑자기 떠올랐다.

유학 생활은 뿌리가 없었던 느낌이었다. 가족이란 중심이 사라지니 흔들리고 어찌할 바를 몰라 숨어들었다.

이렇게 있다간 스스로 모든 걸 놓을 것 같다는 그 생각이 드는 순간 회사에 사표를 냈다. 기억 속 그 작은 소녀를 다시 만나보고 싶다. 그 시절로 돌아가고 싶다. 그 생각을 하는 순간 기적처럼 홍콩에서 우연한 재회가 이루어졌다. 그 후로 성준의 인생은 다채로워졌다.

"네가 이 인생이 싫을 정도로 진절머리가 나면 다 집어던지면 돼."

그의 말에 내내 입을 꾹 다물고 듣기만 하던 지윤이 고개를 옆으로 돌렸다. 아무래도 붉어진 눈망울을 보이고 싶지 않나 보다.

서로가 꼭꼭 감추고 있던 감정을 모두 펼쳐 놓았다. 그리고 이제 그 감정을 함께 갈무리하면 된다. 그러기 위해 함께 있는 거니까.

"그게 말처럼 쉬운……."

"쉬워."

딱 잘라 하는 말에 지윤이 말간 눈으로 그를 올려다보았다. 그러자 성준이 막힘없이 말을 잇는다.

"네가 뭘 하든, 뭘 하고 싶든 함께해 줄 사람이 있잖아."

그 사람이 바로 자신이라는 듯이 말한다. 그래서 지윤은 고개를 아래로 뚝 떨어뜨렸다. 그럼에도 해소되지 않는 두려움 때문에.

"무서워. 엄마처럼 될까 봐. 한 사람에게만 의존하려 하다가 내 인생을 망칠까 봐."

웅얼거리듯이 하는 말에 그가 망설임 없이 끌어안아 주었다.

위로가 필요한 타이밍이었다. 그리고 자신에게도 위로가 필요했다. 그녀의 체온이.

지윤의 어깨에 얼굴을 묻은 성준이 부탁을 하듯 읊조린다.

"같이 무서워하자고 했잖아."

과거에 그렇게 말했다. 자신도 무섭다고.

그때 지윤은 그 말을 믿지 않았었다. 거칠 것이 없는 사람이었다. 원하는 것이 있다면 하고야 마는 사람에게 '두려움'은 어울리지 않다고 생각했었다. 하지만 성준의 과거를 모두 듣고 나니 믿을 수밖에 없다.

하성준은 정말 무섭구나. 나처럼.

지윤이 넓은 등을 끌어안으며 웅얼거리듯 말했다.

"난 네가 사라질까 봐 무서워. 내가 우리 엄마처럼 될까 봐."

"난 네가 옆에 있도록 힘껏 지키려고."

두 사람은 서로 다른 소리를 했다. 그는 홀로 남은 어머니를 보면서 아버지처럼 떠나지 않겠다고 다짐했고, 그녀는 자신의 어머니처럼 한 사람에게만 의지하지 않겠노라 말했다.

지윤이 말없이 올려다보자 성준이 힘없이 웃었다.

"처음을 마지막으로 만들려고 다짐했거든. 그럼 네가 내 옆에 평생 있도록 지켜야지."

성준의 말에 지윤이 그의 옷을 양쪽 주먹으로 힘껏 쥐었다. 그의 몸을 아래로 끌어내린 지윤이 발뒤꿈치를 들어 뜨거운 입술을 맞췄다. 그것으로 충분했다.

눈물이 날 것 같은 상처를 덮기에.

덜컹!

문이 거칠게 열렸다. 그러더니 타인은 들여놓은 적이 없었던 지윤의 집 안으로 두 사람이 쏟아지듯 들어온다. 다급하게 서로를 찾는 입술과는 달리 손은 재빨리 상대의 옷을 벗겨내느라 정신이 없었다. 누가 뭐라고 할 것 없이 거친 숨을 내뱉는 두 사람 사이에 뜨거운 불꽃이 튀었다.

"하아, 하아."

밭은 숨을 내뱉은 지윤이 눈을 질끈 감았다. 눈앞이 아찔해지는 것과 함께 몸이 덜덜 떨렸다. 흥분으로 점철된 몸은 제 것이 아닌 것처럼 낯설었다. 지윤이 떨리는 눈으로 그를 올려다보자 성준은 말없이 지윤의 입술을 한입에 머금었다. 작게 내뱉은 웃음과 거친 숨이 동시에 얼굴이 닿았다.

찌리릿. 전기가 통하는 것처럼 쾌감이 흐르는 몸에 지윤의 입에서 달큰한 신음이 흘러나온다.

그는 숨 쉴 틈도 주지 않은 채 지윤의 입술을 맛보았다. 성준이 고개를 비스듬히 아래로 내리자 지윤이 비틀거리며 두어 걸음 뒤로 물러섰다. 덕분에 어두웠던 공간에 다시 불이 들어왔지만 두 사람 모두 개의치 않았다.

단단한 몸과 벽에 갇혀 버린 지윤이 다리에 힘이 풀린 듯 주저앉으려 하자 커다란 손이 이를 잡아주었다. 거친 숨을 내뱉는 지윤은 정신이 하나도 없었다.

평소, 입맞춤과는 많이 달랐다. 혼이 나가 버릴 것만 같았으나 그는 자신의 사정 따윈 봐주지 않은 채 집요하게 입을 맞추고 몸을 더듬는다.

가느다란 허리를 붙잡은 손이 조금 더 위로 올라오자 지윤의 몸이 위로 튀어 올랐다.

"하, 하성준. 여기 현관이야."

"그렇네."

성준이 나지막한 목소리로 말했다. 흥분이 가득한 목소리에 몸이 더욱 뜨거워진다.

성준의 손에 이끌려 신발을 벗는 둥, 마는 둥 안으로 들어온 지윤이 침대를 보았다. 아침에 정리를 해두지 않은 상태 그대로였다. 하지만 그것보다 지윤의 신경에 더 거슬리는 건 침대가 조금 많이 작다는 것이다.

역시, 지금 그가 지내고 있는 호텔로 갈 것을 그랬나.

흥분에 휩싸인 두 사람이 가기엔 먼 곳이었지만 그래도 집보단 나았겠다는 생각이 뒤늦게 들었다. 하지만 성준은 지윤이 생각할 틈을 주지 않고 다시 입을 맞췄다. 몸 또한 손쉽게 들어 올려 멀게만 느껴지는 침대 쪽으로 곧장 걸음을 옮겨 버렸다.

몇 걸음 사이에 금세 침대에 닿았고, 성준은 허리를 숙여 지윤을 조심스레 침대 위에 내려놓았다. 힘껏 목을 끌어안고 있던 지윤이 성준의 쇄골에 입을 쪽, 맞췄다.

짧은 입맞춤에 그의 몸이 뻣뻣하게 굳어지는 게 느껴졌다. 하지만 지윤은 안고 있는 목을 놓아주지 않은 채 그를 올려다보았다. 짙은 눈망울과 시선을 마주한 지윤이 힘없이 웃었다.

이런 느낌은 처음이었다. 남자와 몸을 섞는 일에 대한 거부감이 없었기에 몇몇 남자와는 잠자리를 가진 적도 있었다.

하지만 이 쾌감은 뭐란 말인가. 오르가슴은 여자들의 호들갑이라 생각했는데 아닌가 보다. 그와 몸을 겹치기도 전에 이렇게 달뜨는 것을 보면.

제 모습이 비치는 그의 눈을 보며 지윤이 입술을 깨물자 성준이 입고 있던 셔츠를 마저 벗어버렸다. 벨벳처럼 보드라운 살결이었지만 겉으로 보기엔 갑옷처럼 탄탄해 보였다. 조금 마른 줄 알았는데 그것도 아니었다.

꿀꺽 침을 삼킨 지윤은 자신의 몸 위를 덮친 커다랗고 강렬한 존재에 나지막하게 신음을 뱉었다. 허벅지 사이를 찌르는 존재에 눈앞이 벌써부터 빙글빙글 도는 기분이 들었다.

성준이 자신의 타액으로 얼룩진 입술을 혀로 핥았다. 작고 간지러운 터치에 몸이 움찔 떨리기도 잠시. 옷 사이로 파고드는 커다란 손에 지윤이 숨을 할딱였다. 손은 곧장 속옷을 들치고, 안에서 꼿꼿하게 고개를 내밀고 있던 정점을 붙잡았다.

여유로운 손길에 사타구니 사이가 뜨거워졌다. 무언가가 계속

해서 자신의 은밀한 부위를 찔러왔다.

눈앞이 아득해진다.

그는 마치 포식자 같았다. 여유로운 행동이 그러했고, 한입에 제 젖가슴을 무는 행동 또한 그러했다. 혀로 희롱당하는 가슴에 온신경이 집중이 되어 진정이 되질 않았다.

츄릅. 힘껏 가슴을 빨아들이는 소리에 허리가 휘었다.

위험하다는 생각이 들었다. 이러다간 모두 소모되어 사라져 버릴 것 같다는 생각도 했다.

교복을 입고 만났던 그때도, 그리고 다시 만난 후에도.

이러한 상황을 머릿속에서 그려본 적이 단 한 번도 없었다. 그의 몸이 주는 위압감과 뜨거움을 미리 예상했다면 지금처럼 당황하지 않았을까. 뒤늦게 후회를 해보았지만 이미 늦은 뒤다.

지윤의 가슴을 한데 모아 정점을 한입에 맛보던 성준이 고개를 들어 어둡게 가라앉은 눈동자로 그녀를 내려다보았다. 그의 움직임에 사타구니를 찌르던 단단한 남성이 아랫배에 닿았다.

숨이 턱 하고 막혔다. 할딱이며 공기를 갈구하고 싶었지만 참았다. 아니, 갈구할 수가 없었다. 허리를 매만지면 내려가는 손길에 또다시 숨이 와락, 하고 막혔다.

억눌리는 숨을 힘들게 내뱉었던 것 같다. 좁은 침대가 내지르는 비명처럼 저 또한 소리를 질렀던 것 같기도 하다. 모든 게 꿈처럼 느껴져, 이게 현실인지 아니면 자신의 상상이 만들어낸 망상인지 알 수가 없었다.

"흐응."

흐릿한 천장을 보며 거칠게 허리를 뒤튼 지윤이 나지막한 신음을 내뱉었다. 자신의 몸을 쓰다듬는 손이 점차 체온을 더하고, 맞닿아 있는 살결이 지나치게 온도를 높여놓은 전기장판처럼 뜨겁게 느껴졌다. 화상을 입을 것 같은 체온에 이 모든 게 현실이라는 걸 조금씩 알아가고 있었다.

작게 벌어진 잇새로 성준이 뜨거운 숨결을 불어넣는다. 그가 눈치챘나 보다. 숨을 쉬는 게 버거울 만큼 흥분했다는 것을.

턱을 살짝 잡고 올린 커다란 손을 붙잡은 지윤이 말없이 그를 올려다보았다.

"괴, 괴로워."

지윤이 억눌린 목소리로 말했다. 몸은 시럽처럼 녹아버렸고, 머릿속도 생각은 올바른 판단을 내릴 수 없을 만큼 엉망진창이 되었다. 그러니까, 조금만 천천히 해달라고. 첫 관계니까 조금 봐달라고.

하지만 그 역시 마찬가지라는 듯이 하체를 지그시 내렸다.

"으."

지윤의 입에서 나지막한 신음이 터져 나왔다.

연신 눈을 깜빡이던 지윤은 자신의 옷을 벗기는 손길을 도왔다. 엉덩이를 들어 입고 있던 바지가 아래로 끌려 내려가자 이번엔 다리를 들어주었고, 수많은 단추가 툭툭 풀려 나가고 브래지어 후크가 풀리자 이번엔 팔과 등을 들어 이를 도왔다.

머릿속은 이 감각이 조금씩, 아주 천천히 다가와 줬음 했으나 몸은 달랐다. 거대한 쾌감이 빠르게 다가오길, 그래서 이 억눌린 감각을 한꺼번에 풀어내고 좀 더 자유로워질 수 있길 바랐다.

붓처럼 보드랍고 섬세한 혀가 몸의 곡선을 따라 노니기 시작한다.

"으응!"

작은 우물 같은 배꼽에 혀가 닿았다. 깜짝 놀란 몸이 위로 튀어 오르자 그는 쉬이, 바람 소리를 내며 달랬다.

평소 손길조차 잘 닿지 않는 곳에 닿은 혀에 지윤이 숨을 꼴깍 삼켰다. 그렇지 않으면 비명을 내지를 것만 같아서였다.

자신의 행동 하나하나에 반응하는 모습에 성준의 미간이 좁아졌다. 인내심이 점차 바닥을 드러내고 있었다.

거리낄 것 없이 곧장 페니스를 밀어 넣고 싶었다. 그런 파괴 욕구가 들었지만 성준은 이를 악물고 참았다.

조금의 시간이 더 필요했다. 완벽한 결합을 위해선.

성생활 역시 대화를 하는 것과 비슷해서 상대에 대한 배려도, 이해도 필요했다. 지윤이 좋아하는 것이 무엇이고, 싫어하는 것이 무엇인지 알아가는 과정이 필요하다. 자신의 감정만 내세웠다가는 그 관계는 얼마 가지 못해 뒤틀린다는 걸 그는 알았다.

호흡을 가다듬은 그가 한 손에 엉덩이를 움켜쥐며 혀를 움직였다. 쾌감에 오소소 소름이 돋은 살결을 혀로 쓸어내리고, 새하얀 다리를 번쩍 들어 사타구니에 입을 맞췄다. 향긋한 냄새가 코끝을 훅 스쳐 그를 유혹했다.

"거, 거긴……."

안 된다는 말을 하려던 찰나다. 그보다 한발 빠르게 성준이 속옷을 벗겨냈다.

끙, 억눌린 신음에도 혀는 순식간에 수풀을 헤치고 안으로 들어갔다. 달큰한 향에 멀미를 하는 것처럼 머리가 어지러웠다.

"하아!"

거친 숨을 내뱉은 지윤이 손을 뻗어 성준의 머리카락 사이에 손가락을 집어넣었다.

흘러내리는 액을 빨아들이자 쾌락이 강렬해졌다. 이를 감당할 수 없겠다는 생각이 들자마자 지윤이 성준을 밖으로 밀어내려 손을 파닥였다. 하지만 나약한 손길은 거친 폭풍우처럼 들이닥친 흥분에 취한 그를 막을 수가 없었다.

"그, 그만."

지윤이 몇 번이고 부탁했다. 집요하리만치 여성을 괴롭히던 성준이 고개를 들어 지윤을 내려다본다.

성준의 얼굴에 긴장감이 머물렀다. 평소 장난기가 가득하던 표정과는 완벽하게 상반되는 얼굴이었다. 그래서 게슴츠레 뜬 눈으로 그를 바라보던 지윤은 순간 몸이 위로 붕 떠오르자 작게 비명을 질렀다.

"아!"

지윤이 몸을 비틀었다. 안아 달라고 허공에서 흔들리던 손은 어느새 매트리스를 붙잡고 있었다.

윽. 억누른 신음을 내뱉은 지윤이 엉덩이에 닿은 입술에 눈을 질끈 감았다.

너무 짓궂다. 자신이 어떤 상황인지 알면서도 계속 애를 태우는 그가 원망스러웠다.

"……약았어."

지윤이 작게 원망의 말을 쏟아내자 성준이 이를 세워 엉덩이를 잘근잘근 깨물었다. 분명 아파야 정상일 텐데 어찌 된 일인지 고통 대신 쾌감이 느껴졌다.

지윤이 입술을 깨물었다. 커다란 손이 슬금슬금 움직이더니 가슴의 정점으로 향했다. 뒤에서 그녀를 끌어안은 그가 분홍빛 유두를 손가락 사이에 끼운 후 비틀자 허리도 비틀렸다. 그 자리에 이번엔 그의 입술이 닿았다.

성준은 쉼 없이 지윤의 몸을 달뜨게 만들었다. 가슴을 주물렀고, 등엔 입을 맞췄으며 다른 손은 여성을 더듬었다.

검은 숲을 더듬던 손은 어느새 강렬한 쾌감을 선사해 주기 위해 안으로 파고들었다.

"아아!"

손가락 세 개가 몸을 휘젓자 지윤이 신음을 내질렀다.

"아아, 아아아……!"

신음이 커질수록 성준의 손은 더욱 빠르게 안으로 파고들었다가 나오길 반복한다. 가끔은 내벽 위를 손가락으로 긁기도 했고,

부드럽게 휘젓기도 했다.

성준의 손을 타고 애액이 매트리스 위로 투둑 떨어졌다. 짙은 정사의 향이 벌써부터 나는 듯했다.

지윤은 그가 좀 더 자신을 만져줬으면 했다. 다정하고, 강렬하게. 하지만 그와는 상반되게 서둘러 안으로 들어와 줬음 하는 마음도 들었다. 눈을 질끈 감은 지윤이 숨을 허덕 내뱉었다.

'아, 이러다간 어떻게 될 거 같아.'

눈앞이 뿌옇게 변해 더 이상 참을 수 없을 것만 같을 때 몸을 세우고 있던 팔이 아래로 무너졌다. 지윤의 가슴이 매트리스에 짓눌리자 그가 행위를 멈췄다.

지윤이 겨우 몸을 움직여 좁은 매트리스에 누워 그를 올려다보자 성준이 몸을 일으켜 바지와 속옷을 한꺼번에 벗어냈다. 보기만 해도 위협적으로 느껴지는 남성은 굵었고, 빳빳했다.

저게 내 몸 안으로 들어온단 말이지.

기대감과 함께 두려움이 한꺼번에 엄습했다.

말없이 그의 어두운 눈빛을 바라보던 지윤이 손을 뻗어 단단한 턱을 붙잡았다. 그러자 성준의 얼굴이 일그러진다.

"바보 같은데."

"……뭐가?"

"내 감정 하나 자제 못 하는 풋내기가 된 거 같아."

곤란하다는 듯이 웃는 그를 보며 지윤이 작게 웃음을 뱉었다.

"나도 그런데."

그 말에 성준이 새하얀 허벅지를 당겨 자신의 어깨에 걸쳤다. 사타구니가 위로 들리며 촉촉하게 젖어 있는 여성이 훤히 드러나자 그의 눈동자가 흥분으로 물들었다.

성준이 그녀를 붙잡고 안으로 파고드는 순간 두 사람의 입에서 동시에 신음이 터져 나온다.

"으윽."

"아!"

흥분에 찬 신음이 뒤섞였다. 예상보다 더 좁고 뜨거운 여성에 몸이 녹아내릴 것만 같았다.

착. 착. 살갗이 부딪치는 소리가 방 안을 가득 채웠다.

그와 함께 매트리스가 삐거덕삐거덕 우는 소리가 하모니처럼 들렸다.

신음을 비명처럼 내지른 지윤이 순간 입술을 깨물며 숨을 참자 성준이 힘찬 허릿짓을 멈추지 않으며 그 위에 입을 맞췄다.

짧게 닿았던 입술이 어느 순간 집요해졌다. 지분거리듯이 지윤의 입술에 입을 맞춘 성준이 입술을 조금 내려 턱을 혀로 핥았다.

"아응…… 아아!"

"윽!"

가느다란 허리를 붙잡은 성준이 힘껏 안으로 들어왔다가 순간 움직임을 멈췄다. 페니스가 파르르 떨리며 금방이라도 지윤의 안에 뿌연 액체를 쏟아낼 것만 같았다. 하지만 이를 악문 성준은 사정을 하지 않기 위해 거친 숨을 내뱉었다.

하지만 이런 성준의 마음을 알 리 없는 지윤은 엉덩이를 움직이며 좀 더 달궈달라고 떼를 쓴다.

"잠시만."

성준이 땀으로 그득한 이마를 닦아주며 그렇게 부탁했다. 잠시만 가만히 있어달라고. 하지만 몸을 가를 듯 자신의 안을 꽉 채운 이물감에 지윤은 이를 듣지 못하고 몸을 움직였다.

흥분에 잘게 떨리는 허벅지를 붙잡은 성준이 몸을 돌려 그녀를 눕혔다. 그리고 뿌리까지 깊이 밀어 넣은 후 안에서 흔들어댔다.

성준이 뒤에서 거칠게 끌어안자, 지윤의 몸에 힘이 가득 들어갔다. 하지만 그는 한참이고 파도처럼 그녀의 안에 쓸려 들어갔다가 나오길 반복했다.

밤이 깊다. 오늘 밤은 평소보다 더 깊을 것만 같았다.

*

부스럭부스럭. 귀에 거슬리는 소리에 깊은 잠에 빠져 있던 성준이 슬쩍 눈을 떴다. 나른한 시선은 부산스럽게 움직이는 여자에게 향한다. 출근 준비를 하고 있는 지윤은 화장대 앞에서 화장을 하고 있었다.

"아, 다크서클."

지윤이 얼굴을 일그러뜨리며 낭패라는 듯 혼잣말을 내뱉었다.

"이걸 어째."

지윤이 파우더로 눈가를 톡톡 두드리자 성준이 작게 웃음을 뱉었다.

"데려다줄까?"

"어? 일어났어?"

"응. 방금."

성준의 말에 마저 립스틱까지 바른 지윤이 자리에서 벌떡 일어난다. 그러더니 침대로 다가와 그의 입술 위에 입을 맞춘 후 웅얼거리듯 말했다.

"고마운 제안이긴 한데 이미 늦었어."

다급히 말한 지윤이 이번엔 가방 안에 지갑과 휴대폰을 쓸어 넣었다. 지윤이 하는 행동을 가만히 바라보던 성준이 자리에서 일어난다. 덮고 있던 이불이 아래로 내려가고 탄탄한 상체가 드러났다.

"반지 꼈네?"

그의 시선은 서둘러 가방을 챙기는 손으로 향해 있었다. 그가 만들어준 반지가 손가락에 끼워져 있었다. 그러자 지윤은 씩 웃으며 손을 성준에게 보여주며 말한다.

"어제 같은 불상사가 있으면 남자친구 있어요, 라고 말하고 보여주게."

애교 있게 웃는 얼굴은 마치 '어제 일 미안해'라고 말하는 것 같았다. 성준이 자리에서 일어나 지윤의 뒤를 따라간다.

"잘 다녀와."

문틀에 어깨를 기댄 성준이 배웅을 해주듯 말했다. 그러자 서둘러 낮은 운동화를 신던 지윤이 그를 힐끗 보며 웃는다.

"너 지금 기둥서방 같아."

"미안. 집안일은 잘 못해."

"그럼 돈 벌어와."

장난스럽게 말한 지윤이 다시 한 번 손목시계를 확인했다.

"아, 진짜 늦겠다! 나 그럼 이만 간다!"

"퇴근할 때 데리러 갈게."

"그래주면 고맙고!"

지윤이 문을 열고 밖으로 나갈 때까지 성준은 손을 흔들어주었다.

잘 다녀와. 조심히 다녀와.

그의 손짓이 그렇게 다정하고 친밀한 인사를 건네는 것 같다.

*

정 부장은 자신의 앞에 내밀어진 흰 봉투를 보며 '결국'이란 표정을 지었다. 하얀 봉투 겉면엔 '사직서'라고 큼직하게 적혀 있었다.

"예전엔 내 환경이 갑자기 변하는 게 무서웠거든요. 나이가 먹다 보니 괜히 그런 쪽에 겁이 생기더라고요."

지윤의 말에 성준은 깊은 한숨을 내뱉었다. 그런 기미는 이미 몇 번이고 보였던 지윤이다. 고된 출장에 힘들어 하기도 했고, 저번엔 일을 그만두고 싶다며 그에게 앓는 소리를 하지도 않았던가. 그래서 놀랍진 않았지만 유감스러운 마음이 드는 건 어쩔 수가 없었다.

"그런데 이젠 변화를 두려워하지 않기로 했어요. 그래서 사직서 내려고요."

"다른 곳에 제의가 들어온 거야?"

당연히 그래서 당당히 사직서를 냈겠지만 정 부장은 확인 차 물었다. 그러자 지윤이 잠시 고민에 빠진 듯 그의 얼굴을 빤히 보았다.

후우. 지윤이 한숨을 내뱉었다. 그러더니 결국 솔직하게 고개를 끄덕인다.

"죄송해요. 잘해주셨는데."

"아니야. 슬슬 결혼 생각하면 이 일은 도저히 무리지. 출장도 많고."

정 부장이 장난처럼 말했다. 이 말에 평소처럼 '부장님은 제발 신경 꺼주시죠'라는 답이 들려올 줄 알고. 하지만 지윤은 답을 하는 대신 곤란하다는 듯 표정을 굳혔다. 이에 정작 놀란 건 정 부장이었다.

"뭐야, 진짜야?"

깜짝 놀라 묻는 말에 지윤은 기운이 빠진 얼굴로 웃어버린다.

“정말 하게 되면 연락드릴게요.”

“평소엔 연락 안 하고?”

“그럴 리가요.”

짧게 답한 지윤이 자리에서 일어났다.

“감사했습니다. 인수인계는 제대로 하고 나갈게요.”

“당연하지.”

그렇게 말한 정 부장이 아쉽다는 듯 지윤을 보았다. 하지만 차마 ‘좀 더 생각해 볼 순 없어?’라고 묻진 못한다. 홀가분한 표정은 이미 모든 결론을 내렸다는 듯 망설이는 기색 하나 없었으니까.

앞으로 나아가겠다는 사람을 어찌 붙잡을 수 있겠는가.

사랑 감별법

참 애매한 날이었다.

휴가가 있는 것도 아니었고, 주말도 아니었다. 보통 직장인들이라면 다들 자신의 자리에서 일개미처럼 일을 하는 11월 어느 평일임에도 인천공항은 사람들로 북적였다. 대부분 계절이 정반대인 나라로 떠나는 것인지 작은 캐리어를 끌고 다니는 이들이 많았다.

인파 사이를 한 남자가 요리조리 걸음을 옮기자 사람들의 시선이 그에게 닿는다. 녹아버릴 듯 밝은 금발이 튀기도 했지만 잘생긴 얼굴 역시 눈에 띄어 시선을 잡아끌었다.

입국장으로 들어서던 남자가 커다란 캐리어를 세워두더니 미간을 좁혔다.

「정말 지긋지긋하다.」

한국에 도착하자마자 전화를 걸었는데 예상대로 성준은 전화를 받지 않았다. 이런 일이 비일비재했던 터라 출장 일자도 넉넉하게 잡았고, 짐 역시 부족하지 않도록 챙겨 왔다. 그래. 그러니까 들끓는 분노는 참는 게 좋을 터다. 열을 내봤자 자신만 손해니까.

「그래, 사람이 갑자기 바뀌면 죽지.」

존이 세워두었던 캐리어를 끌고 걸음을 옮겼다. 비행시간이 길었으니 오늘은 호텔에 들어가 쉬는 게 좋을 것 같았다. 가장 앞에 대기하고 있는 택시로 향하자 대기하고 있던 기사가 트렁크를 열어주었다.

커다란 캐리어를 단숨에 트렁크에 실은 존은 택시에 올랐다.

"어디로 갈까요?"

존은 누가 봐도 외국인이었다. 금발은 염색을 했다기엔 결이 너무 좋았고, 벽안은 외국인이라고 하면 가장 먼저 떠올리는 것이었다. 하지만 택시기사는 당당하게 한국말로 물었고, 존 역시 비행기에서 몇 번이나 연습했던 걸 말했다.

"나, 남싼. 에두아르 호텔."

침을 꿀꺽 삼킨 존은 택시 기사가 알아들은 눈치이자 활짝 웃는다.

"가주세요."

"알았습니다."

첫 번째 관문을 무사히 통과한 기분이었다. 존은 빠르게 변하는 창밖을 보며 안도의 한숨을 뱉었다.

여기가 한국이란 말이지. 이 복잡하고 다이나믹한 나라에서 어떻게 성준을 찾아야 할지, 존은 바쁘게 머리를 굴렸다.

*

들고 있던 봉투를 식탁 위에 내려놓은 성준이 손목시계를 확인했다.

"이런."

지윤을 데리러 가기 전, 장을 봐오느라 시간이 많이 지체되었다. 말끔하게 정리된 집 안을 휘둘러 본 성준이 서둘러 걸음을 옮긴다. 오늘은 지윤이 오랫동안 정든 회사를 떠나기로 한 날이자, 회사를 옮기기 전 일주일의 달콤한 휴가를 받고 그의 집으로 오기로 한 날이었다.

사람을 써서 깔끔하게 정리된 공간이 묘하게 흐트러졌다. 소파에 세워져 있던 쿠션은 떨어져 멋대로 나뒹굴었고, 한 번도 사용하지 않은 식기가 가득한 부엌은 정리되지 않은 짐들이 여기저기 놓여 있었다. 하나 그의 눈엔 말끔하게만 보이는 것인지 그냥 휘 지나치며 걸음을 옮긴다. 지윤에게 향하는 걸음이 오늘따라 유달리 가볍다.

그가 집을 나선 지 한 시간 쯤 지나자 굳게 닫혀 있던 문이 다시 열렸다. 성준과 지윤이었다.

성준의 손엔 지윤의 짐 가방이 들려 있었다. 일주일 내내 이곳에서 지내기 위해 필요한 짐들이었다.

“와, 진짜네? 깨끗하네?”

“그러게. 내 말을 왜 못 믿어.”

“네가 지내는 호텔 꼴을 봤는데 어떻게 믿어. 그런데…… 이건 뭐니?”

깜짝 놀란 눈으로 집 안 곳곳을 돌아다니던 지윤의 발걸음이 부엌에서 우뚝 멈췄다. 대형 마트 이름이 적힌 봉투 네 개가 아무렇게나 방치되어 있었다.

삐죽 나와 있는 대파만 봐서도 장을 봐온 것이란 걸 한눈에 알고 있었지만 지윤은 그 용도를 몰라 물었고, 성준은 해맑게 웃으며 답했다.

“이제부터 해야 해.”

“……네가 준비할 생각은 못 했니?”

“장보는 것도 큰 도전이었어.”

뻔뻔한 표정으로 성준이 답하자 고개를 절레절레 저은 지윤은 봉투 안에 들어 있는 식재료를 하나둘 꺼냈다.

파프리카와 방울배추를 보면 양식을 위해 사온 재료 같았으나 그와는 반대로 전형적인 한식 재료도 있었다. 숙주나물을 본 지윤이 ‘이건 뭐하려고?’라고 묻자, 성준은 ‘그냥 한번 사봤어’라며 웃는다.

아, 이 화상.

싱싱한 채소는 금방 처리하지 않으면 상한다. 대책 없이 사온 먹거리들을 난감한 눈으로 보던 지윤이 피곤하다는 듯이 한숨을 푹 내뱉었다.

"오늘은 라면 먹자."

마지막 날까지 업무 강도가 높았다. 종로 바닥은 물론이고, 강남에 있는 업체까지 돌아다녀야 했기에 발이 뻐근하게 아팠다. 이런 상황에서는 아무것도 하고 싶지 않다는 듯 지윤이 몸을 돌렸다.

"라면은 끓일 줄 알지?"

"어, 아마도."

"제발 끓일 줄 알아야 해. 나 지금 손가락 하나 까딱하기 싫거든."

그렇게 말한 지윤이 가방에서 속옷과 세면도구를 꺼냈다. 샤워를 하러 들어가기 위해 자리에서 일어난 지윤이 조리대 앞에서 있는 성준을 보며 말한다.

"봉지에 적혀 있는 대로만 해. 예술 세계 펼치지 말고."

"알았어."

성준이 아이처럼 고개를 끄덕이는 걸 보며 지윤이 작게 웃음을 뱉었다. 믿음직스럽지 못했지만 오늘은 믿고 맡기기로 했으니 지나치게 간섭은 하지 않는 게 좋았다.

"맛있게 해줘."

지윤이 걸음을 옮겨 욕실로 향했다. 저번에 한 번 와봤던 터라 두 개의 욕실 중 큰 곳으로 향한다.

물부터 올려놓은 성준이 봉투 안을 열었다. 그냥 라면을 끓이는 것보단 이것저것 넣는 것이 더 좋지 않겠냐는 생각에 신중한 눈으로 봉지 안을 살펴보았다.

'전복을 넣으면 맛있으려나? 대게가 더 맛있으려나. 오징어도 괜찮을 것 같고…….'

고민을 하던 그가 해산물을 죄다 쓸어 조리대로 향한다.

"다 넣으면 더 맛있겠지."

라면을 수백 봉지 살 수 있을 만큼 값비싼 재료들이 그의 손에 의해 깨끗이 씻기고 분해되었다.

그사이, 방치해 둔 휴대전화가 울렸지만 성준의 신경은 온통 냄비 안으로 향해 있었다.

보글보글. 라면이 맛있게 끓어오를 때쯤, 지윤이 수건으로 머리를 툴툴 털며 밖으로 나왔다. 그리고 그가 오랫동안 공들여 손질한 해산물이 라면 국물에서 몸을 지지고 있는 것을 보며 미간을 좁혔다.

"……너 뭐 하는 거야?"

"뭐긴. 라면 끓이는 거지."

얼핏 보아도 여러 종류의 해산물이 면과 함께 뒤엉켜 있었다.

'이게 도대체 얼마짜리 라면인 거지?'

지윤이 황당한 얼굴로 성준을 보았다. 값비싼 재료들은 분명 라면 스프에 가려 제맛을 내지 못할 것이다.

"그냥 먹어도 맛있는 것을……."

"라면에 넣어 먹으면 더 맛있지 않을까?"

순진하게 웃으며 하는 말에 지윤이 입을 꾹 다물었다. 뭐라 더 말해봤자 자신의 입만 아플 것 같았다.

라면이 완성된 후 두 사람은 식탁에 마주 보고 앉았다. 커다란 해산물과 라면을 담은 그릇을 그가 지윤에게 먼저 내민다.

"먹어봐."

그릇을 받아 든 지윤은 커다란 집게발을 자신에게 들이대고 있는 대게를 보았다. 맛이 없으려야 없을 수 없는 비주얼이었다.

국물을 한 술 떠먹은 지윤이 놀란 눈으로 성준을 보았다.

"와."

"맛있어? 맛있지?"

감탄사에 성준이 기대감이 그득한 얼굴로 물었다. 지윤의 시선이 다시 그릇으로 향한다.

살이 통통하게 오른 오징어와 전복 또한 한 자리 차지하고 있다. 모두 회로 먹어도 입에서 살살 녹을 만큼 상태가 좋은 것들이었다. 물론 지금은 라면 국물에 푹 절어 지나치게 익어 있었지만.

"어쩜. 해산물 맛이 하나도 안 나."

그의 기대에 부합하는 답을 해주고 싶었으나 지윤은 솔직히 제 생각을 말했다. 그리고 그를 보며 다짐 같은 말을 잇는다.

"다음부턴 내가 할게."

무심한 어조로 팩트 폭력을 한 지윤이 국물을 한 술 더 떠먹었다.

*

'남산'은 지방에서 올라온 사람들도 서울에 처음 오면 한 번쯤 가봐야지, 하는 곳이었다. 한국 사람도 그러한데 외국인은 오죽할까. 추운 겨울에도 남산 정상까지 오른 존은 자물쇠가 가득 걸려 있는 곳에 멈춰 서 서울 도심을 내려다보았다.

참 바쁘게도 산다더니 빈 공간 하나 없이 모두 불이 켜져 있다.

「준도 그래주면 참 좋을 텐데.」

어릴 적엔 한국에서 살았다고 하던데, 일개미처럼 바쁜 한국 사람과 성준은 참 많이 다르다. 그는 벌써 며칠째 연락을 받지 않는 성준을 떠올리며 미간을 좁혔다.

「이 인간을 어디서 찾지?」

저번에 그가 전화를 받았을 때 어디에서 사는지 주소라도 물어볼 것을 그랬다.

그에 대해 아는 것이라곤 고작 휴대전화번호 하나였다. 한국 사람이라는 건 알고 있지만 그건 지금은 소용이 없다. 대한민국 인구는 세계 28위였고, 그가 지내고 있을 것으로 추정되는 서울 인구만 해도 어마어마했으니 그 많은 사람들 중 성준을 찾는 일은 불가능에 가까웠다.

대시 한 번 성준에게 전화를 건 존은 이번엔 꺼져 있기까지 하자 얼굴을 종잇장처럼 일그러뜨렸다.

「망할.」

마지막까지 자신의 속을 썩이는 팀장을 어떻게 해야 할까. 만나면 가루가 되도록 까주리라, 마음먹은 존이 다시 서울 야경을 바라보았다. 드라마를 통해 본 남산과는 느낌이 많이 달랐다. 높은 곳까지 올라왔으나 공기 또한 최악이다.

야경 하나는 끝내줬지만 그뿐.

자신의 시선이 닿는 곳 어딘가에 있을 성준을 떠올리며 존은 속으로 신랄하게 욕을 했다.

가벼운 입맞춤에 타액으로 번들거리는 입술이 이에 짓이겨졌다. 표정은 일그러져 마치 누군가에게 폭력을 당한 것처럼 괴로워 보였으나 실상 이어진 것은 머릿속이 하얗게 비워질 만큼 다정한 애무였다.

아직 성준의 입술이 닿은 것도, 손길이 닿은 것도 얼마 되지 않았다. 하지만 새하얀 이불 위에 누워 있는 지윤은 벌써부터 녹아내린 얼굴이다. 그건 아마도 그가 줄 감각을 며칠간의 관계로 알고 있었기 때문이다.

흥분에 눈앞이 뿌옇게 변하자 지윤은 자연스레 그의 머리카락 사이에 손가락을 찔러 넣고 아래로 끌어당겼다. 가벼운 힘에도 성준이 입술을 내려 입을 맞췄다.

뜨거운 호흡이 두 사람 사이를 오고갔다. 달콤한 타액에 맛있는 음식을 먹는 사람처럼 계속해 군침이 돌았다.

세상은 짙은 어둠이 깔렸는데, 이곳만은 뿌연 새벽 같았다. 안개가 낀 것 같은 시야에 지윤은 몇 번이고 눈을 깜빡였다. 하나, 놀림처럼 가볍게 닿았다가 이내 집요해지는 손길에 이내 짙은 신음을 내뱉는다.

"으……!"

숨을 허덕인 지윤이 눈을 질끈 감자, 성준이 몸을 일으켰다. 그리고 흐드러지게 핀 꽃처럼 예쁜 지윤을 내려다본다.

그녀를 몇 번이고 안아도 부족했다. 갈증이 일어 물인 줄 알고 마셨는데, 사실은 바닷물인 것처럼 지윤은 끝없이 그를 괴롭게 만들고 있었다.

이미 방 안은 짙은 정사의 향이 가득했다. 하나 성준은 아직 모자란다는 듯이 입술을 내린다. 그의 입술이 닿은 곳은 이미 축축하게 젖은 여성이었다. 혀를 길게 빼내 달콤한 사탕처럼 여성을 핥자 지윤의 허리가 시위가 당겨진 활처럼 휘었다.

"아앗!"

그가 주는 쾌락으로 세상이 이지러졌다.

"……그, 그만해."

결국 먼저 항복을 선언한 건 지윤이었다. 평소 솔직한 성격대로 침대 위에서의 그도 거칠 것 없이 제 뜻대로 한다. 앞선 관계 역시 그랬다. 지금 항복을 선언하지 않으면 이러다간 자아가 무너지고 짐승처럼 애원을 할 때까지 몰아붙일 것이다.

만족스런 답에 성준은 여성을 휘젓던 손가락을 빼냈다. 그리고 그의 손가락에 잔뜩 묻어 있는 액체를 혀로 핥으며 입술 끝을 올려 웃었다.

성준은 흥분한 페니스를 붙잡은 후 망설임 없이 새하얀 허벅지 사이에 문질렀다. 이미 그 역시 한계에 달한 듯 뿌연 액이 그녀의 다리에 묻어났다. 성준이 지윤의 가느다란 허벅지 사이에 자리를 잡은 후 힘껏 밀어 넣었다.

"윽!"

"악……!"

뜨거운 신음이 하모니처럼 울렸다.

성관계는 사랑이 동반하지 않더라도 할 수 있었다. 사실 성관계는 사랑을 확인하는 과정보단 번식에 더 초점이 맞춰져 있었고, 인간은 성별에 상관없이 누구나 성적 욕망을 느낀다.

하나 사랑이 동반된 섹스는 특별했다. 무서운 집착과 중독성을 가지고 있었고, 후에 찾아오는 만족감 또한 상상 이상이었다.

땀이 맺힌 넓은 등을 손바닥으로 쓰다듬던 지윤이 울컥 숨을 뱉었다. 땀인지, 눈물인지 모를 타액이 뺨을 타고 아래로 흘렀다.

사실 지윤은 남자와 헐벗고 짐승처럼 관계를 가지는 것을 좋아하지 않았다. 섹스는 아주 원초적인 감정이었고, 그 사람의 밑바닥을 보이게 만드는 것이었다. 특별한 성적 취향을 가진 것은 아니었으나 이성이 끊어지는 그 느낌이 싫었다. 사실, 그렇게 만족스러운 관계를 가진 적도 없었다.

그런데 그와의 관계는 달랐다.

사랑하기로 했다. 그래서 연인이 되었다. 서로에게 집착을 하는 그 관계가 싫어 이제껏 부단히 거부해 오던 자신 스스로가 그에게 집착을 하게 된다. 그런데 그게 그리 싫지가 않았다.

배려 없이 쾌락만 추구할 줄 알았던 관계에 사랑이 스며들자, 어떠한 감각을 주고, 어떠한 감정을 불러일으키는지 알게 된 후론 그와 침대에 누워 서로를 탐하는 이 시간이 아주 특별하게 느껴졌다.

허벅지가 따갑게 느껴지는 접촉에 지윤이 허벅지를 벌려 성준의 허리를 휘감는다. 그의 몸에 밀착을 시키고 자신의 안을 가득 채우는 두터운 페니스에 집중했다.

머리가 하얗게 변할 정도로 관계는 자극적이었다. 다른 생각은 모두 앗아가고 오롯이 그만을 보게 만들었다.

지윤이 양팔을 벌려 땀으로 젖은 그의 상체를 끌어안았다.

"으응!"

미칠 것만 같은 와중에도 계속 그를 찾았다.

성준아. 하성준. 입으론 미처 흘러나오진 않았으나 계속 그를 불렀다.

늘어지게 기지개를 켠 지윤이 나지막하게 신음을 뱉었다. 만족스러운 신음과 함께 나른한 웃음을 지은 지윤이 눈을 깜빡인다. 눈을 뜨자마자 가장 먼저 보인 것은 깊게 잠든 성준의 모습이었다. 이런 아침이 벌써 삼 일째 이어지고 있었다.

해가 중천에 떠오를 때까지 늘어지게 잠을 자다가 일어난 두 사람은 간단하게 아침 겸 점심을 먹었다. 그러다가 영화를 보고 싶으면 영화를 봤고, 요즘 한창 화제라는 드라마를 보다가 취향에 맞지 않아 책을 보기도 했다. 어떤 날은 육십 권이 넘는 만화책을 읽으며 깔깔거렸고, 그러다가 저녁을 먹을 때가 되면 집 앞에서 가벼운 산책을 즐긴 후 저녁을 먹고 집으로 돌아왔다.

이게 여유구나.

두 사람은 아무것도 하지 않은 채 함께 시간을 보냈다.

이직을 한다는 것 자체가 쉬운 결정이 아니어서 원래라면 무척 불안해했을 텐데. 그와 함께여서일까. 불안하기는커녕 이직을 하는 사이에 비게 된 이 시간에도 아무 생각도 하지 않은 채 휴식기를 보내고 있었다. 아무것도 하지 않는 시간이 정말 간절했구나, 라는 생각을 하며.

잠든 성준의 얼굴을 가만히 바라만 보던 지윤이 손을 뻗었다.

'어쩜 속눈썹이 나보다 더 길어.'

하얗고 속이 비칠 만큼 투명한 피부와 잘 어울리는 기다란 속눈썹을 손가락 끝으로 툭 두드린 지윤은 간지러운 듯 성준이 눈가를 움찔거리자 장난을 이어나갔다.

지난밤에 그렇게 괴롭혀 놓고서 혼자만 꿀잠을 자고 있는 게 약 올라서. 지윤은 계속해 툭툭 건드리며 장난을 쳤다.

"으음."

잠결에 투정을 부린 성준이 등을 보이며 돌아눕자 지윤이 미간을 좁혔다.

지윤이 몸을 일으키자 새하얀 이불이 아래로 내려가더니 실오라기 하나 걸치지 않은 몸이 드러났다. 그럼에도 삼 일 내내 있었던 과정들을 통해 익숙해졌는지 지윤은 성준의 몸을 타넘고 반대쪽으로 향한다. 침대는 네 명이 뒹굴어도 될 만큼 넓었다.

잠든 성준의 얼굴을 가만히 바라보던 지윤이 손가락이 시원찮게 느껴졌는지 이번엔 혀를 빼내 길게 드리워진 속눈썹을 핥았다.

"으으음."

이번에도 성준은 잠에서 깨는 대신 투정을 부린다. 좀 더 자고 싶다는 의사 표현에도 지윤은 더욱 집요하게 혀로 그의 입술을 핥고 귓불을 물었다.

'이래도 안 일어나?'

지윤이 작은 악동처럼 집요하게 그를 괴롭혔다.

"하성준, 안 일어날 거야? 나 배고파."

"……."

"일어나. 응? 나 혼자 나가서 먹는다?"

배에서 꾸륵꾸륵 소리가 나고 난리도 아니었다. 하나 성준이 좀처럼 일어날 기미가 없자 지윤의 입술이 삐죽 나왔다.

진짜 나가서 혼자 먹고 올까?

성준을 깨우길 포기한 지윤이 몸을 일으켰다. 이 앞에 있는 혼밥족들 식당에 가서 밥을 먹고 그의 몫은 포장해 오는 게 좋을 것 같았다. 하지만 이런 계획은 그의 손길 하나에 모두 수포로 돌아갔다.

"꺅!"

갑자기 몸이 기울자 지윤은 깜짝 놀라 비명을 내질렀다. 자는 줄 알았던 성준이 팔을 잡아당긴 것이다. 성준의 넓은 가슴팍 위에 쓰러진 지윤이 눈을 동그랗게 떴다.

"뭐야, 안 잤어?"

"으음."

잤다는 건가. 안 잤다는 건가.

불분명한 답에 지윤이 미간을 좁혔다. 하지만 지금은 당장 배에 음식을 넣는 게 더 중요했다. 이러다간 정말 아사할 것 같았다.

생각해 보니 어제 저녁을 먹지 못했다. 어젠 특별히 만들어 먹기로 했는데, 결국 음식이 되어버린 건 자신이다. 식탁 위에서 이러면 안 된다는 것을 알면서도 그의 손길에 녹아버렸다. 그 후로 셀 수 없을 정도로 많은 관계를 가졌다. 일주일간 휴가를 즐기기 위해 온 집이었으나 어찌된 일인지 섹스만 하는 것 같기도 했다.

오늘은 절대 넘어가지 않으리라. 무엇보다 배도 너무 고프고. 지윤이 결연한 눈으로 성준을 내려다보았다.

"나 배고파."

"나도."

"그럼 이 손 좀 어떻게 해봐."

지윤이 가슴에 닿아 있는 커다란 손을 힐끗 곁눈질하며 말했다. 그러자 성준이 나지막하게 웃음을 터뜨린다.

활짝 편 손바닥으로 등을 누른 성준이 시야를 가득 채우는 젖가슴을 보았다. 출렁이는 가슴은 탐스럽다. 가뭇한 정점은 한 입 깨물면 달콤한 과즙이 흘러넘칠 것만 같았다.

성준은 원하는 대로 말캉한 젖가슴을 힘껏 빨아들였다. 입안으로 쏙 말려 들어오는 살덩어리를 혀로 핥았다.

"으, 으응……."

성준의 입술이 닿은 자리에 붉은 꽃이 피었다. 이를 바라보는 눈동자엔 집착이 묻어났으나 흘러나오는 목소리는 밝고 장난스러웠다.

"아직도 배고파?"

지윤이 입술을 잘근잘근 씹었다.

이대로 넘어가고 싶지 않았다. 지난 삼 일 내내 이런 그의 페이스에 넘어가 침대에 머물렀던 적이 많았으니까.

그래서 지윤은 부러 몸을 내려 그를 깔고 앉았다. 갑작스러운 전투태세에 성준이 눈을 동그랗게 뜨자 지윤은 작은 악마처럼 웃었다.

"후회할 텐데?"

그 역시 그녀처럼 실오라기 하나 걸치지 않은 모습이었다. 이불이 들썩이자 지난 밤 정사의 흔적이 고스란히 남아 있었다.

그럼에도 두 사람은 순식간에 불꽃이 튀었다. 지윤은 답을 하지 않는 성준을 바라보며 허리를 움직여 아랫도리를 자극했다. 순식간에 페니스가 꼿꼿이 고개를 들었지만 지윤은 천천히, 아주 느릿하게 몸을 움직였다.

기필코 후회하게 해주리라. 밥을 굶긴걸.

지윤이 양팔을 뒤로 해 탄탄한 허벅지를 짚었다. 요사스럽게 웃는 그녀의 모습에 성준이 입술을 깨물었다.

손을 뻗은 성준이 가느다란 허리를 붙잡으려고 하자 지윤이 발을 들어 그의 팔뚝을 밟았다. 이번엔 그의 시야에 검은 수풀과 그 사이의 여린 속살이 보였다.

"이건 뭐야? 신종 고문?"

성준의 물음에 지윤은 발에 힘을 주어 팔뚝을 꾹 눌렀다.

"윽."

그의 입에서 나지막한 신음이 터졌다.

지윤이 눈빛으로 움직이지 말라고 경고를 한 후 엉덩이를 들썩였다.

페니스에 닿았다가 떨어지는 탐스러운 엉덩이에 성준이 미간을 좁힌다. 페니스에 순식간에 피가 몰렸다. 이대로 그녀의 안으로 들어가도 될 만큼. 하나 지윤은 그가 원하는 대로 쉬이 해줄 마음이 없었다.

몸은 금세 뜨거워졌다. 몸 여기저기에는 아직도 정사의 열기가 남아 있었고, 여성 역시 저릿할 정도로 아팠다. 하나 지윤은 요녀처럼 웃으며 엉덩이를 움직였고, 급기야 페니스를 붙잡아 여성의 겉면에 문질렀다.

두툼한 살덩어리가 그녀의 애액과 삐죽 고여 있던 뿌연 액에 뒤섞여 젖었다. 이만 지윤 역시 그가 안으로 들어오길 바라게 되어버린다.

성준이 나지막하게 신음을 내뱉자 지윤은 페니스를 세워 몸을 아래로 내렸다. 도톰한 살덩어리가 뜨거운 페니스를 머금었다.

"으응!"

신음을 내지른 지윤이 허리를 휘었다. 쾌감에 눈이 게슴츠레 감긴다.

몸을 겹친 지윤이 한참 들어온 이물감에 적응할 무렵. 성준은 쫀쫀하게 자신을 머금은 여성에 손을 앞으로 뻗었다. 가느다란 허리를 붙잡은 그가 곧장 잡아당긴다. 제 위로 여체가 쓰러지자 성준이 꼭 끌어안았다.

지윤의 목덜미에 이를 박자 나지막한 신음이 귓가를 매웠다.

지난밤, 그녀를 가지고 또 가졌는데도 모자랐다. 지윤이 이 집에 들어온 이후로 계속해 그녀를 곁에 두었음에도 항상 손을 뻗게 됐다.

성준이 잇자국이 난 목덜미를 혀로 핥자 지윤이 그의 귓불을 입에 머금는다. 혀로 장난을 하던 지윤이 이를 세워 깨물자 성준의 잇새로 신음이 터져 나왔다.

어떻게 하면 이 갈증이 사라질까. 어떻게 하면 온전히 그녀를 가질 수 있을까.

성준의 머릿속이 온통 그 생각만으로 가득 찼다.

"더, 더워……."

샤워를 마친 지윤이 그의 가슴에 머리를 기대며 축 늘어졌다. 뜨거운 물속에서 두 시간이나 있었으니 그럴 법도 했다. 하성준, 이 인간 때문이었다. 얼마나 신음을 내질렀는지 목이 다 아팠다.

"죽겠다."

지윤이 앓는 소리를 내자 성준이 작게 웃음을 뱉는다. 그녀와는 달리 같이 있었던 성준은 쌩쌩했다. 지윤에게 손부채질을 해주던 성준이 물었다.

"물 가져다줄까?"

"아니. 조금만 더 이렇게 있고 싶어. 기운이 하나도 없어."

눈을 감은 지윤이 한숨처럼 말했을 때였다. 굳게 닫혀 있는 문 하나에 시선이 닿은 것은.

성준의 집은 원룸형이었다. 드레스 룸과 욕실을 제외하고선 모두 오픈되어 있었다. 이제껏 드레스룸 옆에 붙어 있는 문을 신경 쓰지 않았었는데 눈길이 갔다.

"저긴 뭐야?"

"창고."

"뭐야. 물건 대충 다 때려 넣고 그냥 잠가둔 거야?"

"아니."

고개를 내저은 성준이 더 이상의 설명은 해줄 마음이 없어 보이자 고개가 옆으로 기울어졌다.

뭐지? 지윤의 눈초리에 성준이 물었다.

"궁금해?"

"어. 방 꼴이 얼마나 최악일지."

가벼운 답이었다. 굳이 창고 안을 꼭 확인해야 한다는 생각은 하지 않았다.

하지만 성준이 자신을 일으켜 창고로 향하는 걸 굳이 말리진 않았다. 다른 공간은 모두 하성준, 이 아이처럼 익숙해졌는데 그곳만은 '비밀'처럼 느껴져서 열어보고 싶긴 했다.

성준이 문 바로 옆에 놓여 있는 바구니에서 열쇠를 꺼냈다. 정말 문을 잠가뒀나 보다.

'뭐지? 중요한 방인가?'

지윤의 의문이 커져 갈 때였다.

방 안은 생각보다 훨씬 깨끗했다. 한쪽 벽면엔 수많은 스케치북과 파일이 꽂혀 있었고 정 가운데엔 러그가 깔려 있었다. 작은 책상이 하나 놓여 있긴 했지만 굳이 사용하려고 놓아둔 건 아닌지 사이즈가 좀 작게 느껴졌다.

"봐. 깨끗하지?"

성준의 물음에 지윤은 가볍게 고개를 끄덕였다. 지윤의 호기심은 어느새 벽면을 가득 채운 스케치북과 파일로 향해 있었다.

"뭐가 저렇게 많아?"

"뉴욕에서 일하던 거."

성준이 먼저 걸음을 옮기자 지윤이 자연스럽게 그 뒤를 따랐다. 그가 낡은 스케치북 하나를 건네자 지윤이 펼쳐서 안을 보았다. 주얼리 디자인이었다. 작은 보석 하나까지도 꼼꼼하게 사이즈를 적어놓은 걸 보니 꽤 전문적이기까지 했다.

같은 업계에서 일을 하고 있었지만 디자인 쪽은 잘 몰랐다. 하지만 하나는 확실히 알겠다.

'그래서 사이즈에 민감했던 거네.'

자신의 허리 사이즈를 눈대중만으로 맞췄던 것을 떠올린 지윤이 고개를 끄덕였다.

"디자이너였어?"

"응. 꽤 짧지 않은 시간 동안 일했지."

"트윈에서?"

성준이 가볍게 고개를 끄덕이자 지윤이 '그렇구나'라고 말하다 말고 멈칫거렸다. 스케치북은 어느새 다음 장으로 넘어가 있었다. 앞장과는 달리 그녀도 잘 알고 있는 제품이었다.

"자, 잠시만…… 이건."

"왜?"

트윈에서 2015년에 나온 제품이었다. 그리고 이 디자인을 한 사람은 이름만 알려진 트윈의 수석 디자이너였다.

June.

얼굴은 알려지지 않았지만 그가 내놓은 수많은 제품들이 날개 돋친 듯 팔려 나갔다. 업계를 뒤흔들었다고 해도 과언이 아니었다. 그의 디자인은 고전적인 네 발 세팅을 밀어내고 여섯 발 세팅을 유행시켰고, 그 이후에 비슷한 제품들이 쏟아져 나왔었다.

June. 하성'준'.

이제야 알아버린 꽤 놀라운 사실에 지윤이 눈을 동그랗게 떴다.

"너 설마 그 June이야?"

"응. 설마 그 준인데?"

지윤의 입술이 굳게 다물렸다.

성준을 처음 홍콩 쇼 장에서 만났을 때, 트윈 직원이라기에 판매직 쪽인 줄 알았다. 판매직이라 하더라도 본사 쪽 직원이라면 최소한 삼개국어는 해야 했고, 보석 쪽에 대한 상식 또한 일반 판매직보단 높이 요구되었다.

그것만으로도 대단하다고 생각했는데 판매가 아니라 디자이너라니. 그것도 그 준이라니!

최근 삼 년간 주얼리 쪽 트랜드는 모두 주도했던 인간이 눈앞에 있는 이 '하성준'이라니!

놀라움에 입이 떡 벌어지다 못해 머릿속이 멍하니 변했다.

"……근데 너 왜 이러고 있어."

"뭐가?"

그 좋은 능력을 내버려 두고 왜 날백수로 지내고 있냐는 물음이었다. 하지만 그는 그 뜻을 알아차리지 못하고 고개를 갸웃거린다.

새삼 자신의 남자친구가 달리 보였다.

지윤은 자신의 몸에 꼭 맞는 작은 소파에 앉아 있었다. 손엔 미국에서 발행되는 주얼리 잡지가 들려 있었다. 가장 최근에 발행된 것으로 성준의 방에서 찾은 것이었다.

일을 그만두고 쉬는 마당에도 결국 보고 있는 것은 일과 관련된 것이었다. 신중한 눈으로 잡지를 한 장, 한 장 넘기던 지윤이 행동을 멈췄다. 트윈 특집 기사가 실려 있었다. 기사인즉 트윈이 전 세계 주얼리 시장에 미치는 영향은 지대하며, 대부분 그 영향은 수석디자이너로부터 시작된다는 말이었다.

달그락. 달그락. 부엌 안에서 접시 부딪치는 소리가 들리자 기사를 읽던 지윤이 시선을 들었다.

"참 대단한 사람인데……."

어쩜 자신의 곁에선 그런 기운과 포스는 느껴지지 않는 것일까.

지윤이 고개를 절레절레 저었다.

마저 잡지를 읽던 지윤은 설거지를 마친 성준이 곁에 다가온다는 것도 모르고 있었다. 한번 집중을 하기 시작하면 조금 오버해서 곁에서 전쟁이 일어나도 모를 지윤이다. 워낙 큰 금액의 물건을 거래하다 보니 작은 실수도 큰 실수로 이어질 수 있어 딜러 일을 하면서 생긴 버릇 같은 것이었다.

그녀의 앞에 쪼그리고 앉은 성준이 빤한 눈으로 지윤을 올려다보았다.

아주 심각한 문제와 마주한 듯 미간을 좁히고 있는 지윤을 바라보던 성준이 고개를 옆으로 기울였다. 드디어 단둘만 있을 수 있게 되었는데, 그녀의 눈엔 자신이 보이지 않는 것 같아 삐죽 심술이 났다.

잡지를 빼앗을까. 그럼 지윤이 자신을 바라봐 줄까.

생각하던 성준이 시선을 내리자 꼼지락거리는 발이 보였다. 그의 눈동자가 번뜩였다.

"……발은 입에 넣는 거 아니야."

쪽.

가벼운 입맞춤은 엄지발가락 위에 가볍게 닿았다가 떨어졌다. 하지만 곧 온몸을 녹일 만큼 뜨거운 체온이 느껴졌다.

지윤이 하지 말라고 돌려 말을 했음에도 성준의 행동은 더욱 노골적이고 집요하게 변했다.

성준은 더럽지도 않은지 한 입에 발가락을 삼켰다. 그러더니 입에 머금은 엄지발가락을 혀로 살살 간질였다.

동그랗게 뜬 눈으로 그를 보고 있던 것도 잠시, 곧 척추를 타고 올라오는 끔찍한 쾌감에 지윤의 허리가 비틀렸다.

"야!"

지윤이 기겁을 하며 비명을 지른다. 하나 손에 든 잡지로 차마 머리는 내려칠 수 없는 것인지 바닥에 툭 떨어뜨렸다.

"윽."

결국 지윤이 신음을 내뱉었다. 집요한 성준의 시선에 지윤의 얼굴이 붉어졌다. 이런 변태적인 행위에 흥분한 자신의 모습에 부끄러움을 느꼈다.

"하…… 성준!"

힘주어 그의 손아귀에서 벗어나려고 해보았으나 쉽지 않았다. 아니, 할 수가 없었다. 몸이 떨려 발목을 가볍게 쥐고 있는 손에서 벗어나는 그 작은 움직임조차 할 수가 없었다. 그러다 곧 혀를 빼내 발가락 사이를 핥는 행동에 모든 의지를 상실해 버렸다.

발목을 쥐고 있던 손이 스멀스멀 움직였다. 복숭아뼈를 어루만지다가 어느 순간 종아리까지 올라온 손이 오금에 닿는다. 자연스럽게 다리가 위로 들렸고, 자세가 엉거주춤 눕는 모양새로 바뀌었다.

발가락을 머금었던 입술이 손길을 뒤따랐다. 복숭아뼈를 핥았고, 붓처럼 위로 올라와 오금에 머무른다.

노곤노곤하게 녹아내린 표정에 그의 입술이 부드럽게 휘었다. 다시 입술을 내린 성준은 지윤의 발등 위에 입을 맞췄다.

"해도 돼?"

허기진 짐승처럼 매서운 눈빛에 욕망이 담겨 일렁였다. 이를 거절할 구실이, 마음이, 지윤에겐 없었다.

*

여유롭게 유영하고 있는 물고기를 감흥 하나 없는 눈으로 바라보던 존이 성큼성큼 걸음을 움직였다. 흘러가는 시간을 어찌할 바를 몰라 온 63빌딩이었다. 그런데 이렇게 시시하고 재미없을 줄 알았다면 그냥 호텔에서 쉴 것을 그랬다.

한숨을 내뱉은 존이 엘리베이터를 타고 아래로 내려왔다.

시간을 확인하니 호텔로 돌아가기엔 애매했다. 방금 전까지 호텔에서 쉴 것을 그랬다며 생각했던 것과는 달리 '경복궁'으로 가려면 어떻게 해야 하는지 지도를 펼쳤다. 관광객 지도를 본 그가 지하철로 가는 게 가장 빠르다는 걸 확인하곤 역 쪽으로 향했다. 그사이에도 습관처럼 휴대전화를 꺼낸다.

뚜르르. 뚜르르.

'어?'

방금 전까지 휴대전화가 꺼져 있다고 안내하던 것과는 달리 통화음이 흘렀다. 존은 깜짝 놀란 눈으로 액정을 확인한다. 액정엔 분명히 성준의 이름과 함께 번호가 떠 있었다.

드디어 휴대전화에 신경을 쓰기 시작했구나!

존은 초초하게 성준의 목소리를 기다렸다. 그러더니 그가 전화를 받자마자 소리부터 빽 질렀다.

「왜 이렇게 전화가 안 돼!」

한국에 도착한 지 일주일이었다. 휴가는 단 삼 일만 남았다.

그사이에 그를 보지 못하면 비행기 티켓팅부터 시작해 숙소 예약까지 전부 변경해야 하기에 귀찮은 일이 한두 가지가 아니었다.

[연락 올 일이 없어서 신경을 안 썼더니.]

「내가 곧 한국으로 가겠다고 했잖아! 그럼 전화기를 꼭 붙잡고 있었어야지! 후, 아니다. 아니야. 화내봤자 나만 손해지.」

숨을 고른 존은 서둘러 본론부터 꺼냈다.

「어디야? 샘플 가지고 왔어.」

[한국이야.]

「한국 어디!」

[서울이지. 어디긴 어디겠어.]

「야!」

결국 참다못한 존이 소리를 빽 지른다. 여유로운 웃음소리와 목소리에 성질이 머리끝까지 뻗쳤다.

「나 지금 한국이거든? 한국 온 지 일주일이나 됐거든? 당신을 찾으려고 내가 얼마나…….」

[오늘은 안 돼. 주어진 자유의 마지막 날이니까.]

「……죽인다.」

[내일 당장 죽어도 오늘은 안 돼. 이만 끊는다.]

뚜. 뚜. 뚜.

통화가 끊겼다는 신호음에 그의 얼굴이 붉으락푸르락 변했다.

「썽준!」

끊긴 전화를 바라보던 존이 통화 버튼을 다시 눌렀다. 하지만 이 망할 인간은 그 짧은 사이에 휴대전화를 끄고 다시 잠수 모드에 들어간 후였다.

「……죽인다.」

만나면 반드시 죽인다. 내가 꼭 죽이고야 만다.

존은 이를 부득부득 갈았다.

*

축.

겨울바람에 말라가는 시래기처럼 늘어진 지윤이 한숨을 푹 내뱉었다.

도대체 언제 잠든 거야.

졸도를 하듯 눈을 감았던 것이 떠올랐다. 그 역시 관계가 끝난 후 곧장 잠든 것인지 곁에서 곤한 숨을 내뱉고 있었다.

허벅지 사이에서 느껴지는 찝찝한 느낌에 지윤이 몸을 일으켰다. 그러더니 걸음은 자연스레 욕실로 향했다. 일단은 씻을 생각이었다. 그리고 고픈 배에 음식물을 넣어준 후 다시 그의 곁으로 돌아갈 계획이었다.

저녁 먹자니까. 원망스러운 눈으로 성준을 힐끗 본 지윤이 이내 욕실 안으로 모습을 감췄다. 얼마의 시간이 흐르지 않아 안에서 시원한 물줄기 소리가 들려왔다.

해가 저물 무렵부터 자정이 될 때까지 가졌던 관계로 인해 몸은 피곤했다. 뜨거운 물이 닿자마자 음식 생각은 쏙 들어가고 잠부터 자고 싶었다. 하나 씻고 밖으로 나온 지윤은 부엌으로 향했다. 잠을 자기 위해 그의 곁에 눕는다 하더라도 이내 배가 고파 깰 것 같았기 때문이다.

"……내일 장부터 봐야겠다."

텅 빈 냉장고를 난감한 눈으로 바라보던 지윤이 이내 계란 두 알을 꺼냈다. 식빵이 있으니 간단하게 토스트라도 만들 생각이었다.

만든 후에 성준일 깨우는 게 좋겠다.

아무리 체력이 좋은 남자라 하더라도 칼로리 소모가 심했으니 뭐라도 먹는 게 좋을 것이다.

내일부턴 다시 출근을 해야 한다. 이러한 여유도 마지막이다.

"이걸 여유라고 할 수 있나?"

프라이팬 위에서 지글지글 익는 계란을 보던 지윤이 미간을 좁혔다. 아니, 이건 여유라고 할 수가 없었다. 지난 일주일간 조금 나와 있던 배가 홀쭉하게 들어가 버렸으니까. 체력적으로는 더 힘들었던 것 같다.

후, 한숨을 내뱉은 지윤이 등 뒤에 닿는 체온에 미간을 좁혔다. 자는 줄 알았던 성준이 어느새 잠에서 깨 지윤의 등에 찰싹 달라붙었다.

"……뭐 해?"

"그건 내가 묻고 싶은 말인데."

"예뻐해 주는 중이야."

그의 말에 온몸에 오소소 소름이 돋는 느낌이었다. 하지만 그의 행동을 그냥 넘어갈 수는 없었다.

샤워 후 대충 입었던 그의 티셔츠 안으로 손이 들어오고 있었다. 노골적인 손은 곧장 젖가슴을 움켜쥐었고, 이내 정점을 희롱했다.

신음이 왈칵 터져 나올 것만 같아 지윤이 입술을 깨물었다. 그러는 사이 손은 자연스레 가스레인지를 끄고 있었다.

잘못하다간 불나지. 며칠 전 있었던 일을 떠올린 지윤이 맛있게 익은 계란을 볼 때였다.

"내일 출근이잖아."

"그러니까. 내가 지금 그 말을 하고 싶다고."

성준의 말에 지윤이 인상을 썼다. 자신도 그 말이 하고 싶었다. 내일부터 출근이었으니 오늘은 충분히 잠을 자야 한다. 하지만 성준의 생각은 다른 듯했다.

"마지막이니까."

입술을 내린 성준이 목덜미에 입을 맞춘 후 쪽 하고 빨아들였다. 지난 일주일간 그랬던 것처럼 또다시 붉은 자국이 몸에 새겨진 것이다.

이 인간이 진짜. 도끼눈을 뜬 지윤이 휙 그를 돌아보았다. 그러자 성준은 잘못 하나 없다는 얼굴로 그녀를 바라보더니 이내 가벼운 몸을 번쩍 안아 들었다.

"꺅!"

비명을 내지른 지윤이 성준의 목에 팔을 둘렀다.

아직도 힘이 남아돈단 말인가. 가볍게 지윤을 안아 든 성준은 멀리 갈 것도 없이 식탁에 그녀를 내려놓았다.

"식탁은 밥 먹는 곳이야."

"하지만 지난 일주일 동안 사용법이 바뀌었지."

장난꾸러기처럼 웃은 성준이 그녀에게 뜨거운 입술을 맞췄다. 성준의 말이 맞다. 지난 일주일 동안 이곳에서 밥을 먹은 것보단 섹스를 한 횟수가 더 많았다. 이러다간 새로운 식탁을 사야 할 판이었다.

하지만 지윤은 그의 행동을 막지 않았다. 그저 뜨겁게 자신의 입안을 휘젓는 혀를 받아들였고 이내 눈을 감았다.

새하얀 허벅지를 벌린 그가 조금은 부어 있는 여성에 페니스를 살살 문질렀다. 씻고 나온 지윤도, 막 잠에서 깨어난 성준도 속옷을 입고 있지 않아 장애물은 없었다. 여성 위에서 미끄러지듯 맴돌던 페니스가 곧 자신의 자리를 찾듯 지윤의 안으로 힘껏 파고든다.

"아아!"

지윤이 비명처럼 신음을 내질렀다.

성준은 잠시도 그녀의 몸 안에 머물러 있지 않은 채 허릿짓을 시작했다. 지윤의 몸이 바람에 흔들리는 버들나무처럼 휘청거린다.

액체가 튀고, 살결이 부딪치는 소리가 부엌 안을 가득 채웠다. 그와 함께 힘찬 몸짓에 식탁이 비명을 질러댔다.

끼기긱!

그는 무자비할 정도로 강렬하게 지윤의 안에 자신을 묻었다.

*

긴장한 얼굴로 사람들 앞에 선 지윤은 자신에게 집중된 시선에 애써 입꼬리를 올렸다. 입가가 파르르 떨렸다. 예전과는 전혀 다른 회사 분위기 때문일까. 마치 신입사원으로 돌아간 기분이 들었다.

"우리와 함께 일하게 된 김지윤 대리입니다. 아시겠지만 이번에 새로 신설된 팀의 대리로 들어왔습니다. 모두 환영해 주세요."

"반가워요."

"반갑습니다."

사람들의 인사에 지윤 역시 '잘 부탁드립니다'라고 말하며 허리를 숙였다.

앞서 인사한 마케팅팀 직원은 대부분 남자였다. 그래서일까. 일반 회사처럼 상하 관계가 딱딱해 보였었다. 어제도 밤늦게까지 회식을 했다더니 공기 중에 알코올 향이 미세하게 섞여 있었다.

그런데 이번에 인사한 마케팅팀은 남녀 성비가 반반이었고, 팀장이 여자여서 그런지 사무실 내에 좋은 냄새가 났고 조금은 자유로운 분위기였다. 같은 회사였지만 완벽하게 다른 분위기였기 때문에 마지막으로 찾아가는 디자인팀은 또 어떨까, 기대감마저 들었다.

"오, 어서 와요. 김지윤 대리. 함께 일하게 돼서 정말 너무너무 기뻐요."

디자인팀 사무실 안으로 들어가자 완벽하게 여자들이 장악한 것을 보았다. 대부분 유학파 출신이었기에 집 또한 꽤 사는 사람들이었다. 옷은 하나 같이 명품이었고, 화장이나 머리 또한 완벽하게 세팅이 되어 있었다. 화려한 분위기의 직원들과 일일이 인사를 나눈 지윤은 이미 얼굴을 알고 있는 디자인팀 장 실장이 내미는 손을 붙잡았다.

"김정아 씨 출근하기 전까진 혼자겠지만, 그래도 잘 부탁해요."

"저야말로 잘 부탁드립니다."

"혼자라서 한동안은 외로울 거예요. 일도 많을 거고."

단순한 엄포는 아닌 것 같았다. 실제로도 출근한 책상 위에는 이번에 나가는 신작 디자인들이 가득 쌓여 있었으니까. 지윤이 어색한 얼굴로 웃자 현미는 잘 부탁한다며 다시 한 번 인사를 건넸다.

"2시에 미팅 있는 거 알죠? 단단히 각오하고 들어와요."

새 자리로 돌아온 지윤은 텅 비어 있는 두어 자리를 보았다. 하나는 김 대리님 자리고, 나머지 하나는 신입 직원의 것이라 했다. 이 역시 김 대리가 뽑은 사람이었다. 새로운 직원은 다음 주부터 출근하기로 되어 있었기에 사무실엔 지윤 혼자였다.

"후."

이제야 긴장을 푼 지윤이 입고 있던 재킷을 벗었다. 갑자기 사무실이 후덥지근하게 느껴졌다.

각오는 했지만 회의에서 어리바리하게 굴어버렸다. 디자인팀 회의에 참석한 적은 처음이라 정신이 없었고, 요구하는 상황들 또한 까다로워 기함까지 해버렸다. 하지만 이 회사를 다니는 이상 앞으론 회의는 계속될 터였다. 월요일 2시는 디자인팀과의 회의, 금요일 10시엔 전 팀이 참석하는 회의가 매주 열릴 거라 했다.

딜러를 따로 두려는 게 디자인과 가장 적합한 컬러의 보석을 구하려고 하는 걸 테니 이해는 됐지만 벌써부터 까마득한 기분이 들었다.

"6시, 회사 앞에 있는 와인 바. 알죠?"

"네. 조금 있다가 뵐게요."

환영회 장소를 다시 한 번 일러주는 장 실장에게 늦지 않게 가겠다고 말한 지윤이 자신의 자리로 돌아왔다. 첫 출근 날부터 잠시도 앉아 있을 시간이 없었다.

"아, 정말 죽겠네."

회의 내용이 빼곡하게 기록되어 있는 다이어리를 보는 것만으로도 눈앞이 빙글빙글 돌았다.

에메랄드는 최상급으로 구할 수 있을 것 같은데 문제는 사파이어였다. 왜 하필 핑크 사파이어란 말인가.

미간을 좁힌 지윤이 내일 아침엔 곧장 도매상부터 가봐야겠다고 생각했다. 만약 '반짝반짝 도매상'에도 없으면 특별히 주문을 넣어야 한다.

"그럼 가격이 오를 텐데."

머리를 긁적인 지윤이 다이어리를 탁탁 두드릴 때였다. 문자 도착 알림 음에 휴대전화를 확인했다.

〈텃세 안 부려?〉

성준이었다. 기분 좋게 웃은 지윤이 곧장 답장을 보냈다.

〈좋아. 아주.〉

아마 김 대리님이 오면 더 좋을 것이다.

"일단 일이 줄어들 테니까."

한숨을 내뱉은 지윤이 머리를 긁적였다. 고작 일주일밖에 쉬지 않았는데 몸은 휴식에 익숙해진 것인지 벌써부터 지쳐 버렸다.

*

잔소리도 내성이 생긴다. 하도 듣다 보면 아무렇지도 않게 한 귀로 듣고 한 귀로 흘려 버리는 정도가 되며, 거기서 더 진화하면 잔소리하는 상대를 웃는 얼굴로 바라볼 수도 있게 된다.

예전의 하성준은 그 웃는 스킬까지 가졌었다.

너는 짖어라. 나는 상관없으니. 어떠한 말에도 심드렁한 태도를 고수했던 그였으나 오늘은 달랐다.

성준은 귀에 딱지가 앉도록 잔소리하는 존을 보며 미간을 좁혔다.

당신은 양심이 없어. 사람이 어떻게 그래? 휴대전화는 폼으로 가지고 다녀? 그럴 거면 차라리 가지고 다니지 마!

늘 뉴욕에서도 들었던 말들인데 오늘은 가만히 듣고 있기가 힘들었다.

「내가 당신 때문에 한국에서 허비한 시간이 얼만지나 알아?」

「그런 것치고 너무 잘 돌아다닌 것 같은데?」

성준이 입술을 삐죽였다. 그가 자신을 가만히 앉아서 기다리느라 그 긴 시간을 허비했다면 듣고 있어줄 텐데 그것도 아니었다.

서울의 랜드마크란 랜드마크는 죄다 돌아다니며 기념품까지 꼼꼼하게 구입했으면서. 성준이 투덜투덜 거리며 샘플이 든 봉투를 열자 존이 왁왁 소리를 질렀다.

「사람이라면 양심이 있어야 해!」

「사람이 아닌가 보지.」

「준!」

존이 빽 소리를 질렀음에도 성준의 시선은 오롯이 화려한 유색 보석이 박힌 목걸이를 향해 있었다.

-the Galaxy

'은하수'라는 이름처럼 화려한 목걸이였다. 귀걸이와 세트인 제품으로 평소에 하고 다니기엔 무리라는 생각이 들 만큼 휘황찬란한 디자인이었다.

성준이 직접 샘플을 확인하는 건 모두 컬러 때문이었다. 트윈 제품 중에서도 'One' 라인은 특별했다. 보통 쇼에 서는 제품들인데 2017년 컬렉션에 오를 디자인은 성준이 과거에 선보였던 그 어느 제품보다도 화려했다.

루페로 일일이 보석을 확인한 성준이 디자인지에 동그라미를 치기 시작했다. 이백열다섯 개의 보석에 일일이 번호가 적혀 있었고, 그는 마음에 들지 않는 색상은 가감 없이 체크를 했다.

「……이게 뭐 하는 짓이지?」

그의 손이 거침없이 움직이자 존의 얼굴이 일그러졌다. 하지만 성준은 거기에서 멈추지 않고 귀걸이까지 꺼내 체크했다.

촘촘하게 박힌 유색 보석과 다이아몬드를 보통 일일이 걸러 체크를 하진 않는다. 그건 변태만 하는 짓이었고, 눈앞의 하성준은 변태 중에서도 상변태였다.

성준이 목걸이 디자인에 체크한 아쿠아마린이 열두 개, 다이아몬드는 서른두 개나 됐다. 귀걸이 역시 아쿠아마린은 세 개, 다이아몬드는 두 개였다. 존이 불을 뿜었다.

「일일이 컬러를 어떻게 다 맞춰!」

「나한테 맞추는 것보다 쉬울 거야.」

그래, 하성준이란 인간에게 맞추는 게 더 어렵다. 존이 할 말을 잃고 입을 꾹 다물었다.

성준이 내민 디자인지를 받아 든 존이 한숨을 푹 내뱉었다. 어찌 되었든 'the Galaxy'는 하성준이 트윈에서 선보이는 마지막 디자인이었다. 이미 회사까지 떠난 그가 책임감 있게 샘플까지 확인해 주는 걸 회사에서는 감사해야 하는 입장이다. 일을 놓은 후로도 대충 하는 법이 없는 그를 보며 존이 디자인지를 챙겼다. 이 슬픈 소식을 직원들에게 전할 생각을 하니 벌써부터 눈물이 앞을 가렸다.

「일은. 할 거지?」

존의 물음에 성준은 가볍게 고개를 내저었다. 홀가분한 표정이어서 오히려 열이 오르는 건 존이었다.

「왜! 왜 그 능력을 썩히는 건데? 준에게 볼 건 그것뿐인데.」

당신이 쓸모 있는 건 디자인을 할 때뿐이라고 말했다. 하나 성준은 서운한 기색 하나 없이 딱 잘라 말했다.

「재미가 없어.」

그러더니 성준은 책상 위에 올려진 샘플을 손가락으로 톡톡 두드렸다.

「얘도 겨우 끝냈어.」

디자인에 있어서만큼은 대충하질 못했다. 인생 전반은 살아 있다는 게 신기할 정도로 엉망진창이었는데도. 그래서 가벼운 마음으로 다시 팬을 쥘 수가 없었다. 그랬다간 분명 쓰레기 같은 것만 세상에 내놓으리라. 그건 자존심이 용서하지 않았다.

「한잔할까?」

자리에서 일어난 성준이 제안했다. 그 제안이 너무 뜻밖이어서 존은 다시 되물을 수밖에 없었다. 생전 직원들과 어울리는 법이 없던 그였다.

「뭐? 정말?」

「오늘 우리 자기가 늦는다고 해서. 첫 출근이었거든.」

성준이 상큼하게 웃자 존의 얼굴이 일그러졌다.

「……닥쳐 줘, 제발. 소름 돋아.」

「닥칠 테니까 술은 네가 사. 난 백수니까.」

성준이 외투를 집어 들자 존 역시 샘플을 챙겨 자리에서 일어난다.

「자랑이다.」

가벼운 어투에 성준이 킬킬 웃었다.

성준과 존은 집 앞에 있는 포장마차를 찾았다. 지윤과 우연히 발길이 닿아 가본 곳이었는데, 그 후로는 밤에 배가 고플 때면 야식을 먹으러 몇 번 더 찾았다.

일주일에 네 번이나 왔으니 이젠 단골이라도 할 법한 곳에서 두 사람은 매운 오돌뼈와 어묵을 시켰다. 매운 음식을 전혀 먹지 못하는 존이었지만 한국에선 한국의 음식으로 술을 마셔야 한다는 성준의 말에 수긍했다. 다행히도 매운데도 잘 먹히는지 두 사람은 안주를 싹싹 비우고 나서야 자리에서 일어났다. 안주 옆엔 빈 소주병이 다섯 개 쪼르륵 줄 세워져 있었다.

두 사람 모두 얼큰하게 취한 채로 성준의 집으로 돌아왔다. 2차는 간단하게 맥주로 하기로 했지만 이 역시 자리가 무르익어 길어지고 있었다.

「너, 이런 사람이었어?」

존이 오징어를 흔들며 물었다. 그러자 게슴츠레 눈을 뜬 성준이 고개를 기울인다.

「이런 사람이 어떤 사람인데?」

「오늘 날 여러 번 놀라게 했거든? 가스레인지 켤 줄 알았잖아!」

오징어를 탁탁 식탁에 내려친 존이 억울하다는 듯이 외쳤다.

「이, 이, 오징어도 직접 굽고. 내가 얼마나 놀랐는데. 냉장고도 가득 차 있고.」

함께 일을 할 때, 성준의 숨을 붙여놓는 게 자신의 일 중 하나였다. 하루가 멀다 하고 식사를 날랐고 바닥에 쓰러져 자는 그를 들어 침대에 옮겼다. 이러다가는 그가 죽는 건 아닐까, 걱정스러워서 부러 더 자주 찾았다. 그의 집을 찾을 때마다 존은 양손 가득 먹을거리를 든 채였다.

「이럴 줄 알았으면 뒤치다꺼리 안 하는 건데.」

「냉장고는 자기가 넣어둔 거야.」

「그 자기가 팀장에게 신문물을 가르쳐 준 거군. 덕분에 오징어도 구울 줄 알게 되고.」

성준이 맞다는 듯이 고개를 끄덕이자 존이 불만이 가득한 얼굴로 고개를 내저었다. 배울 줄 아는 사람이라는 걸 진즉에 알았어야 했다. 그랬다면 내 인생이 조금은 편했을 텐데.

한숨을 내뱉은 존이 커다란 침대를 힐끗 보며 물었다.

「잠은 침대에서 자?」

「너랑은 안 자.」

성준이 장난스럽게 몸을 가렸다. 장난인 걸 알면서도 존의 얼굴이 붉으락푸르락 변한다.

두 사람은 그 뒤로 가볍게 장난을 주고받았다. 그럴 때마다 맥주 빈 캔이 하나둘 쌓였다.

술자리가 길어졌다. 정점에 올랐던 시침이 삐딱하게 오른쪽으로 기운 지도 꽤 지났다. 꾸벅꾸벅 졸던 성준이 급기야 식탁에 엎드리자 존이 미간을 좁힌다.

「침대에서 자라고.」

함께 일한 지 오래되었지만 처음으로 함께해 본 술자리였다. 그래서 자신 역시 꽤 무리를 했다는 생각에 존의 입에서 깊은 한숨이 흘러나왔다. 알코올 향이 코를 찔렀다.

'후, 이만 숙소로 돌아가야겠다.'

존이 자리에서 일어나려던 찰나다. 언제 들어온 것일까. 깜짝 놀란 눈동자가 자신을 바라보고 있자 존의 미간이 좁아졌다.

「당신이 준의 자기?」

「당신이 성준이의 남자친구?」

두 사람이 동시에 말을 하고선 고개를 끄덕였다. 서로의 얼굴을 보는 것은 처음이었지만 많이 들어 익숙하다는 듯이. 그러다 이내 존이 '성준의 남자친구'란 말이 뒤늦게 거슬려 잠든 성준을 힘껏 노려본다.

「준! 일어나! 너 도대체 뭐라고 떠들고 다니는 거야? 남자친구?」

힘껏 그의 몸을 흔들던 존이 급기야 등짝을 힘껏 내려치기 시작했다.

「나에 대해 뭐라고 떠들고 다니는 거야!」

퍽! 퍽퍽!

잠을 깨우기 위해 때리는 거라기엔 힘이 과하게 들어가 있었다. 존을 놀란 눈으로 바라보던 지윤이 커다란 눈을 깜빡인다. 두 사람의 관계는 후임과 상사였다. 그리고 후임은 맞고 있는 성준이 아닌 때리고 있는 존이었다.

역시 자유분방한 미국.

성준에게 문제가 있다는 걸 생각하지 못하고 지윤은 그저 문화라고만 생각했다. 그러다 이내 뻘쭘하게 서 있다는 걸 알아차린다. 분위기를 봐선 자신이 자리를 비켜줘야 할 것 같았다.

「이만 가볼게요. 인사는 다음에…….」

「아니에요. 제가 가려던 참이었어요. 이 인간을 떠넘길 사람이 나타났으니 전 이만 사라져야죠.」

존의 말에 지윤이 어색하게 웃는다.

「……저 죄송한데, 조금만 천천히 말해주실래요?」

외국 출장이 많아 기본적으로 영어는 할 줄 알았다. 문제가 있다면 존의 말이 지나치게 빠르다는 것이었고, 거기에 술까지 취한 그의 말을 한국 영어에 익숙한 지윤이 알아듣기엔 조금 무리였다.

지윤의 말에 언제 일어난 것일까. 성준이 히죽거리며 웃었다.

「존, 한국에 여행을 왔으면 한국말을 써야지. 왜 영어야? 여행 오는 나라에 대한 매너가 없어.」

이번엔 지윤을 의식해서일까. 존이 천천히 말했다.

「난 여행을 온 게 아니야. 일을 하러 온 거지.」

「일을 하러 왔다는 사람이 63빌딩, 수족관도 모자라서 국회의사당과 남산타워까지 가?」

방금 전까지 술에 취해 잠들었던 사람치곤 너무나 말을 잘했다. 지윤을 생각해 느릿해졌던 존의 말이 빨라졌다.

「그게 다 너 때문이잖아! 네 자기랑 있는 다고 내 전화 씹까서!」

명백히 성준의 잘못이었다. 하지만 술에 취해서일까. 아니면 원래 얼굴 가죽이 두꺼운 걸까. 그는 웃기만 했다.

그래서 괜스레 미안해진 건 지윤이었다. 모두 제 탓처럼 느껴진 지윤이 서둘러 미안하다며 사과를 하자 존은 가볍게 고개를 젓는다.

「아니에요. 사과는 잘못한 사람이 직접 해야죠. 아무리 일상 생활이 5세 수준이라고 하더라도 지적 능력이 평범하다면 말이에요.」

모든 탓은 그에게 있다고. 존의 말에 지윤이 어색한 표정으로 웃었다. 그러며 이젠 정말 가야겠다고 말하려던 찰나다.

「두 사람 다 자고 가. 늦었어.」

「이만…….」

「이만…….」

세 사람이 동시에 말했다. 그러더니 서로를 쳐다본다.

지윤의 입장에선 떠나야 할 사람을 자신으로 보았다. 두 사람은 오랜만에 만났으니까. 하지만 존의 입장에서는 자신이 떠나야 한다고 생각했고, 성준은 두 사람 모두 보낼 마음이 없다는 듯 말한다.

「둘 다 자고 가. 집이 너무 넓어서 외롭단 말이야.」

「뉴욕 집은 더 넓었잖아!」

「싫어!」

두 사람이 서로 언성을 높이며 다투자 지윤의 얼굴이 난감함에 구겨졌다. 술에 취해서 그런지 다투는 것처럼 보이지는 않았다. 대화는 핑퐁게임처럼 익숙하게 통통 튀어댔으니까.

"후."

나지막하게 한숨을 내뱉은 지윤이 시계를 보았다.

벌써 새벽 3시였다.

*

지윤이 피곤한 기색이 그득한 얼굴로 연신 눈을 깜빡였다. 결국 다툼은 새벽 4시까지 이어졌다. 잠을 자고 가겠다고 결정을 하자 이젠 침대에서 누가 자야 하는지로 다투었다. 결론은 지윤 혼자 침대에서 자고 성준과 존은 작업실에서 이불을 깔아놓고 잤다. 잠자리가 불편한 걸로 치면 두 사람이 더했지만 자신은 마음이 불편해서 잠을 이루지 못했다. 결국 새벽 6시가 되어서야 겨우 잠자리에 든 지윤은 아침에 일어나서도 계속 이어지는 불편한 상황에 바짝 긴장하고 있었다.

성준의 차를 운전하고 있는 건 존이었다. 아침에 술이 덜 깼다는 이유로 성준은 존에게 지윤을 회사까지 데려다줬음 한다고 부탁했고, 존은 이를 수락했다. 이 상황에서 더 곤란해진 건 지윤 지윤이었다.

몇 번이고 괜찮다고 말했지만 결국 지윤은 존이 운전하는 차에 올라 있었다.

'하성준. 조금 이따가 보자.'

지윤이 속으로 이를 부득부득 갈고 있을 때였다.

「죄송해요.」

「아닙니다. 제가 죄송합니다.」

그의 말에 지윤이 의아한 표정으로 바라보았다. 그가 미안할게 뭐가 있단 말인가. 하지만 곧 이어진 말에 지윤은 가볍게 웃음을 내뱉었다.

「곁에 있을 때 좀 더 멀쩡하게 만들어놨어야 했는데. 지금 보니 너무 방치했군요.」

그런 이유라면 조금은 고개를 끄덕일 수 있을 것 같았다. 긴장했던 얼굴이 느슨하게 풀어지자 존의 표정 또한 밝아졌다.

「너무 미안해하지 마세요. 저 역시 지윤 씨와 이야기해 보고 싶었습니다. 그 인간 없을 때.」

「저랑요?」

「네. 부탁할 것도 있고.」

조심스럽게 꺼낸 말에 지윤이 고개를 끄덕였다. 들어줄 수 있는 것이라면 들어주겠다는 듯이.

그러자 존은 정작 '부탁' 대신 과거의 이야기를 꺼냈다.

「뉴욕에 있을 때 팀장 때문에 구급차를 불렀던 적이 있습니다.」

「구급차요?」

「네. 그것도 세 번이나 불렀죠.」

깜짝 놀란 지윤이 자신을 가만히 바라보기만 하자 존은 고저 없이 말을 이었다.

「집에 가보니 쓰러져 있더군요. 영양 부족에 수면 부족. 어떨 땐 수분이 부족했던 적도 있었죠. 항상 뭔가 부족한 사람이었습니다.」

항상 무언가를 찾듯 일을 하는 사람이었다. 그래서 그게 궁금했다. 그가 찾고자 하는 건 무엇인지. 그런데 이제와 생각해 보니 그는 무언가를 찾고 있는 게 아니라 도망치고 있었던 것 같다.

「일을 할 땐 다른 건 생각하지 않았습니다. 본인조차도.」

모든 걸 내팽개친 채.

「전 몰라요. 그런 성준의 모습.」

지윤의 말에 존이 작게 웃음을 뱉었다. 한국에 와서 본 성준은 편안해져 있었다. 무언가에 쫓기지도 않았고, 편안하게 웃기까지 했다.

그래서 도망갈 곳을 찾았나 보다, 라고 생각했다. 그게 바로 자신의 옆에 앉아 있는 여자고.

다행이란 생각이 들었다. 그래서 조금은 가벼워진 마음으로 기겁했던 과거의 이야길 할 수 있었다.

「어떤 날은 물어보니 이틀을 굶었더군요. 어떤 날은 이틀 동안 자지 않은 적도 있었습니다. 왜 이틀인지 압니까? 내가 이틀 만에 찾아갔기 때문입니다.」

「…….」

「딱한 사람이다. 선행을 베풀자. 그래서 곁에 있었죠.」

「그런 모습을 봤다면 저 역시 그랬을 것 같네요. 불안했을 거 같아요.」

「네, 몇 번이고 심장이 철렁철렁 내려앉았었죠.」

그래서 매번 그의 집 문을 열 땐 어떤 모습을 보아도 놀라지 말자, 라고 생각했다. 그가 죽어 있더라도. 항상 그런 각오를 가지고 문을 열었었다.

「그래서 한국으로 간다고 했을 때 걱정했었습니다. 샘플을 가지고 와야 하기도 했지만 어떻게 사는지 궁금해서 온 거기도 합니다.」

지윤 씨 덕분에 안심입니다. 그렇게 말하는 것 같아 지윤의 뺨이 발그레해졌다.

아주 듣기 좋은 칭찬을 들은 기분이다. 그래서 기분이 좋아졌다.

「일을 할 땐 하나에만 매달려서 그게 걱정되기도 하지만…… 좋아합니다. 준의 디자인을.」

보면 누구나 가지고 싶어지고, 행복한 날을 기념하고 싶어지는 디자인을 하니까. 본인의 삶과는 달리.

그의 말에 지윤은 가만히 바라보기만 했다.

눈 깜짝할 사이에 차는 회사 앞에 도착했다. 지윤은 그가 왜 자신과 단둘이서 대화를 하고 싶어 했는지 이해가 갔다. 부탁을 하기 위해서였다. 하성준이란 인간이 이 정도로 엉망으로 살았으니 잘 부탁한다고.

「잘 지켜봐 주세요. 언제 죽을지 모르는 인간이니까.」

「그럴게요. 오늘 감사했습니다.」

존이 웃으며 고개를 끄덕였다.

지윤은 멀어지는 차를 바라보았다. 차가 시야에서 사라지고 나서야 그와 나눴던 대화를 떠올리며 푸슥, 바람 빠지는 소릴 내며 웃는다.

"애인보단 엄마 같네."

*

이전 회사에서는 주문이 들어온 스톤을 국내든, 해외든 구해서 가져다주는 일을 했었다. 회의는 출장을 분배할 때뿐이었고, 같은 사무실에서 일하면서도 직원들이 다 같이 한자리에 모여 이야기를 나누는 일은 일 년에 한두 번 될까 말까였다.

하지만 플레티넘은 달랐다. 일주일에 정규 회의만 두 번이었고, 세부적인 회의까지 합치면 헤아릴 수 없었다. 다른 팀 직원이 와서 특별히 스톤을 부탁하는 경우도 있었고, 단가를 알아보고 가는 경우도 허다했다. 그전과는 달리 사람을 더 많이 만나게 됐다.

오늘은 상품 가격을 정하기 위한 회의였다. 디자인팀 직원 세 명과 기획팀, 마케팅팀이 참석한 회의는 치열했다. 기획팀은 단가를 낮춰야 한다는 입장이었고, 디자인팀은 그렇게 한다면 애초의 디자인과 달라진다며 반대했다. 마케팅 직원의 경우엔 일정 내에 나오기만 하면 된다며 한 발 빼고 있었다.

"국내에서 구해볼 수 있는 건 최대한 구해볼게요. 하지만 대용량으로 구해야 하는 스톤 같은 경우엔 해외 출장을 다녀와야 할지도 몰라요."

"국내에서 구하는 게 더 비싸죠?"

"물론이죠. 중간 과정을 한 번 거쳐야 하니까. 근데 해외에 간다고 해도 원하는 스톤의 색상은 100프로 맞출 수 없어요."

열처리를 얼마나 하느냐에 따라 천차만별로 달라지는 게 색상이다. 컬러를 완벽하게 맞춘 유색 보석을 구하는 게 쉬울 리가 없었다. 더욱 디자이너가 사파이어에 꽂혔는지 색색별로 들어간 목걸이의 경우엔 기일에 맞춘다고 장담할 수가 없다.

진 빠지는 회의가 끝난 건 그로부터 한 시간 뒤였다. 퇴근 시간이 지났음은 물론이오, 삼십분 전에 밑에 도착했다는 성준의 문자메시지가 도착해 있었다.

"저 이만 퇴근할게요."

디자인팀을 지나친 지윤이 곧장 엘리베이터로 향했다. 그사이에 지금 내려간다는 문자를 보냈다. 오늘 참 힘들었다는 말도 함께.

"존은. 잘 돌아갔어?"

지윤은 입구 바로 앞에서 기다리고 있던 성준을 발견하자마자 빠르게 달려가 안겼다. 인천공항에 데려다주는 순간까지 잔소리를 들었다며 성준이 귀를 슬쩍 내민다.

"나 귀에서 피 안 나?"

"뭐?"

"분명 날 거야. 상스러운 욕을 너무 많이 들어서."

"……들을 만했어."

자신의 편을 들어주지 않는 지윤이 야속한 건지 성준이 콧잔등을 찡긋거렸다.

"그러게. 연락은 좀 받아라."

두 사람은 함께 얼마 떨어져 있지 않은 차로 향했다. 대부분의 직원이 퇴근을 한 터라 주차장은 한산했다.

두 사람이 막 차에 올라탈 무렵, 구석에 세워져 있던 차 안에 불이 반짝 들어왔다. 핸들을 붙잡은 장 실장은 익숙한 남자의 모습에 고개를 앞으로 쑥 내민다.

"어……? 김 대리?"

지윤에게 남자친구가 있다는 건 알고 있었다. 손가락에 투박한 반지가 끼워져 있었으니까.

하지만 그녀를 안고 있는 남자친구의 존재는 무척이나 놀라웠다.

"뭐, 뭐야?"

하성준이잖아!

찾으러 왔어요

"자기, 하성준 씨와 친해?"

호로록.

커피를 마시던 지윤은 떠보듯 묻는 말에 순간 사레에 걸려 기침을 내뱉었다.

콜록콜록. 잘못하면 커피가 코로 튀어나올 뻔했다. 깜짝 놀란 지윤이 장 실장을 보았다.

왜 이런 질문을 하는 걸까? 종잡을 수가 없었다.

"왜, 왜요?"

"어제 주차장에서 봤거든. 두 사람이 함께 있는 거."

"……중학교 동창이에요. 고등학교도 일 년 같이 다녔고."

"그 사람, 트윈에서 디자이너였다는 거 알고 있어?"

여기까지 대화를 주고받고 나니 지윤은 자신이 아주 중요한 기로에 서 있다는 걸 깨달았다. 지금 자신의 답에 따라 후에 미칠 후폭풍을.

가볍게 만나고 헤어질 수 있는 사람이라면 거짓말을 했을 것이다. 하지만 성준은 그렇게 가볍게 치부할 수 있는 사람이 아니었다.

거짓말을 해선 안 된다. 지금 필요한 건 거짓말이 아닌 진실 어린 부탁이었다.

"사실…… 남자친구예요."

"뭐? 정말? 정말이야?"

예상대로 깜짝 놀란 표정이었다. 지윤은 손에 들고 있던 머그컵을 잘못해 놓칠 뻔했다. 온몸의 기운이 쑥 빠져 버렸다.

"네. 그러니까 제발 비밀로 해주세요."

"왜? 왜 비밀로 해?"

여기저기 자랑을 하고 다녀도 모자란데 굳이 왜 그러냐는 말이었다. 그녀의 말에도 틀린 점은 없었다. 하성준은 이 바닥에선 아이돌급으로 인기가 많았으니까. 하지만 문제는 바로 거기에 있었다.

"제가 여기에 와서 하성준이 얼마나 대단한 사람인지 귀에 딱지가 앉도록 듣고 있거든요."

그의 풀 네임을 모두 아는 사람은 극히 드물었다. 얼굴을 아는 사람은 그것보다 더 소수다. 그랬기에 망정이지 얼굴이 알려진 사람이었다면 사무실 앞으로 데리러 온다 하면 두 팔 걷어붙이고 반대했을 것이다. 절대 오지 말라고.

"대단한 사람이지! 이쪽 트렌드는 죄다 주도했는데!"

흥분해 언성을 높이는 모습에 지윤이 입을 굳게 다물었다.

이것 봐. 이것 봐. 이런데 어떻게 자랑을 하고 다닐 수 있겠는가.

지윤은 다시 한 번 회사 사람들에게 자신의 남자친구가 그 대단한 'June'이라는 걸 비밀로 해야겠다고 생각했다.

"친한 사이라는 것만 알아도 모두 실장님과 같은 반응일 것 같아서 말씀드리는 거예요."

"당연하지. 나도 지금 물어보고 싶은 게 너무 많아서 입이 근질근질한데."

"참아주세요, 실장님."

지윤이 애교 섞인 목소리로 부탁하자 장 실장이 알았다는 듯 고개를 끄덕였다.

그녀는 성준의 얼굴을 아는 업계 사람 중 한 명이었다. 들어보니 처음 그가 한국에 오고 연락처를 안 몇몇 사람들이 그와 몇 번 면담을 했다고 했다.

"그래도 하성준 씨 얼굴 아는 사람은 정말 몇 안 돼."

"그거 정말 다행이네요."

"내 입장에서도 정말 다행이지."

무슨 뜻인지 몰라 지윤이 의아한 얼굴로 그녀를 보았다. 기대감에 들뜬 표정을 보아하니 왠지 듣고 싶지 않은 말을 들을 것 같아 부러 시선을 피한다.

조금 식어버린 커피를 호로록 마신 지윤은 어떻게 해야 이 자릴 피할 수 있는지 궁리했다. 일이 있다고 핑계 대고 도망가기엔 속이 너무 빤히 보였다.

좀 더 나이스한 방법이 필요한데…….

지금이라도 당장 엉덩이를 떼고 싶다는 듯 지윤이 몸을 들썩였다. 하나 이도 잠시. 곧 장 실장에게 팔목이 붙들리는 바람에 도망가기를 포기한다.

"와, 신이 도왔다."

"……에? 그게 무슨."

"하성준 씨, 꼭 스카웃해야 하거든. 그러니까 제발 자기가 도와줘."

지윤이 어색하게 웃었다.

'방금 전 제가 한 말은 뭐로 들으신 건가요, 실장님?'

그와의 관계가 알려지길 바라지 않는다고 말했는데도 장 실장은 자신의 뜻을 절대적으로 관철시켜야 한다는 듯 말했다.

"제발. 제발제발. 응? 다른 회사에서 채가기 전에."

"제가 말한다고 해도……."

이렇게 중요한 문제는 자신이 이야기한다 해도 들어주지 않을 거라고 말하려 했다. 이건 일이었고, 아직 그는 어느 곳에도 소속될 마음이 없어 보였다.

그래. 그 엄청난 양의 스케치를 보면 그럴 법도 했다. 그렇게 쏟아내기만 했으니 채울 시간도 필요했다. 창의적인 작업은 사람의 감정을 고갈시키는 것이니까.

뉴욕에서 그의 삶이 어떠했는지 들었기에 걱정이 되기도 했다.

"자기 말이라면 한 번 들어주기는 하지 않을까?"

장 실장의 말에 지윤은 어색하게 웃기만 했다.

"하, 한번 말은 해볼게요."

"정말? 진짜지?"

"네. 그런데 기대는……."

기대는 하지 않는 게 좋을 거라고 말하려 했다. 자신 역시 그와 같은 회사에서 일을 하는 게 꺼림칙했으니까. 하지만 장 실장의 귀엔 아무 말도 들리지 않나 보다. 양팔을 벌려 그녀를 와락 끌어안은 장 실장이 감격해 외쳤다.

"자기, 진짜 고마워!"

벌써부터 그가 이 회사에 다닐 것처럼 기뻐하는 그녀를 보며 지윤이 울상을 지었다.

아, 정말 어떻게 해. 감당할 수 없는 미래가 닥칠 것만 같았다.

파사삭. 파사삭.

입안에 고소한 버터향이 가득 퍼진다. 하지만 성준은 의무적으로 팝콘을 입안으로 옮겼고, 시선은 오롯이 텔레비전으로 향해 있었다.

텔레비전엔 한창 피와 살이 튀고 있었다. 두 사람 모두 달콤한 로맨스보단 액션을 좋아해서 선택한 영화였고, 성준은 다행인지 취향에 맞는 듯 집중해 보고 있었다.

하지만 지윤의 정신은 온통 다른 곳에 향해 있었다.

'어떻게 말을 꺼내지?'

지윤이 성준의 얼굴을 힐끗 올려보다 말고 소파에 등을 기댄다. 요즘은 자신의 집보단 성준의 집에서 더 많은 시간을 보내고 있었다. 거의 그의 집에서 살다시피 하는 셈이었다.

오토바이가 넘어짐과 동시에 주인공이 아스팔트에 나뒹굴었다. 하지만 이런 영화가 으레 그렇듯 주인공은 얼굴만 살짝 까졌을 뿐 사지는 멀쩡하다.

'저게 말이 돼?'

평소엔 오락성으로만 즐겼겠지만 오늘은 달랐다. 초조하고 불안한 마음 때문일까. 장면 하나하나가 다 거슬려서 영화에 집중을 할 수가 없었다.

"후."

지윤이 한숨을 내뱉자 성준이 고개를 뒤로 젖혀 그녀를 본다.

"한숨 몇 번이나 쉰 줄 알아?"

"내가? 그랬어?"

"어. 방금 전 것까지 열세 번이나 쉬었어."

그렇게 말한 성준이 자세가 불편한지 몸을 돌려 그녀를 올려다본다. 지윤이 소파에 앉아 있는 것과는 달리 성준은 바닥에 앉아 있었다.

지윤의 무릎에 턱을 괸 성준이 솔직히 말해보라는 듯이 올려다보았다. 빨리 말해달라고. 네가 한숨을 쉬는 이유가 뭔지.

그의 눈빛에 지윤이 바닥에 책상다리를 하고 앉았다.

"뭐야. 무슨 이야기이게 그렇게 폼을 잡아?"

"계속 집에 있을 거야?"

"왜? 돈 벌어 오라고? 기둥서방 하지 말고?"

성준의 물음에 지윤이 작게 고개를 저었다.

"그런 건 아니고."

"그럼 갑자기 그건 왜?"

"사실…… 아, 정말. 너 우리 회사에서 면접 본 적 있지?"

"면접 본 적은 없어. 만나자고 해서 미팅은 가졌지만."

"그래. 그게 그거지, 뭐. 하여튼 그때 장현미 실장 만난 적 있지?"

"음, 그 끈질긴 사람 이름이 장현미였던가?"

성준이 이름은 기억나지 않는다는 듯 오히려 되물었다. 관심이 있는 사람이 아니라면 이름도, 얼굴도 잘 기억하지 못하는 사람이었다. 그러니 그가 단 한 번 본 현미를 기억할 리가 없었다.

"아마 그럴 거야. 그 사람이 우리가 같이 있는 걸 봤나 봐. 안타깝게도."

지윤의 말에 이제야 무슨 말인지 이해했다는 듯이 성준이 고개를 끄덕인다.

"아아. 그렇게 된 일이군."

"그래. 그렇게 된 일이야."

말을 마친 지윤이 연거푸 한숨을 쉬었다.

"내가 말해봤자 소용없을 거라고 했는데 그래도 끝까지 부탁하셔서. 어때……?"

"네 생각은 어떤데? 나랑 같은 회사 다니는 거."

성준의 물음에 지윤이 고개를 옆으로 기울였다.

'이 타이밍에 내 생각이 중요한가?'

이해는 되지 않았지만 지윤은 솔직히 제 생각을 말했다.

"일단 네 의사가 가장 중요하지."

"그 다음은?"

"솔직히 부담될 것 같아."

막힘없는 답에 성준의 얼굴이 울상이 되었다.

'앤 또 갑자기 왜 이런 표정이야?'

이해할 수가 없어 그를 빤히 바라보자 성준은 진심으로 서운하다는 듯 말했다.

"내가 부끄러워?"

장난으로라도 '어'라고 말하고 싶어진다. 상심하여 토라진 모습이 보고 싶기도 했으니까.

하지만 지윤은 자신만이라도 정상적인 반응으로 대화를 나눠야 한다는 걸 알았다. 둘 중 하나라도 정상적이어야 하지 않은가.

"……왜 이야기가 그리로 튀어?"

지윤의 물음에 성준이 지난 기억 하나를 언급했다.

"전에 회사 앞에서 네 상사 만났을 때도 그랬잖아."

지난번 회사에서 정 부장과 마주쳤을 때를 말하나 보다. 지금 떠올려 보아도 뺨이 홧홧해지는 과거였다.

"그건 부끄러워 한 게 아니라 내 사생활을 직장 사람들에게 알리고 싶지 않은 거야. 과도한 관심을 받으니까."

서른. 그 나이가 되면 직장에선 으레 '결혼은 언제 해?'라고 묻는다. 오죽하면 싱글일 때도 결혼 계획이 있냐고 묻곤 했었다.

다른 걸 다 떠나서 애인관계를 물어보며 성추행 비슷한 걸 하는 경우도 있었다. 그래서 싫었다. 자신의 사생활이 회사에 알려지는 게. 그래서 그렇게 반응했던 건데 성준은 괜한 오해를 하고 있었나 보다.

"쉽게 쉽게 이야기하고 다른 사람한테 떠들어대거든. 이 업계는 특히 더. 한 사람 귀에만 들어가면 일주일도 안 돼서 업계 전체 사람이 아는 기분이 들어. 그런데 말이지……."

지윤은 말을 마치지 않은 채 길게 늘어뜨렸다. 하고 싶은 말이 남아 있으나 뜸을 들이는 모양새다. 그래서 성준이 의아한 눈으로 바라보자, 지윤은 이 말을 해도 될지 생각하며 눈을 가늘게 떴다.

그러다 자신과 똑같은 자세로 앉아 있는 성준의 모습을 머리부터 발끝까지 훑었다. 편안한 차림의 그는 느슨해 보였다. 흐트러진 머리카락과 나른한 눈동자는 자신이 보기엔 아주 잘생긴 남자친구일 뿐이다. 더욱 그렇게 대단한 사람이라고 생각을 하려고 해도 그저 교복을 입고 옆자리에 앉아 이야기를 나누었던 그 시절의 그가 떠오른다.

타인에게 듣는 그에 대한 평가와 자신의 평가가 상반되게 갈리니 혼란이 오는 건 어쩜 당연할지도 몰랐다.

“넌 더할 거 같아. 디자인팀 사람들 만나면 널 무슨 신으로 안다니까?”

그것도 그냥 ‘신’도 아니다. 완전 절대신 수준으로 생각한다. 자신이 보고 느끼는 하성준은 그렇게 하늘에 둥둥 떠다니는 사람이 아닌데도.

“실제로 만나야 해. 네가 진짜 사람이라는 걸 알게 하려면. 말로 설명해서는 그 환상이 절대 깨지지 않을 테니까.”

사람들이 생각하는 ‘하성준’은 그런 사람이었다. 가끔 이야기를 듣다 보면 똥도 안 싸고 밥도 안 먹는 사람 같았다. 엄청나게 일에 매달리는 워커 홀릭이었고, 들리는 소문으로는 얼굴 역시 헐리웃 배우 뺨 칠 정도로 잘생겼다는 말도 있어서 가끔 직원들이 그에 대한 이야기를 나눌 땐 어색하게 웃어넘기는 경우가 대부분이었다.

“아직도 네가 뉴욕에 있는 걸로 아는데, 파티에 미쳐 산다고 그러더라? 여자를 무슨 양말 갈아 신는 것처럼 바꾼다고도 하고.”

투덜거리며 하는 말에 성준이 작게 웃음을 뱉었다. 이런 소문이 익숙하다는 듯이.

뭔가 반쯤 포기한 듯 웃는 모습에 지윤이 깊이 숨을 들이마셨다가 내뱉었다.

“거기에다가 대고 네가 내 남자친구라고 어떻게 말해.”

“그럼 같은 회사는 못 다니겠네.”

성준의 말에 지윤이 천천히 고개를 끄덕였다.

“아무래도. 입장이 조금 난감해지긴 하겠지? 그래서, 네 생각은 어떤데? 일에 복귀하고 싶은 마음은 있는 거야?”

언제까지 이렇게 놀고 있을 수만은 없으니 다시 일선에 복귀해야 하긴 할 거다. 그게 다른 회사라면 자신은 편하겠지만 입장은 조금 난감해질 것 같기도 하고. 하지만 아직은 아니었다.

“아직은 복귀할 생각이 없어. 머릿속에 뿌옇게 안개가 내려앉은 기분이거든.”

“안개?”

“꺼내 쓰기만 했으니 이젠 채워야 할 시기가 아닐까? 그냥 그렇게 생각하려고.”

성준의 생각이 그러하다면 현미에게 이 말을 그대로 전하면 된다. 어찌 되었든 자신은 부탁을 들어줬으니까. 할 이야기가 끝났다는 듯이 지윤이 엉덩이를 돌려 그의 무릎 위에 벌러덩 누웠다. 성준이 자연스레 뺨을 쓰다듬어 주자 지윤이 그를 올려다보며 웃는다.

"그런데 네가 있으면 든든한 백이 될 것 같긴 하다."

"백?"

"어. 네 말발 하나는 기가 막히게 먹힐 거 같거든."

지윤답지 않게 약한 소리였다. 일에 있어서만큼은 프라이드가 높은 사람이라는 걸 알았기에 성준이 걱정스레 지윤을 내려다보았다.

"힘든 일 있어? 사람들이 괴롭혀?"

성준이 지윤의 표정을 긴밀히 살폈다. 깊은 눈동자에 지윤이 나른하게 웃으며 고개를 저었다.

"아니. 아직은 괜찮아. 여기 회사에 날 꽂은 사람이 돌아올 때까진 혼자서 맨땅에 헤딩해야 되겠지만."

"바쁘구나."

"아마 다음 달에 출장 가야 할지도 몰라. 빠르면 크리스마스에 가야 할지도 모르고."

"크리스마스에?"

"응. 미안."

크리스마스라면 일주일 뒤였다. 당장 그때 떠나야 할지도 모른다는 말에 그는 몇 박 며칠 일정이냐고 물었고, 지윤은 그때 가봐야 안다는 말만 했다.

성준이 아쉽다는 듯 바라보았다. 잠시도 떨어져 있고 싶지 않은 시기였다. 아니, 어쩌면 앞으로 지윤과 헤어지는 잠시 잠깐의 순간조차 아쉬울 거다. 그렇게 좋아하니까.

지윤 역시 같은 마음이었기에 미간을 찡긋거렸다.

"연초에는 함께 있자."

"뭐 하고 싶은 거 있어?"

"음. 귤을 엄청 많이 사놓고 야누스 독파?"

"저번엔 신들의 전쟁이더니 이번엔 야누스야?"

"어. 그 다음엔 청룡의 신부를 독파할 거야."

"백수 같아."

성준의 말에 지윤이 킬킬 웃음을 뱉었다.

"너랑 계속 이렇게 있을 수 있다면 좋을 텐데."

지윤의 말에 성준이 동감한다는 듯 고개를 끄덕였다.

허리를 숙인 성준이 구부정한 자세로 입을 맞추자 지윤의 입술이 부드럽게 호를 그렸다. 같이 있는 게 무척 행복했다. 예전엔 개인 시간이 없어서 그렇게 힘이 들었었는데, 지금은 홀로 있는 것보단 그와 함께 있는 걸 선택하게 된다.

'이게, 함께 있는 행복이구나. 이래서, 사람들이 결혼을 하는구나. 늘 함께 있고 싶어서 떨어져 있는 일분일초의 시간이 아까워 법적 허울이라 느껴지는 종잇조각을 하나로 합치고 평생을 함께하자 약조하는 구나.'

쪽. 쪽. 지윤의 얼굴 위로 입술이 자잘하게 닿았다가 떨어졌다.

입술에 한 번.

콧날에 한 번.

눈두덩에 한 번.

이마에 한 번.

입술에 다시 한 번.

입맞춤이 간지러워 지윤이 웃음을 터뜨렸다. 그러자 성준은 피하지 못하도록 양 뺨을 쥔 후 입을 맞춘다. 가벼웠던 입술이 어느 순간 집요해졌다.

"으음."

나른한 신음을 내뱉는 와중에도 입술은 웃고 있다.

'행복하다.'

비스듬히 겹쳐진 입술 새로 두 사람의 호흡이 한데 섞였다. 이 시간이 언제까지고 지속되었으면 하는 욕심이 생겼다. 하지만 언제나 늘 그렇듯 가장 간절한 바람은 이루어지지 않는다.

휴대전화 벨소리에 두 사람의 입술이 떨어졌다.

"이 시간에 누구지?"

의아한 마음에 휴대전화 액정을 확인한 지윤은 '정 여사'의 전화라는 것을 알게 된 순간 표정이 어두워졌다.

엄마였다.

마음에 가시처럼 걸려 있는 존재에 지윤이 전화를 뒤집어놓는다.

"아직도 화해 안 했어?"

"……응."

"먼저 다가갈 마음은 안 들어?"

성준의 물음에 지윤은 허탈한 표정으로 웃었다.

"널 만나니까 들어."

그전엔 자신이 이런 생각을 하게 될 줄은 꿈에도 몰랐다. 평생 엄마를 이해하지 못하고 죽을 줄 알았다. 그런데 이젠 안다.

"왜 엄마가 나한테 그렇게 결혼하라고 했는지."

엄마는 알려주고 싶었던 거다. 사랑하는 사람의 곁에 있는 게 얼마나 행복한 일인지. 그런 사람을 만나면 인생이 얼마나 행복하고 다채로워지는지. 그걸 알려주고 싶어 나의 결혼을 그렇게도 바라셨던 거다.

바람직한 방법은 아니었지만 그래도 이해를 하고 나자 엄마에 대한 미움이 쑥 내려갔다. 늘 체증이 있는 것처럼 가슴이 답답했는데 이젠 아니었다.

지윤이 순하게 웃자 성준이 그녀의 앞에 무릎을 꿇은 후 몸을 앞으로 기울였다. 가볍게 입을 맞춘 그가 감정이 충만한 눈동자로 지윤을 바라보았다.

"결혼할까?"

"사랑해."

원하던 답은 아니었지만 나쁘진 않았다. 처음으로 듣는 사랑한다는 말에 성준의 눈빛이 흐려졌다.

손을 뻗은 성준이 부드러운 머릿결 사이에 손가락을 찔러 넣었다. 그리고 고개를 비스듬히 기울이며 말한다.

"함께 살자."

"그건 좋아."

결혼하자는 말에 이 답이 되돌아왔다면 참 좋을 텐데.

말없이 그를 바라보던 지윤이 눈을 찡긋거리며 애교를 부렸다.

"조금만 더 이렇게 지내자. 응? 지금도 좋잖아."

"좋지, 물론. 그런데 부족해."

"조금만 더 기다려 주면 아주 좋을 텐데. 넓은 마음으로."

지윤은 자신의 생각이 조금씩 변해가고 있으니 조금만 더 기다려 달라 말했다. 그래서 성준은 그녀를 꼭 끌어안아 주었다. 좋은 쪽으로 변해가고 있었다. 지윤도, 자신도. 속엔 깊은 상처를 품고서 다시 재회했는데, 조금씩 긍정적인 방향으로 상처를 치유해 나가고 있었다.

그래, 이렇게 함께하다 보면 언젠가.

성준이 지윤의 등을 두어 번 두드려 준 후 말했다.

"그런 마음이 들었으면 어머니에게 먼저 사과드려. 늘 계실 것 같지만 갑자기 사라지기도 하니까."

지윤은 대답 없이 성준을 빤히 바라보았다.

하얗고 잘생긴 얼굴. 나른한 눈동자와 남자치고는 지나치게 붉은 입술. 참 예쁜 얼굴이었는데 하는 말도 어쩜 이렇게 예쁠까.

지윤이 그의 입술에 쪽, 하고 입을 맞추자 이번엔 성준이 화답을 하듯 다시 뽀뽀를 한다. 서로 입을 맞추던 두 사람이 꼭 끌어안은 채 벌러덩 옆으로 누웠다.

지윤과 성준은 동시에 웃음을 터뜨렸다. 서로에게 위로받는 밤이었다.

그래서 좋은 밤.

*

너무나 익숙한 대문이었다. 학창 시절을 이곳에서 지냈고, 성인이 되어서도 일주일에 두 번씩 찾아와야 했던 곳. 자신에겐 집인 적 없었지만 어찌 되었든 '가족'과 함께 보낸 곳이었다.

긴장한 얼굴로 대문을 바라보던 지윤이 조심스럽게 안으로 들어갔다. 문을 열고 안으로 들어가자 새아버지가 지윤을 기다리고 있었다.

"왔니?"

다정한 어조에 지윤이 말없이 허리를 숙였다.

"죄송해요. 저 때문에."

"아니, 아니다. 내가 미안하다."

"새아버…… 아니, 아버지가 왜요."

지윤의 말에 새아버지가 깜짝 놀란 듯 눈을 동그랗게 떴다.

'새아버지'.

그 호칭은 지윤이 그에게 긋는 분명한 선이었다. 어머니의 '남자'로서는 인정하나 자신의 '아버지'로서는 인정을 안 한다는 듯이. 어려운 딸은 그에게 늘 그렇게 대했다.

하지만 오늘은 아니었다. 그가 눈시울을 붉히자 다시 한 번 허리를 숙인 지윤이 집 안으로 걸음을 옮긴다. 조금은 빠른 걸음에 어색함이 묻어났다. 아직은 오랫동안 어색하게 지내왔던 그 과거 때문에 그를 똑바로 마주볼 수가 없었다.

집 안으로 들어온 지윤은 곧장 안방으로 향했다. 그리고 머리를 싸매고 있는 엄마의 곁에 두 무릎을 꿇고 앉는다.

가방을 옆에 가지런히 내려놓은 지윤이 깊게 숨을 들이마셨다. 오늘따라 엄마의 등이 유독 작게 느껴지는 건 왜 그럴까.

그러고 보면 자신이 서른 살이 될 동안 엄만 그만큼 나이가 들었다.

"만나는 남자 있어요."

"뭐?"

돌아보지 않을 것 같았던 정 여사가 순식간에 상체를 일으켰다. 그리고 놀란 눈으로 그녀를 바라본다.

"앞으로 선 자리는 사양이에요. 결혼 독촉도 싫고."

"뭐, 뭐야. 그냥 연애만 할 사람이야?"

물음에 지윤은 작게 고개를 저었다.

"함께 살고 싶어요. 언젠가."

지윤의 말에 정 여사의 눈시울이 붉어졌다. 순식간에 차오른 눈물을 재빨리 닦아낸 정 여사가 헛기침을 뱉었다.

"주책 맞게."

정 여사가 스스로를 타이르듯이 말했다. 억지로 눈물을 참아내기 위해 부러 딸아이를 보지 않던 정 여사가 다시 한 번 뺨을 쓰다듬었다. 흐르는 눈물을 주체할 수 없는 모양이었다.

그 모습을 가만히 바라보던 지윤이 고개를 숙였다.

"미안해요, 엄마."

서로 상처받았던 과거가 썰물처럼 밀려왔다. 그래서 참을 수가 없었다.

"미안해요."

사과의 말을. 그리고 눈물을.

"이젠 이해해요. 엄마가 과거에 선택했던 일들. 그리고 내게 강요했던 것들도."

그렇게도 듣고 싶었던 말이었다. 언젠가 그 말을 들으면 정 여사는 것 보라며, 엄마 말이 다 맞지 않았냐고 말하려 했었다. 하지만 정작 그 말을 듣자 눈물이 쏟아져 아무런 말도 할 수가 없었다.

지윤이 정 여사 앞으로 티슈를 밀어놓았다. 투박한 딸아이의 위로에 정 여사가 휴지를 뽑아 눈물을 닦았다.

눈물을 참기 위해 눈을 부릅뜨고 있던 지윤이 시선을 아래로 내리깔았다.

"그러니까 너무 걱정하지 마세요. 난 행복할 거야."

참고 있던 눈물이 결국 무게를 이기지 못하고 아래로 쏟아졌다.

숨을 크게 들이마시자 차가운 공기가 폐부에 가득 찼다. 몸이 얼어버릴 것 같아 이번엔 뜨거운 공기를 내뱉는다. 하얀 입김이 숨결이 되어 허공에 흩어졌다.

얼어버린 손을 입김으로 호호 녹이던 성준은 페인트칠이 벗겨진 대문을 보았다.

언제 그 모습을 보여줄까? 조금만 아팠으면 좋겠는데.

성준은 굳게 닫힌 대문이 열리길 기다리고 또 기다렸다. 하지만 그 기다림이 그렇게 나쁘지만은 않았다. 훌훌 모든 걸 털어버리고 나올 지윤이 어떠한 표정일지 기대가 된다.

그렇게 얼마의 시간을 기다렸을까. 끼익, 소리와 함께 대문이 열렸다. 고개를 푹 숙인 지윤이 모습을 드러내자 성준이 한달음에 그녀에게 다가갔다.

고개를 숙이고 있는 지윤은 성준의 존재를 발견하지 못한 채 느리게 걸음만 옮겼다. 그래서 부러 지윤의 앞을 가로막았다.

"여긴 어떻게……."

천천히 고개를 든 지윤이 깜짝 놀란 표정으로 성준을 올려다보았다. 그러자 추운 겨울바람에 얼어 있던 그의 얼굴에 봄바람이 분다.

나른한 미소로 지윤을 내려다보던 성준이 그녀의 머리 위에 커다란 손을 올렸다. 그 손이 위로가 되어 그녀의 마음을 달랜다.

"뭘 좀 찾으러 왔어."

"뭘 찾으러 왔는데?"

지윤이 코를 훌쩍이며 물었다. 그러자 성준은 허리를 숙여 그녀와 시선을 맞췄다. 눈빛이 '바로 너'라고 말하는 것 같았으나 그는 부러 힘을 주어 답한다.

"첫사랑."

짧은 세 글자에 가슴이 뛰었다.

"첫사랑 찾으러 왔어요."

쪽.

지윤의 뺨에 입을 맞춘 성준이 이마를 맞댄다.

"아주 좋았던 그 시절로 돌아가고 싶어서."

성준의 품에 안긴 지윤이 한참 눈물을 쏟아냈다. 엄마 앞에선 울고 싶지 않아 사력을 다해 참았다. 하지만 결국 마지막엔 울고 말았다. 미안함에 눈물을 멈출 수가 없었다.

그래서 도망치듯 자리를 벗어났다. 문을 열고 밖으로 나오자마자 마주친 새아버지에게 엄마를 부탁했다.

그리고 도망치듯 밖으로 나와 버렸다. 아직은, 많은 게 어려웠다.

"일 분이 한 시간 같더라."

성준이 말없이 그녀의 등을 두드려 주었다. 지윤이 눈물을 멈출 때까지.

한참 눈물을 흘리던 지윤이 고개를 들어 그를 올려다보았다.

"잘했어."

그의 칭찬 한 마디에 많은 것들이 사르륵 녹아 사라지는 것만 같았다.

“여긴 어떻게 알고 왔어?”

“예전 집 그대로 산다고 했잖아.”

“아.”

흘러가듯 했던 말이 떠올랐다.

“뭐 먹을까?”

성준의 품에 머리를 기댄 지윤이 웅얼거리듯이 말했다. 그러면서 ‘울었더니 배고파’라며 말을 덧붙인다.

“넌 나만 보면 배가 고파?”

언젠가 지윤이 했던 말로 받아친 성준이 그녀의 손을 이끌었다. 골목 저편으로 향하기 위해. 그러자 지윤 역시 과거 그가 했던 말로 답한다.

“난 너만 보면 배가 고프더라. 이상하게.”

“나도 그래.”

살아 있는 걸 느낀다. 살아 있기 위해 무언가를 먹어야 한다는 생각을 한다. 함께 맛있는 음식을 나눠 먹는 그 순간이 행복이라는 것을 깨달았다. 식사를 하는 그 평범한 행위조차도 특별하게 만든다.

사랑이란.

*

3월의 어느 날, 창을 통해 따뜻한 봄볕이 쏟아졌다.

새하얀 침대 위, 지윤이 곤한 표정으로 잠들어 있었다. 새벽녘이나 되어서야 겨우 잠든 덕에 해가 중천에 떠올랐음에도 눈을 뜨지 못했다.

몸을 비스듬히 옆으로 기댄 성준이 지윤의 머리카락을 조심스럽게 쓰다듬었다. 요즘 들어 지윤과 함께 있는 시간이 줄어들었다. 새로운 회사에 입사를 하고, 그곳에 적응을 하기 위해서는 어쩔 수 없다는 것을 알면서도 아쉬운 것은 어쩔 수 없었다.

늘 보고 싶다.

늘 함께하고 싶어.

그 마음이 간절해진 것은 지난 12월부터였다.

지윤은 정말 크리스마스 때 출장을 훌쩍 떠나 버렸다. 하지만 약속했던 대로 새해는 함께 보냈다. 덕분에 며칠간 눈 밑에 다크서클이 생길 정도로 야근을 해야 했지만.

그 후로도 함께 있을 수 있었던 것은 몇 번 되지 않았다. 가장 긴 시간 붙어 있었던 것은 설날이었는데, 힘들게 시간을 맞춰 함께 스키를 타러 갔었다. 그곳에서 지윤이 운동신경이 없다는 걸 알았다. 몇 번이고 엉덩방아를 찧어 결국 나간 지 얼마 되지 않아 호텔로 돌아와야 했다.

떨어져 있는 시간이 길어짐으로 인해 성준은 불만이 쌓여갔다. 성준에게 있어 인생에서 가장 중요한 것은 지금 당장 행복한 일이었는데, 지윤은 그렇지 않았기 때문이다. 미래 역시 중요하고, 훗날 더 이상 일을 할 수 없게 되었을 때 아무것도 준비해 놓지 않으면 말년이 비참해진다며 계획을 세우는 타입이었다.

두 사람이 결국 합의한 것은 2월에 지윤의 전세 계약이 끝나면서 함께 사는 것이었다. 그렇게 두 사람은 정말 함께 살게 되었고, 두 사람은 바쁜 와중에도 사랑을 하며 지냈다. 집이 구해질 때까지 임시라고는 했지만 성준은 되도록 지윤이 집을 구하지 않길 바라고 있었다.

이대로 함께 있으면 좋을 텐데.

그런 바람으로 지윤이 이 집에서 쭉 눌러 살고 싶은 마음이 들도록 청소도 열심히 했고, 요리 학원에 등록도 했다. 그의 꿈은 어느 순간 '현모양처'가 되었다. 일에 대한 재미는 아직도 찾지 못했고, 지윤과 함께 있는 시간에만 충실했다.

시간이 흘러갈수록 두 사람은 서로에 대해 아주 많은 걸 알아가고 있었다. 성준은 아침잠이 너무 많아 배웅을 해주는 그 행위조차도 엄청 노력하고 있다는 걸. 지윤은 그의 머리를 만지는 걸 좋아해 잠들 때까지 손을 쉼 없이 움직였다.

이젠 서로가 곁에 있는 것이 더 익숙해져 버렸다. 넓은 침대를 홀로 쓰는 일은 도저히 상상할 수 없었다.

오늘도 옆에서 곤히 잠든 그녀를 가만히 바라보며 성준은 봄볕을 즐겼다.

따뜻하다. 지윤의 체온이 따뜻한 건지, 아니면 봄볕이 따뜻한 건지 도통 분간이 되지 않았다.

하지만 상관없었다. 뭐든.

눈도 예쁘고 코도 예쁘고 입술도 예쁜 그녀를 두 눈에 담던 성준이 봉곳 나온 배가 귀엽다는 듯 한참을 바라보았다. 그러더니 갑자기 급한 일이 생긴 사람처럼 벌떡 일어난다.

"아."

지윤의 얼굴을 내려다보던 성준의 표정이 멍하니 변했다. 단단한 무언가로 뒤통수를 힘껏 후려 맞은 표정을 짓던 성준이 조심스럽게 침대를 벗어났다. 그러더니 그가 향한 곳은 굳게 닫혀 있는 방문 앞이다.

한국에 와서 이 방 안으로 들어갔던 것은 궁금해하는 지윤을 위해 문을 열어주고, 자신이 과거에 어떤 일을 했었는지 설명을 해줬던 그때밖에 없었다.

그때도 별 감흥은 없었다. 그저 자신이 과거에 해왔던 흔적 정도로만 생각을 했었고, 다시 이 방문을 열어야 한다는 조급함이나, 절대 열지 않겠다는 다짐을 하지도 않았다.

하나 지금은 어떤가.

성준은 굳게 닫혀 있던 문을 열쇠로 열었다. 이 방의 문을 삼 개월 만에 열었다. 먼지가 뽀얗게 쌓여 있었지만 그는 개의치 않은 채 안으로 들어간다. 먼지는 오히려 빛을 받아 보석처럼 반짝여 예뻤다.

끼이익, 달칵.

문을 닫은 그가 자신만의 세계로 숨어들었다.

표정은 즐거운 일을 앞둔 사람처럼 기대감으로 부풀어 있었다.

*

지친 기색이 역력한 얼굴로 집 안으로 들어온 지윤은 머리 위에서 번쩍이는 센서에 깊은 한숨을 내뱉었다.

힘들다.

손발에 힘이 들어가지 않아 들고 있던 핸드백도 아무렇게나 내려놓는다. 머리는 무거웠고, 침실로 들어가는 것조차 하기 힘들다는 듯 아무렇게나 엉덩이를 붙이고 앉았다.

"죽겠다."

지윤이 자신도 모르게 혼잣말을 내뱉었다.

각오는 하고 있었다. 새로운 곳에서의 적응은 힘들 거라고. 이십대 초반, 아무것도 모르고 회사에 입사했을 때와는 달리 눈에 보이는 것도 많았고, 사람 사이에 지켜야 할 선들도 알고 있었다. 사람과 친해지는 것부터 다시 해야 한다는 게 부담이었음에도 지윤은 이직을 감행했고, 새로 만들어지는 부서에 오길 선택했다.

그러니까 아무리 지치고 힘들어도 이겨내야 한다. 이제와 주저앉을 수는 없지 않은가? 더욱 회사 생활은 힘든 게 당연한 것이다. 자신 혼자 이런 것도 아니니 마음을 잘 다잡아야 한다.

거칠게 머리를 쓸어 올리던 지윤은 어깨에 닿는 커다란 손에 고개를 들었다. 그러자 언제 다가온 것인지 성준이 걱정스러운 기색으로 자신을 내려다보고 있다.

"안 잤어?"

"기다렸지."

짧은 말에 지윤의 입술이 부드럽게 휘어졌다.

"불 꺼져 있어서 자는 줄 알았어."

누군가가 자신의 귀가를 기다린다는 게 이렇게 좋은 건지 몰랐다. 성인이 되어선 곧장 혼자 살았기에 불 꺼져 있는 집이 익숙했고, 사소한 것 하나도 모두 자신이 해야 하는 게 당연했던 삶이었다.

"밥은? 먹었어?"

지윤이 손을 들어 성준의 뺨을 쓰다듬자, 그가 걱정스러운 기색으로 물었다. 이번주 들어 지방 출장을 두 번이나 다녀와야 했던 지윤이었다. 남자라고 해도 지칠 수밖에 없는 일정이었기에 그가 걱정하는 것도 당연했다.

지윤이 울상을 지으며 고개를 저었다.

"못 먹었어. 얼마나 바빴는데. 정말 눈 튀어나오는 줄 알았어."

지윤이 부러 앓는 소리를 하는 것인 걸 알면서도 성준은 그녀의 머리를 툭툭 두드려 주었다.

"일단 밥부터 먹자."

보통 사람이라면 자기 직전에 배가 고파 야식을 시켜 먹는 시간이었다. 하지만 이 시간이 될 동안 일을 하느라 제대로 된 식사 한 끼 못했다.

성준이 겨드랑이 사이에 손을 찔러 넣은 후 번쩍 들어주자 지윤이 다리에 힘을 주어 섰다. 예전엔 삼시세끼 챙겨 먹는 것이 무에 대수라고, 라고 생각을 했었지만 그와 함께 지내면서부터는 제때 챙겨 먹는 일이 많아졌다.

식탁에 앉은 지윤은 자연스레 조리대 앞을 오고가는 성준을 보았다.

"참 많이 변했다."

"뭐가?"

국을 데우기 위해 가스레인지에 불을 켠 성준이 무심히 물었다. 그러자 지윤은 턱을 괴며 웃는다.

"너."

"내가?"

"기억 안 나? 네가 얼마나 음식을 못했는지."

"네가 잘못 기억하는 거야."

성준이 딱 잡아떼자 지윤이 바람처럼 웃었다. 후후, 웃음소리에 고개를 돌린 성준은 '난 처음부터 완벽했어'라고 말했고, 지윤은 좋을 대로 생각하라는 듯 웃었다.

성준이 따뜻한 뭇국과 건강한 거라면 다 넣고 만든 밥을 지윤의 앞에 내려다놓았다. 최근 슈퍼 푸드로 각광받는다는 귀리와 통곡물이 들어 있는 밥을 본 지윤이 숟가락을 들었다.

한술 크게 떠 입에 넣자 고소함이 입안에 가득 퍼졌다. 저녁에 끓인 것인지 소고기가 들어간 뭇국도 깔끔한 것이 입에 맞았다.

지윤이 깜짝 놀란 눈으로 성준을 바라보자 맞은편에 앉아 있던 성준이 '맛있어?'라고 물었다. 지윤이 엄지를 척 올리자 그가 기쁘다는 듯 웃었다.

"이젠 시집가도 되겠어."

"네가 데리고 가든가."

지윤이 장난처럼 말하자 성준이 장단을 맞추며 답했다.

지윤이 놀란 눈으로 그를 바라본다. 두 사람 사이에서 '결혼'은 어쩌다보니 금기어가 되었다. 지윤의 개인사를 알고 난 이후로 성준은 함께 있자는 말은 자주 했지만, 서로의 관계를 서류로 묶고 믿음을 강조하는 관계를 입에 담은 적은 없었다.

어색한 표정으로 고개를 숙인 지윤이 숟가락으로 뭇국을 휘젓는다.

결혼이라…….

예전에야 학을 떼고 싫어했지만 지금은 조금씩 생각이 바뀌고 있었다. 언제까지고 지금 관계를 유지할 수는 없을 터다. 동거를 나쁘게 생각하진 않았지만 주위에서 보는 시선들이 있기 때문이다.

우유부단한 자신의 결정으로 인해 애매한 관계를 이어나가는 것은 그에게도 못할 짓이었다. 성준이 정말 결혼을 하고 싶다고 생각한다면 그에 대해 진지하게 생각을 해보는 것이 배려였다.

"농담이었어. 그렇게 진지한 표정을 지을 필욘……."

"생각해 볼게."

"……뭐?"

"진지하게 고민해 볼게. 그러니까 조금만 기다려 줘."

한보 진보한 답에 성준이 깜짝 놀라 눈을 동그랗게 떴다. 그러더니 자리에서 벌떡 일어나 지윤을 끌어 안는다.

"고마워."

"……아직 결혼하겠다고 이야기는 안 했어. 그리고 프러포즈가 이거야? 이 정도로는 안 돼."

"깜짝 놀랄 거로 준비하고 있어."

"뭐?"

지윤이 묻자 성준은 기대하라는 듯 눈을 빛냈다. 분명 깜짝 놀랄 것이다. 그때 가서 오늘의 말을 후회할지도 모른다. 하지만 성준은 자신의 계획을 철회할 생각도, 마음을 바꿔먹을 생각도 없었다.

*

열린 창문으로 따스한 바람이 불어온다. 완연한 봄이어서 바람은 이불처럼 포근했다.

그림처럼 느껴지는 작업실 안.

하얀 종이가 바람에 휘날려 나부꼈다. 하나 종이의 주인인 성준은 아무렇지도 않게 바닥에 엎어져 있었다. 보통 작업을 할 때면 시체처럼 늘어졌던 것과는 대조적으로 오늘의 그는 아이처럼 순진한 눈망울을 반짝이고 있었다.

성준이 작업실에 들어온 지도 한 달째다. 원래라면 그것보다 더 단기간에 작업을 마쳤겠지만 지윤의 출퇴근 시간에 맞춰 그의 일정도 함께 움직이는 바람에 작업이 더뎌졌다.

하지만 성준은 시간엔 구애받지 않은 채 자신이 원하는 디자인을 완성시키기에 여념이 없었다. 낙서처럼 명확한 형태를 그리고 있지 않던 렌더링이 점차 제 모습을 찾기 시작했다. 대표 컬러인 녹색으로 성준은 텅 비어 있던 공간을 채우기 시작한다. 흑백이었던 디자인이 색을 찾고 화사해진다. 이제껏 그가 추구했던 디자인과는 달리 아기자기한 반지는 한 여자와 잘 어울리는 디자인이었다.

녹색 보석은 귀금속에서 흔히 사용되는 '에메랄드'가 아닌 '알렉산드라이트'였다. 보통 '낮과 밤의 색이 달라지는' 보석으로 유명한 알렉산드라이트는 빛에 따라 색이 달라지는 보석이었다. 평소엔 녹색이지만 빛에 비추면 홍색으로 변하는 보석은 그가 생각하는 이미지에 딱 맞았다.

완성한 디자인지를 바라보던 성준은 약속 시간과 가까워졌다는 것을 깨닫고 자리에서 일어났다. 아침에 일어나자마자 작업에 열중한 덕에 아직 세수도 하지 못했기에 욕실로 들어가는 그의 걸음은 조금 성급했다. 깨끗하게 씻은 후 밖으로 나온 그는 평소와는 달리 서두르는 기색으로 외출 준비를 마쳤고, 거울 앞에 섰다.

머리부터 발끝까지 블랙의 슈트로 갈아입은 모습은 제법 그럴 듯했다. 꽤 유능한 사업가처럼 보이기도 해 믿음을 주는 인상이 되어 있었다.

어색한 손길로 넥타이를 하던 성준이 인상을 굳혔다. 평생 제 손으로 넥타이를 해본 적이 없었으니 맬 수 있을 리가 없다.

이게 그렇게 어려운 거던가?

간혹 넥타이를 매야 하는 상황이 생기면 존이 챙겨주었기에 그가 미간을 살풋 좁혔다. 이내 넥타이를 포기한 그가 셔츠 단추 두 개를 푼 후 완성한 종이를 달랑달랑 들고 집을 나섰다.

그가 향한 곳은 플래티넘 본사였다. 갑자기 모습을 드러낸 성준 때문에 장 실장은 깜짝 놀라 그를 보았다.

"어, 어쩐 일로……."

이미 지윤을 통해 그가 일을 할 마음이 없다는 걸 전해 들었기에 기대감을 완전히 접었던 그녀였다. 그런데 지윤을 통해 의사를 전달받은 지 삼 개월이 지나고 나서 그가 자신의 앞에 나타난 것이다.

그가 장현미 실장을 보며 웃었다.

"다시 일할 재미를 찾으면 가장 먼저 생각해 달라고 하셔서 왔습니다."

"정말요? 진짜요? 김 대리가 성공……!"

현미가 호들갑을 떨자 곁에 있던 디자인실 직원들이 호기심 어린 눈으로 두 사람을 보았다.

"일단 조용한 곳으로 가시죠."

성준의 말에 장현미 실장이 '아, 아아! 그래야죠!'라며 외친다. 룰루랄라, 콧노래를 부르는 그녀는 신이 나 보였다. 그럴 수밖에. 거물이 직접 제 발로 찾아왔는데 어찌 신이 나지 않을 수가 있겠는가.

현미는 성준을를 데리고 외부 미팅실로 향했다. 비어 있는 회의실 안으로 들어간 두 사람은 서로 마주 보고 앉았다.

"신작이에요."

성준이 다짜고짜 종이를 내밀었다. 아직 세부 조율은 되지도 않았는데 무작정 디자인부터 건네는 그를 현미는 벙찐 눈으로 바라보았다.

"디자인 명은 퍼스트. 사실은 지윤으로 하고 싶었는데 화낼 거 같아서 참았어요."

"이걸 우, 우리 회사에서……."

꿀꺽. 현미는 침을 삼킨 후 그가 내민 디자인을 보았다. 아, 이런. 눈이 번쩍 뜨일 만큼 예쁜 디자인이었다.

예쁘고 아기자기한 디자인의 경우 유치해지는 경우가 많았다. 아무리 값비싼 제품이라고 하더라도 귀여운 디자인이면 제값처럼 보이지 않아 손님들이 선호하지 않는 경우가 대부분이었다.

하지만 그가 내민 디자인은 달랐다. 링은 아기자기한 꽃잎으로 되어 있었고, 혹여 뾰족한 디자인 때문에 불편할까 봐 끝엔 작고 귀여운 과실이 달려 있었다. 과실은 다이아몬드였고, 메인 보석은 알렉산드라이트였다. 사람들에게 잘 알려지지 않은 보석이었지만 실상 1급 보석으로 값이 비쌌다.

아, 어떻게 해. 디자인에서 돈 냄새가 나.

현미가 당장에라도 제작에 들어갈 기세로 바라보자 성준은 어색하게 웃었다.

"지윤이가 아무래도 사내 연애는 부담스러워해서요."

이게 무슨? 그럼 회사엔 다니지 않겠다는 말인가? 뭐 이런들 어떻고 저런들 어떠리. 결혼식이 많은 6월이 오기 전 신제품으로 선보인다면 날개 돋친 듯 팔려나갈 게 분명한 디자인이 내 손에 있는데!

프리랜서로 인센티브를 받고 진행을 하든, 아니면 직원으로 채용을 하고 재택을 시키든 그건 그 후에 이야기할 문제였다. 하성준이라면 회사에서 그 어떠한 조건도 다 맞춰줄 준비가 되어 있었으니까.

"비밀로 해주실래요?"

성준의 말에 현미는 힘껏 고개를 끄덕였다. 그러더니 지퍼를 잠그는 시늉을 하며 결연한 표정으로 말한다.

"저 입 무겁습니다."

목에 칼이 들어와도 절대 말하지 않겠다는 듯 현미가 단언하자 성준은 만족한 듯 고개를 끄덕였다. 하나 본론은 거기서 끝나지 않은 것인지 말을 덧붙였다.

"그럼 오늘 지윤이 퇴근 좀 일찍 시켜주세요."

"……예?"

"얼굴 까먹겠어요, 이러다가."

성준의 말에 멍한 표정을 짓던 현미가 이내 거래를 접수했다는 듯 힘차게 고개를 끄덕였다.

"오늘은 칼퇴근 시키겠습니다."

그깟 칼퇴근이 무에 대수겠는가? 예쁜 짓을 한 직원에게 장기간 유급 휴가라도 내주고 싶은 심정이었다.

"자기, 오늘 얼굴 너무 안 좋다."

"그래요?"

지윤이 어색한 웃음을 지으며 얼굴을 쓰다듬었다. 그러더니 아프진 않다며 고개를 내젓는다.

다시 책상으로 고개를 돌린 지윤이 보석 리스트를 체크하는 것에 여념이 없는 것을 보며 현미가 골똘히 생각에 잠겼다.

슬쩍 다가와 갑자기 걱정을 하더니 이젠 떠나지 않는 현미가 지윤의 눈에도 이상해 보였나보다.

"뭐 더 할 말 있으세요?"

"아, 아니. 그게 아니라…… 자기, 이번 주에 출장 많지 않았어?"

"늘 그렇죠, 뭐."

지윤은 심드렁하게 답을 하면서도 쉼없이 손을 움직였다. 디자인팀에서 샘플로 구해달라고 한 유색보석을 모두 구입했는지 확인하는 눈빛은 진중했다. 실수를 하면 전체적인 일정도 틀어질 수 있기 때문이다.

자신으로 인해 다른 사람들에게 피해를 주지 않기 위해 바쁜 지윤의 마음은 모른 채 현미는 속 편한 소릴 했다.

"그래. 그러니까 오늘은 이만 퇴근해."

"네?"

"퇴, 퇴근하라고. 오늘 일은 내일로 미룰 줄 알아야지. 직장인이라면. 자, 어서 가."

"아, 아니. 이건 다 하고……."

"오늘 안 한다고 죽어? 안 죽으면 집에 가."

현미의 말에 지윤이 미간을 좁혔다.

"이거 디자인팀에서 요청한 거라 오늘 다 확인해야……."

"신작 디자인 아마 바뀔 거야."

"예?"

도통 알아들을 수 없는 이야기만 하는 현미를 바라보던 지윤이 결국 자리를 정리하며 자리에서 일어났다.

"김미나 씨가 뭐라고 하면 실장님이 책임지셔야 해요."

"알았어. 알았어."

안 그래도 피곤한 참에 잘됐다 싶었다. 더욱 아침에 배웅을 하던 성준의 모습이 마음에 걸리기도 했다. 휴대전화와 지갑만 챙긴 지윤이 사무실을 나서자 그 뒷모습을 바라보던 현미가 음흉한 웃음을 짓는다.

"아이고, 예쁜 것."

저런 복덩어리가 어쩌다가 내 품에 굴러들어온 것일까? 현미의 얼굴이 기쁨으로 물들었다.

*

뿌연 연기가 마치 안개 같다. 뜨거운 공기가 가득 찬 욕실 안. 지윤은 욕조에 목을 기댄 채였고, 성준은 익숙하게 그녀의 머리를 감겨주고 있었다.

몽글몽글한 거품이 눈 안에 들어가지 않도록 조심스럽게 감겨주던 성준은 지윤의 말에 손을 멈칫했다.

"진짜 이상하지? 그냥 막 퇴근하라고 했다니까?"

"많이 피곤해 보여서 그렇겠지."

성준은 자신은 아무것도 모른다는 듯 뻔뻔한 표정을 지었다. 그가 장현미 실장을 만나 무슨 대화를 나누었고, 어떠한 프러포즈를 준비했는지 예상조차 하지 못한 지윤은 도저히 감이 안 잡힌다는 듯 미간을 좁혔다.

"그런 걸 생각하는 사람이었다면 한 주에 부산 출장을 두 번이나 보내선 안 됐지."

"뒤늦게 양심에 찔린 건 아닐까? 자, 눈 감아."

성준의 말에 말 잘 드는 아이처럼 눈을 감은 지윤이 한숨을 푹 내뱉었다.

"제발 그런 거였음 좋겠다. 안 그래도 조금 한계거든. 김 대리님 오기 전에 과로사할지도 모르겠어."

거품이 적당히 따뜻한 물에 씻겨 내려갔다. 그러자 몸을 일으킨 지윤이 고맙다는 말과 함께 성준의 뺨에 입을 맞춘다.

지윤이 촉촉하게 젖어 있는 것과는 반대로 성준은 옷을 입고 있었다. 처음엔 그저 그녀의 머리만 감겨줄 생각이었지만 가볍게 닿았다 떨어진 입술이 아쉬워서일까. 그가 지윤의 뒤통수를 감싸 쥐며 자신의 쪽으로 잡아당긴다.

두 사람의 입술이 농밀하게 맞춰졌다. 그 자리가 원래 있었던 곳이라는 듯이. 조금의 빈틈도 없이 맞춰졌던 입술이 곧 비스듬히 돌아갔고, 혀가 얽혀들었다.

"으음."

나지막한 신음을 내뱉은 지윤이 입술을 뗐다. 하나 코끝은 여전히 부딪쳐 있다. 속눈썹을 길게 늘어뜨린 지윤이 고개를 들어 성준을 올려다본다. 이러한 감각을 그녀는 잘 알고 있었다. 하나 이곳은 욕실이었다. 관계를 가지기엔 적절치 않은 장소라는 생각에 입술을 깨물었다.

욕조의 물이 미지근하게 식었다. 이제 그만 나가야겠다는 생각에 지윤이 자리에서 일어났다.

촤라락. 지윤의 몸을 감싸고 있던 물방울들이 아래로 낙하한다.

"이만 나가자."

지윤의 말에 그가 고개를 끄덕이는 대신 손을 뻗어 그녀의 목을 커다란 손으로 감쌌다. 지윤의 눈동자가 촉촉하게 젖었다.

"싫은데."

성준이 가벼운 도발을 해왔다. 그러더니 고개를 내려 새하얀 목에 입술을 묻었다. 그가 힘껏 빨아들이자 하얀 도화지 위에 붉은 물감이 후두둑 떨어진 것처럼 자국이 남았다.

"으응."

허리를 비튼 지윤이 쾌감을 담은 신음을 내뱉자 성준의 손이 뼈가 도드라진 등을 타고 아래로 내려갔다. 그가 엉덩이를 한손에 감싸 힘껏 쥐자 지윤의 눈이 커다랗게 떠졌다.

여기서 하자고?

그렇게 묻고 싶었다. 하나 벌어진 입에서 흘러나온 말은 다른 것이었다.

"젖어."

이런 순간에도 옷이 젖을 걸 걱정하다니.

스스로 생각해 봐도 웃긴 말이었다. 차마 그만하라는 말을 하지 못하고 한다는 소리가 고작 그것이었으니까.

성준이 고개를 빳빳하게 든 가뭇한 정점을 손가락 사이에 끼웠다. 고개를 내려 하얀 살덩어리를 입술로 지분거리고 힘껏 빨아 당긴 그가 자신의 흔적을 그녀의 몸 곳곳에 남겼다.

성준의 집착이 그녀의 몸에 붉게 수놓아졌다. 혀를 길게 빼내 파르르 떨리는 몸을 달래듯 핥기도 했다. 느릿하지만 지윤이 흥분하는 지점만 정확하게 빨고 핥아대는 통해 몸은 금세 달아올랐다.

하얀 젖가슴에 이를 박아 넣은 성준은 자신의 머리카락 사이를 파고드는 손가락을 느꼈다. 가볍게 잡아당기는 손길은 그만하라는 것이 아닌 좀 더 바라는 손길이었다.

"으응, 으응……!"

신음성이 커지자 그의 입술이 더욱 노골적으로 변했다.

방금 전까지 따뜻한 물에 몸을 담그고 있어서 그럴까. 아니면 뜨거운 입술이 자신의 몸 위를 노닐어서 그럴까. 순식간에 뜨겁게 달아오른 몸은 아플 정도였다. 그건 손가락이 무방비한 상태로 있던 여성 사이를 파고드는 순간 절정에 달했다.

입술을 짓이긴 지윤이 성준의 어깨에 얼굴을 묻더니 연신 신음을 뱉었다. 몸 안으로 들어왔다가 나가길 반복하는 이물감은 욕망을 부추기기만 할뿐, 아무것도 해소해 주지 못했다.

"하, 하성준……!"

지윤이 비명처럼 소릴 내질렀다. 쾌감은 찾아왔으나 해소가 되지 않으니 고통스러웠다.

찰박찰박! 액이 튀는 소리에 숨이 꼬르륵하고 넘어갈 것만 같았다.

숨을 허덕이던 지윤이 다급한 손을 뻗어 성준의 턱을 움켜쥐었다. 그 뒤 곧장 입술을 찾았다.

쪽. 가볍게 맞춰졌다 떨어진 입술이 또다시 서로를 찾았다. 혀가 뒤엉켰고, 타액이 뒤섞였다. 달큰한 타액에 지윤이 나지막하게 신음을 뱉으며 눈을 질끈 감았다. 늘 그와 관계를 가지면 이런 감각에 빠지고 만다. 내가 아닌 것만 같은…… 내가 이렇게 노골적이고 쾌락을 추구하는 인간이었나, 하는 생각.

지윤이 안달하며 가슴을 그의 몸에 몰아붙였다. 성준의 옷이 그로 인해 젖어들었다. 딱딱하게 일어선 가슴을 제 팔에 문지르는 행동에 성준이 참지 못하고 신음을 내뱉었다.

"으!"

눈앞이 아찔해진 느낌에 그가 지윤의 어깨를 붙잡았다. 이대로 곧장 그녀의 몸에 묻어도 될 만큼 페니스가 꼿꼿이 일어섰다. 바지에 갇혀 답답하게 느껴질 정도였다.

지윤은 자리에 앉아 성준의 바지 버클을 풀었다. 바지와 속옷이 한꺼번에 아래로 내려가고 더 이상 커질 수 없을 만큼 부풀어 오른 페니스가 고개를 까딱였다. 성준은 지윤이 무엇을 하는지 몰라 정수리를 내려다보았다. 두꺼운 페니스를 손으로 붙잡은 지윤은 고민에 잠긴 얼굴로 이를 바라보고 있었다.

무얼 하려고 하는 것일까? 그 생각이 미처 결론을 내리기도 전이었다.

지윤이 페니스를 입에 무는 순간, 평정심이 와르르 무너져 내렸다.

턱이 아플 만큼 커다란 페니스를 입에 문 지윤이 천천히 고개를 움직였다. 말랑말랑하고 보드라운 입속 살결이 그의 페니스를 꽉 조이자 눈앞이 아찔해졌다.

"기, 김지윤…… 그만."

그가 그만하라고 말했다. 하나 그녀는 멈추지 않았다. 페니스 끝에 뿌연 액이 맺혔지만 이를 혀로 핥았고, 터질 듯 팽창한 혈관을 살살 달랬다.

이러단 미쳐 버리는 게 아닐까.

성준은 그런 생각을 했다. 뿌리부터 가장 머리 부분까지 길게 핥는 순간 숨을 왈칵 토하면서 그는 정말 미칠지도 모른다는 결론을 내렸다.

성준의 몸이 움찔 떨리자, 페니스를 쥔 지윤의 손에 힘이 들어갔다. 두꺼운 페니스 때문에 입을 완벽하게 다물 수가 없어 타액이 흘러내릴 땐 힘껏 빨아 당기기도 했다.

그 순간 페니스에 강렬한 쾌감이 전해지자 성준의 눈이 질끈 감겼다. 지윤이 복수를 하는 것이라고 생각했다. 그래서 이런 끔찍한 쾌감을 자신에게 안겨주는 것이라고. 그와 동시에 남자는 희뿌연 액을 그녀의 입안에 가뜩 쏟아버렸다.

지윤이 정액을 뱉어내며 그를 올려다보았다. 페니스는 한 번 사정을 했음에도 여전히 고개를 쳐들고 있었다. 그 모습을 내려다보던 그가 손을 뻗어 지윤을 일으켜 세웠다.

욕실 벽에 팔을 지탱한 지윤이 엉덩이에 비벼지는 커다란 존재감에 숨을 들이켰다. 그리고 들이켠 숨을 내뱉기도 전에 커다란 이물감이 몸을 가르고 안으로 힘껏 들어왔다.

"아앙!"

날카로운 소리가 욕실 안을 가득 채웠다. 힘껏 안으로 들어온 강렬한 쾌감으로 인해 지윤의 눈빛이 흐려졌고, 허리가 휘었다. 하나 성준은 괴로움에 가까운 표정을 짓고 있었다.

지윤은 여전히 좁았다. 더욱 자세 때문인지 평소보다 훨씬 옥죄는 감각에 엉덩이를 쥐고 있는 손에 힘이 잔뜩 들어갔다.

"으윽."

고통에 찬 신음을 내뱉은 그가 좀 더 힘을 주어 그녀의 안으로 들어갔다. 그리고 뿌리 끝까지 안으로 들어가는 순간 만족스러운 신음을 내뱉었다.

간헐적으로 몸을 떨던 지윤이 꺽꺽 숨을 내쉬었다. 하지만 지윤은 마치 고통을 즐기는 사람처럼 허리를 비틀어 몸을 움직였다.

"좀 더, 좀 더……."

지윤이 애원을 한다. 젖가슴이 욕실 벽에 짓눌린 와중에도.

그러자 그가 허리를 크게 움직여 밖으로 나왔다가 다시 깊이 파고들었다. 이로 인해 지윤은 마치 거대한 파도를 만난 것처럼 휩쓸렸다.

힘없이 늘어진 지윤을 번쩍 안아든 그가 욕실 밖으로 나왔다.

뜨거운 열기 때문일까. 아님 정신없이 몰아붙인 자신 때문일까. 지윤이 기절하듯 잠들어 버렸다.

조심스럽게 지윤을 침대에 눕힌 성준은 혹 지윤이 감기에 들까 싶어 두꺼운 이불을 목까지 덮어주었다. 그러더니 촉촉하게 젖은 머리카락을 손으로 쓸어 넘겨주었다.

"김지윤……."

언제까지 날 미치게 만들 작정이야?

그가 조금은 곤란하다는 듯 지윤을 바라보더니 이내 그 옆에 자리를 잡고 누웠다. 지윤에게 팔베개를 해주자 그녀는 자연스럽게 몸을 돌려 성준의 가슴으로 파고들었다.

"으음."

잠결에 내는 소리에 그가 지윤을 내려다보더니 이내 어깨를 끌어안았다.

내일, 지윤이 자신에게 어떠한 답을 내려줄지 아직도 감이 서질 않았다. 자신이 준비한 이벤트에 긍정적인 답을 해주길 바라며 그가 잠을 청했다.

*

새로운 신제품 후보에 새 디자인이 걸렸다.

"와, 이 디자인 뭐예요? 대박인데요?"

"옆에 유색 보석 보이지? 컬러까지 디자이너가 직접 선택하겠대."

"누가 했어요? 민아 씨? 정아 씨? 아니, 아니다. 좀 더 심플한 거 보면……."

디자인팀이 소란스러워졌다. 새로 내걸린 디자인 때문이었다.

디자인은 이제껏 플래티넘에선 볼 수 없었던 스타일이었다. 한국에서 값비싼 주얼리를 구입하는 경우는 대부분 결혼 때문이었다. 덕분에 웨딩 주얼리를 생각해서 심플한 것들이 대부분이었는데, 이번에 신작으로 선정된 디자인은 이와는 거리가 멀었다.

"와. 이거 알렉산드라이트예요?"

디자인팀 막내가 깜짝 놀란 듯 디자인지 옆에 적힌 글자를 읽으며 물었다.

알렉산드라이트라니. 깜짝 놀라지 않을 수가 없었다. 이 보석은 한국에서는 선호하지 않는 것이기 때문이었다.

물건은 다이아몬드 뺨따귀를 치는데 잘들 모르니 이를 선호할 리가 없지 않은가. 한국 사람들은 대부분 값을 치르면 그만큼의 값어치를 하길 바랐다. 다른 사람들이 모르는 보석을 구입해 봤자 인정을 받지 못하니 이를 기피하는 경우가 많았다.

"그래. 특이하지?"

"특이하긴 한데, 너무 모험이지 않을까요? 값은 비싼데 사람들은 잘 모르니까……."

"지금 이 디자인을 보고서도 그런 말이 나와? 이건 무조건 팔려!"

장 실장이 언성을 높이자 다른 사람들 역시 공감한다는 듯 고개를 끄덕였다. 디자인은 척 보기에도 너무 예뻤다. 링 부분에 디자인이 가미되어 있어 일상생활에선 조금 불편할지도 모르나 예쁜 디자인 때문에 여기까지 생각하는 이들은 극히 드물 것이다. 독특한 데다가 예쁘니 어찌 안 팔릴 수가 있겠는가.

밖이 소란스러워지자 안에 있는 사무실에 있던 지윤이 슬쩍 나와보았다.

알렉산드라이트? 또 그런 신박한 보석을 누가 선택했단 말인가!

지윤이 빠르게 걸음을 옮겨 새로운 신제품 후보를 보았다. 새 디자인은 예뻤다. 한눈에 너무 마음에 들어 제품으로 나온다면 자신도 직접 구입하고 싶을 지경이었으나 문제는 다른 곳에 있었다.

"이건 너무 많이 팔리면 곤란한데요……."

"김 대리, 그런 행복한 고민은 나중에 해."

"나중에 하고 싶어도 제 마음은 그렇지가 않은데요?"

안 그래도 값비싸고 희귀한 보석이었다. 국내에선 선호하지 않는 보석이라 구하기도 힘들 것이다.

이 스톤은 또 어떻게 구하나. 이 바닥에서 오래 굴러먹다 보니 디자인은 척 보아도 잘 팔릴 것처럼 보았다.

"보석을 다른 걸로 바꾸면 안 돼요?"

"안 돼. 디자이너가 꼭 이 보석이어야 한대. 이건 좀 사견이긴 한데, 프러포즈 반지라고 하더라고. 그래서 꼭 그 사람의 이미지여야 한다고."

지윤은 그런 사적인 일을 여기에 끌어오지 말라고 신랄하게 까주고 싶었다. 하지만 그래선 안 된다. 그 사람의 결정 하나로 자신의 일 년 일정이 결정될지도 모르니까.

디자이너를 설득하는 게 제 신상에 이롭다는 생각에 '누구 디자인이에요?'하고 물었다. 그러자 장 실장은 슬쩍 지윤의 눈치를 보더니 이내 웅얼거리듯 답한다.

"이번에 새로 올 디자인 팀장."

"새로 오는 팀장님이 있어요?"

디자인팀 역시 이에 대해선 처음 듣는다는 듯 놀란 표정들이었다.

"어? 그런 이야기 못 들었는데요?"

"이번에 갑자기 결정됐어."

갑자기라. 고개를 끄덕이던 지윤이 장 실장을 보았다. 그러자 그녀가 눈치를 슬금슬금 본다. 마치 죄라도 지은 사람처럼.

"서, 설마……."

지윤이 그녀를 보며 숨을 와락 뱉었다. 성준의 작업실 문이 열렸다는 걸 그녀도 알고 있었다.

다시 일할 마음이 생겼구나.

그런 생각을 이틀 전에 했었다. 하지만 무얼 디자인하고 있는지, 어떤 회사에 들어갈 건진 묻지 않았다. 그가 먼저 말해줄 때까지 기다려야겠다는 생각을 했으니까.

하지만 미리 물어볼 것을 그랬다. 이런 엄청난 서프라이즈를 당할 줄 알았다면!

지윤은 문이 열림과 동시에 회사 임원과 함께 들어오는 성준을 보았다. 자신의 생각이 확신으로 바뀌는 순간이었다.

아, 지저스!

눈앞이 아득해지는 기분에 지윤은 자리에서 비틀거렸다.

"어? 마침 오시네."

장 실장의 말에 사람들의 시선이 그에게로 향했다. 하지만 단 한 명. 지윤의 시선만이 아래로 내리꽂힌다.

"안녕하세요, 하성준입니다."

하성준 맞네. 내가 헛것을 보고 있나 했더니. 정말 그 인간이 맞아.

어쩜 이렇게 중요한 문제를 상의 없이 결정할 수 있냐며 따지고 싶기도 했다. 하지만 공과 사는 분명히 구분하자며, 일이 많은 것도 이해하라고 떠들어댔던 게 바로 자신의 조동아리였다.

그때 두고 보라고 했던가? 지윤이 미간을 좁힐 때였다.

"잘 부탁드립니다."

성준의 인사에 지윤이 눈을 번뜩였다. 그러더니 다시 디자인지를 바라본다.

이 디자인을 하성준이 했단 말이지? 이렇게 골치 아픈 보석으로 선정한 것 역시 이 인간이고!

지윤이 이를 버득버득 갈고 있는데 성준이 걸음을 옮겨 그녀에게 다가왔다. 그러더니 난생 처음 보는 사람처럼 예의바르게 웃으며 말했다.

"제 다자인이 마음에 드시나 봐요. 한 사람을 위해 디자인한 건데."

이미 지윤은 성준의 말 따윈 귀에 들어오지 않는 표정이었다.

First.

처음을 마지막으로 만들고 싶다는 남자의 애정이 담겨 있다는 걸 모른 채.

에필로그

하성준.

그 이름을 떠올릴 때 가장 먼저 떠오른 것은 늘 파스텔 빛깔의 따뜻한 색이었다. 진하진 않지만 자극적이지 않았고, 늘 포근한 생각이 드는 색감들. 하나 그 아이를 다시 만나고 나서 내 생각은 180도 뒤바뀌었다. 다시 만난 그 아이를 보았을 때 파스텔 색은 강렬한 원색들로 바뀌었다.

옆에서 곤히 잠든 하성준을 바라보는 시선엔 여전히 애정이 묻어났다.

아주 어릴 적에 만난 아이는 지금도 제 곁을 지키고 있었다. 그 오랜 시간을 함께 보내진 않았지만 앞으로의 시간은 평생 붙어 있을 터였다.

손을 뻗어 아무렇게나 펼쳐진 성준의 손에 제 손을 겹쳐보았다. 똑같은 한 쌍의 반지가 예쁜 색감으로 반짝였다.

이제야 겨우 이 아이의 손을 붙잡는 것이 어색하게 느껴지지 않았다. 아니, 이젠 이 손을 잡지 않는 것이 어색할 지경이다.

앞으로 이 아이와 함께 그려가는 미래는 어떠한 것일까.

평온한 마음으로 그 미래를 꿈꿔보았다.

다정하고 예쁜 미래를.

외전

왜 졸업식은 항상 이 요란한 이벤트 날과 겹치는 것일까. 성준은 신발장을 열자마자 쏟아지는 상자들을 보며 미간을 좁혔다. 짜증이 울컥 솟았지만 얼굴에 비친 감정은 없었다.

무표정한 얼굴로 바닥에 떨어져 나뒹구는 종이 상자를 보며 한숨을 푹 내뱉었다. 그냥 무시해 버리고 싶었지만 주위에 보는 시선이 너무 많았다. 여자가 한을 품으면 얼마나 피곤해지는지 잘 알고 있는 성준은 친절하게 종이 상자를 주웠고, 이내 가방 안에 대충 욱여넣었다. 다 넣을 수 없어 몇 갠 손에 들어야 했다.

하지만 이날의 특별 이벤트는 지금부터 시작이었다. 복도를 걷는 성준에겐 다소 집요하게 느껴지는 시선들이 닿았고, 개중에

선 오늘 큰 일 낼 것처럼 다부진 표정을 짓는 소녀들도 있었다.

학교의 인기 스타.

아직 덜 자란 열다섯 살 소년이었지만 또래에서 그는 그렇게 통했다. 성적은 일렬로 세우면 늘 제일 앞이었고, 운동을 잘하는 것도 모자라 얼굴 또한 잘생겼으니 어찌 이 소년에게 빠져들지 않을 수가 있겠는가. 어른들이 보기엔 아직 어리기만 한 성준이었지만 또래의 눈엔 한없이 멋있게만 보였다.

복도를 걸어 교실까지 걸어오는 동안 성준의 손엔 두 개의 초콜릿이 더 늘어났다. 이렇게 많은 걸 다 먹을 수도 없을 텐데 센스가 없는 소녀들은 이벤트 날에 맞춰 초콜릿으로 준비를 했고, 성준은 자리에 앉는 순간 난감하다는 듯 한숨을 쉬었다. 서랍장에서도 세 개의 초콜릿이 더 나왔다. 이 정도면 고문에 가까웠다.

'이걸 다 어쩌나.'

성준은 편지와 함께 포장이 된 서른 개가 넘는 초콜릿을 보았다. 집으로 가져가면 달콤한 맛을 좋아하는 어머니가 먹겠지만 다 들고 갈 수도 없는 양이었다. 쓰레기통에 버릴 수도 없어 난감하던 차에 곁에서 감탄사 어린 말이 들려왔다.

"와. 인기 많은 건 알았는데 이 정도일 줄은 몰랐다."

앤 누구지?

눈을 동그랗게 뜬 단발머리 소녀는 낯이 익었지만 정확하게 이름조차 모르는 아이였다. 하나 지금은 그게 중요한 것이 아니었다. 그가 잘되었다는 듯 책상 위에 있던 초콜릿을 대충 팔로 쓸어 소녀의 책상 위로 밀어놓았다.

"너 다 먹어."

"……뭐? 이걸 다?"

"어."

짧은 답에 소녀가 난감하다는 듯 성준을 보았다. 소녀 역시 자신에게 닿은 따가운 시선을 느꼈기 때문이다.

개중에 초콜릿을 건넨 아이도 있을 거라 소녀는 자신의 책상에 침범한 상자를 슬쩍 밀어낸다. 이 일로 왕따를 당하긴 싫었다.

소녀가 고개를 젓자 성준이 미간을 좁혔다.

"그럼 이걸 나보고 다 먹으라고?"

"너 좋아하는 애들이 준 거잖아. 성의를 봐서 먹는 척이라도 해야지."

그 말인 즉 너 다 먹으란 말이었다. 성준이 거침없이 손을 뻗어 상자 하나를 북북 뜯는다. 그러더니 비싼 돈을 주고 구입했을 것 같은 수제 초콜릿 하나를 입에 넣었다.

윽, 달다. 소년이 미간을 좁히면서도 몇 개를 더 먹었다.

너무 달아서 머리가 핑핑 돌 정도였지만 소년은 한동안 앞서 했던 행동을 반복했다. 입안을 가득 채운 초콜릿이 녹으면 또 먹었다. 계속계속 먹었는데도 줄지 않는 초콜릿을 원망스러운 눈으로 보면서도.

"너 뭐 해?"

"다 못 들고 가니까 먹어야지."

"응? 어?"

"너도 도와줘."

그가 새로운 초콜릿 상자를 뜯었다. 그래봤자 이제 겨우 하나 다 먹었을 뿐이다. 앞으로 서른한 개가 남았다는 생각을 하며 소녀이 막 두 번째 초콜릿을 입에 넣었을 때였다.

"넌 이 시선이 느껴지지 않니?"

"느껴져. 그러니까 눈앞에서 먹는 거야. 생각 없이 주는 초콜릿이 어떠한 결과를 불러일으키는지 저 애들도 알아야 하니까."

그러면서 우적우적 초콜릿을 씹는 성준을 보며 소녀가 헛웃음을 뱉었다. 표정으로 '이 돌아이는 뭐지?'라고 말하는 것 같았다.

하나 소녀는 돌아이를 감쌀 만큼 착한가 보다. 그의 책상 위에 있는 초콜릿을 하나 까서 입안에 쏙 밀어 넣는다.

"달다."

당연한 말을 내뱉은 소녀가 이번에도 초콜릿을 하나 더 까 입에 밀어 넣었다. 양 볼이 음식을 저장한 다람쥐처럼 빵빵해지기 시작했다. 그 모습이 웃겨 성준은 속으로 웃음을 삼켰다.

"너 이름이 뭐야?"

그래서 순간 충동적으로 물었다. 소녀의 이름이 궁금해졌으니까. 학생이라면 으레 달고 다녀야 하는 명함이 가슴에 달려 있었음에도 부러 볼 생각을 하지 않은 채.

그러자 소녀가 조금은 상처 받은 얼굴로 성준을 보았다.

"뭐야. 내 이름도 몰랐어? 작년에도 같은 반이었는데."

중학교 삼 년 중에 이미 이 년을 함께 보낸 사이인데 너무하지 않냐는 표정이었다. 하나 성준은 멍하니 소녀를 보았다.

작년에도 같은 반이었던가?

"짝도 세 번이나 했어."

사과를 해야 할 타이밍인 것 같았다. 그래서 하려 했다. 하지만 소녀가 한 발 빠르게 고개를 절레절레 젓더니 이해한다는 투로 말을 이었다.

"넌 정말 친구들한테 관심이 없더라."

관심을 가져야 하나? 고개를 기울이던 성준이 이내 고개를 저었다.

"아니야."

"뭐? 아니라고? 설마."

소녀가 기가 차다는 얼굴로 성준을 보았다. 하지만 성준은 거짓말을 하지 않았다는 표정이다.

방금, 그 친구에게 관심이 생긴 찰나니까.

"내 이름은 김지윤이야."

김지윤. 김지윤.

몇 번이고 소녀의 이름을 속으로 되뇐 성준이 진심이 그득한 목소리로 말했다.

"내년에도 같은 반이 됐음 좋겠다."

"됐어."

소녀는 알아차리지 못한 모양이지만.

*

3월 2일.

학교생활 중에서 가장 긴장되는 하루다. 혹 친한 친구와 반이 갈리면 어떻게 하나, 긴장된 얼굴로 반 앞을 서성이던 아이들이 자신의 이름을 찾은 후 안으로 들어온다. 어떤 아이들은 울상이었고, 어떤 아이들은 기쁜 표정으로 친구들과 함께 안으로 들어온다. 반 배정에 따라 아이들은 각양각생 다양한 표정을 지었다.

저마다 짝을 짓고 앉아 있던 아이들은 중3 생활을 어떻게 보내야 할지 걱정 어린 얼굴로 대화를 나누었다. 내년이면 인생에서 가장 중요한 고등학교에 진학하게 되니 성적관리 잘 하자는 말들이 대부분이었다. 개중에선 지윤도 있었다.

평범한 성적이었고, 미래 또한 딱히 정해놓은 것이 없었기에 지윤은 과학고를 목표로 하는 친구에게 장단을 맞춰주었다. 늘 반에서 1등을 하던 아이가 올해는 그러지 못할 것 같다며 괜스레 우는 소리를 할 때였다.

"나 화장실 좀."

"응, 얼른 다녀와."

드디어 썩 흥미롭지 않은 대화에서 벗어날 수 있다는 생각에 지윤의 표정이 밝아졌다. 친구는 곧장 뒷문을 통해 다른 친구와 함께 화장실로 향했다.

하지만 뒤늦게 혼자 남았다는 생각에 지윤이 어색한 표정을 지었다. 무엇 하나 홀로 하는 것보단 무리에 섞여야지 안정을 찾는 나이였다. 다른 아이들에게 떠밀려 혼자가 되는 것이 가장 무서운 나이.

언제 오려나? 방금 전까지만 해도 친구가 화장실에 간 것에 조금은 기뻐했던 소녀지만 이내 뒷문을 힐끗거리며 아이들이 돌아오길 기다릴 때였다. 앞 교실 문이 열리는 소리와 함께 소란스러웠던 교실에 무거운 침묵이 내려앉는다.

누가 왔기에 다들 이런 반응이야?

소녀가 선망 어린 눈으로 앞을 바라보는 이름 모를 친구들을 보았다. 그러다 곧 그 시선이 자신 쪽으로 향했다는 생각에 고개를 기울인다.

뭐지? 왜 저렇게 보는 거지? 놀란 눈으로 자신을 바라보는 시선들에 지윤이 의문을 느낄 때였다.

"또 같은 반이네?"

"어?"

성준이었다. 무심한 표정으로 자신을 내려다보는 아이는 친숙하게 말을 건네고 있었다.

"옆에 자리 비었지?"

"아, 아니…… 치, 친구가 이미 앉았는……."

지윤의 말에도 성준은 관심 없다는 듯이 자리에 앉은 후 책가방을 책상 위에 올려놓았다. 그러더니 밤새 잠을 자지 못했다는 듯 곧장 눕는다.

지윤이 당황스러운 눈으로 성준을 보았다.

얘가 갑자기 왜 이래? 소녀가 어떤 반응을 보여야 할지 몰라 우물쭈물할 때였다. 감겨 있던 두 눈이 뜨이더니 이내 검은 눈동자가 지윤을 향했다.

“왜 그렇게 봐?”

“거기 친구 자리야.”

“응.”

짧은 답과 함께 성준이 다시 눈을 감았다.

아니, 거기 내 친구 자리라니까? 그렇게 다시 한 번 말을 하려던 찰나였다.

“내가 그 친구 할래.”

어떤 답을 해야 할지 모를 말에 지윤이 미간을 좁혔다. 하나 이와는 배반되게 심장이 빠르게 뛴다. 소녀의 뺨이 복숭아색으로 물들었다. 괜한 기대감에.

화장실에 갔던 친구가 돌아와 자신의 자리에 앉은 성준을 보았다. 하지만 자신의 자리를 빼앗은 사람이 하성준이기 때문일까 별말 없이 바로 뒷자리에 앉더니 지윤의 등을 콕콕 찔렀다.

“뭐야?”

친구의 물음에 지윤 역시 성준이 왜 그 자리에 앉았는지 모르겠다는 듯 고개를 내저었다. 하성준은 늘 속을 알 수 없는 행동만 하는 아이였으니까.

첫 수업을 하는 날이어서 그럴까. 선생님들은 대부분 자신의 소개를 했고, 일년 동안 배울 내용을 간단하게 설명을 해주는 것으로 대부분의 수업 시간을 보냈다. 체육 시간도 마찬가지였다.

교과 내용을 배우기보단 첫째 날이란 이유를 들어 남자아이들은 축구를, 여자아이들은 피구를 하게 되었다.

공만 주어도 실컷 놀 수 있는 남자아이들은 금세 두 팀으로 나뉘어 운동장을 뛰어다니기 시작했다. 하나 여자아이들은 피구를 하는 대신 남자아이들이 축구하는 것을 구경하고 있었다.

"와!"

운동장 중간에서 공을 받은 성준이 상대의 골대로 힘껏 뛰어가자 여자아이들 사이에서 감탄사가 터져 나왔다. 그 사이엔 지윤도 있었다.

지윤은 남자아이치곤 다소 긴 머리카락을 휘날리며 공을 차고 있는 성준을 바라보았다. 너무나 당연하게 느껴질 만큼 성준은 손쉽게 골을 넣었고, 이내 같은 편 아이들과 기쁨을 나누었다.

"하성준 진짜 멋있지 않니?"

밸런타인데이 때 초콜릿을 주었던 같은 반 친구가 그렇게 말하자 다른 아이들도 이내 동조하기 시작했다. 늘 주목을 받는 아이였기에 모두 그 말에 토를 달지 않았다.

짧은 기쁨 후에 성준의 시선이 자신에게 향한 것 같다는 생각을 하는 순간, 성준이 지윤에게 달려와 그녀의 앞에 멈춰서 숨을 몰아쉬었다.

"봤어?"

"어?"

"나 골 넣는 거 봤냐고."

이마에 맺혀 있는 땀방울이 뺨을 타고 아래로 또르르 흘러내렸다. 숨은 거칠었지만 성준의 말은 또렷이 알아들을 수 있었다.

지윤이 어색한 표정을 지으며 고개를 끄덕였다. 주위에 있던 같은 반 여자아이들이 저를 바라보는 시선이 느껴졌다.

얘가 진짜 왜 이래?

고갯짓에 성준이 다시 운동장으로 돌아가자 지윤의 표정이 어색하게 굳어졌다. 정말 알다가도 모를 일이었다.

"너 하성준이랑 친해?"

아직 친하지 않은 같은 반 여자아이가 질투가 가득한 얼굴로 묻자 지윤은 답을 하는 대신 턱부터 긁었다. 그러더니 이내 고개를 끄덕인다.

"아마도 그런가 봐."

애매한 답이었지만 지금은 그게 아니라면 딱히 할 말이 없었다. 그 아이의 시선 끝에 자신이 있는지 몰랐으니까.

fin.

작가후기

안녕하세요, 정이연입니다.

드디어 〈첫사랑이에요〉를 세상 밖에 내놓을 수 있어 무척 기쁩니다.

이 글은 〈안아줘〉와 〈도파민 주의보〉보다 먼저 쓰인 글입니다.

중간에 몇 번이나 이 글을 쓰다가 멈췄을 때, '아. 〈첫사랑이에요〉는 나와는 맞지 않는 글이구나'라는 생각을 했었거든요. 이대로 이 글을 덮는 게 맞는 것이란 생각을 했던 것도 몇 번이었는데, 결국 이렇게 완성시킬 수 있게 되었습니다. 첫 집필 시기를 보니까 작년 2월이네요. 참 길고도 길었던 시간입니다.

오랫동안 기다려 주신 청어람 관계자님께 이 자리를 빌어 다시 한 번 감사의 인사를 전하고 싶습니다.

청어람과 함께한 두 번째 작품입니다.

세세한 부분까지 신경 써주신 담당자님과 표지 디자이너님께 감사의 인사 전합니다.

그리고 마지막 페이지를 보고 계실 독자님들, 이 글이 무사히 완결될 수 있도록 응원해 주신 그녀의 서재 독자님들과 작가님들께도 감사의 인사 전합니다.

정이연 올림.

Hidden track

살벌한 분위기에 직원들은 꿀 먹은 벙어리로 두 사람을 번갈아보았다. 이 자리는 2018년, 첫 컬렉션을 선보이기 위해 들어간 제작 회의였다. 각 팀의 부처 사람들은 모두 참여해 새로운 바람을 불러일으킬 디자인의 모든 걸 결정하는 자리였음에도 불구하고, 모두들 두 사람의 눈치만 보고 있었다.

실버 반지를 낀 지윤이 성준을 힘껏 노려보았다. 일 년 내내 개와 고양이처럼 다투던 두 사람은 올해의 마지막 또한 핏대를 세우는 것으로 마무리 할 모양이었다.

"못 구한다고요! 어떻게 다음 달까지 캐럿과 색상을 맞춰서 이천 개나 구해요! 팀장님도 아시잖아요. 유색 보석은 미세하게 색상이 다 다른 거."

"알죠, 당연히."

지윤이 열을 내며 언성을 높이는 것과는 달리 성준은 무심한 어조로 읊조리듯이 말한다. 심드렁한 표정에 더 열이 뻗쳤다.

이 인간을 그냥! 지윤이 당장 성준의 목을 졸라 버릴 듯 바라보며 말했다.

"저 괴롭히시려고 그러는 거죠. 맞죠?"

"설마요."

"팀장님!"

지윤이 들고 있던 파일로 책상을 내려쳤다. 그러자 그가 고개를 팩 돌려 버린다. 이건 뭐, 아이들 다툼이나 다름이 없었다.

이런 두 사람을 보고서 누가 연애를 한다고 의심이나 할까. 일 년 동안 아슬아슬한 비밀 연애를 유지하고 있었지만 만나기만 하면 항상 이런 상태였다.

차라리 다른 사람 눈을 속이기 위해 이러한 것이라면 이해라도 했다. 하지만 두 사람은 일에 있어서만큼은 항상 열의를 다해 전투적으로 싸웠고, 거짓이 아닌 진심이었다.

사랑은 하지만 일에 있어선 항상 양극단에 서 있는 둘이었다.

"정확히 반년 진에 있었던 일 기억 안 나세요?"

지윤이 6월에 있었던 일을 떠올려 보라고 말했다.

6월.

그 달엔 대란이 있었다. 모두 성준이 처음으로 선보인 'First'

때문이었다. 평소엔 잘 알지도 못하는 보석을 값비싼 돈을 척척 내고 산다는 사람이 왜 이렇게 많은지. 거기에 그 디자인으로 인해 다른 곳 또한 영향을 받아 죄다 알렉산드라이트가 메인이 된 제품을 선보인 덕에 지윤은 발등에 불이 떨어져 국내는 물론이고 해외까지 떠돌아 다녀야 했다.

그런데도 기일에 스톤을 구하지 못해 주문을 한 후에 세 달을 기다려야 제품을 받을 수 있는 사태가 일어났다. 그 일로 위에서도 그녀에게 경고를 내렸던 터라 이번만은 쉬이 넘어가 줄 수 없다는 듯 지윤이 눈을 부릅떴다. 물론, 성준에겐 씨알도 먹히지 않았지만.

"그건 잘 기억이 안 나네요."

아아. 혈압이 오르자 지윤이 이마를 손바닥으로 감쌌다.

이래서 존이 성준에게 으르렁거렸구나. 부하 직원인데도 상사의 등을 감정을 실어 후려 팼구나. 이제야 그의 마음이 이해되었다.

"팀장님의 디자인이 대히트를 친 덕분에 전 국내 유색 보석 도매상을 모두 돌아다녀도 모자라서 인도까지 날아갔었어요."

"아."

이제야 기억이 난다는 듯 그가 짧게 대답을 하자 지윤이 미간을 좁혔다. 이제 기억이 났으면 제발 이 디자인에 쓴 '밀키쿼츠' 따윈 치워달라고.

하지만 성준은 지윤의 바람과는 달리 능글맞게 웃었다.

"그때 김 대리님 덕분에 즐거운 휴가를 즐겼었죠."

회사엔 비밀이었지만 그 휴가를 둘이 떠났었다. 지윤의 얼굴이 새빨갛게 달아올랐다.

"이번에도 휴가를 받을 수 있으면 좋겠군요."

"팀장님!"

"왜요?"

무슨 말을 해도 통할 것 같지가 않자 지윤이 기운이 빠진 얼굴로 푸스슥 자리에 앉았다.

드디어 끝났나? 직원들이 서로 눈치를 보았다. 1차전이 이렇게 끝나나 싶어서.

하지만 지윤은 이번엔 회유책을 쓰기로 한 모양인지 기운 없는 목소리로 읊조리듯 말했다.

"두 달은 죽어도 안 됩니다. 세 달 시간 주세요."

제발 봐달라고. 그 정도는 시간을 줘야 그 망할 밀키쿼츠를 사이즈대로 구할 수 있다고.

하지만 이게 그가 원하는 답이었나 보다. 그가 손바닥으로 테이블을 가볍게 탁, 내려치며 웃었다.

"그럼 세 달로 결정. 아무도 이의 없으시죠?"

둘이 북치고 장구 치고 다 하더니 이의가 있을 리 없다. 모두들 얼떨결에 고개를 끄덕이자 그가 상큼하게 웃으며 자리에서 일어났다.

"그럼 오늘 회의는 여기서 마치겠습니다."

가볍게 떠나는 성준의 뒷모습을 보며 지윤이 이를 으드득 깨물었다.

"저 망할 자식…… 귀신도 안 물어갈 자식, 나쁜 노무 시키!"

지윤이 육성으로 욕을 내뱉자 곁에서 눈치를 보던 장 실장이 슬쩍 다가와 그녀의 어깨를 툭 두드렸다.

"자기, 자기가 참아. 어?"

사무실에서 두 사람의 관계를 유일하게 알고 있는 장 실장이 먼저 떠나 버린 그와 그녀를 번갈아 보며 달래듯 말했다. 이러다간 일을 떠나서 한 커플이 이 자리에서 끝장날 판이었다.

"오늘 성격 좋은 김 자기는 뾰족뾰족한 가시를 세우고 있을 테니 혼자 있게 해주세요."

장 실장이랑 김 대리가 모두 '자기'라 불러서 지윤은 사무실 안에서 '김 자기'로 통했다. 덕분에 성준도 아무 때나 자기라고 하며 그녀의 속을 뒤집고 있었다.

'아, 회사를 옮길 때가 됐어.'

지윤이 울상이 되어 힘없이 자리에서 일어났다.

"잠시만 바람 좀 쐬고 올게요."

"그래. 알았어."

이번엔 김 대리가 고개를 끄덕였다. 그녀가 오면 일이 좀 줄어들 줄 알았더니. 성준이 들어온 덕에 정말이지 눈 코 뜰 새 없이 바빴다.

그래. 다 잘난 남친 때문이다. 일복이 터져 버린 건.

힘없이 걸음을 옮긴 지윤이 엘리베이터를 타고 옥상으로 향했다. 벤치에 털썩 주저앉은 지윤이 아직도 분이 풀리지 않는 얼굴로 어디론가 전화를 걸었다.

얼마 지나지 않아 존이 전화를 받았다.

[이 시간에 무슨…….]

한창 자고 있을 시간이란 걸 알면서도 속이 뒤집어져서 가만히 있을 수가 없었다. 그와 이런 식으로 언성을 높일 때면 존에게 전화를 해 항상 같은 말을 앵무새처럼 반복했다.

「존, 하성준 저 인간, 당장 데려가요! 트윈에서도 아직 기다린다면서요! 당장 수거해 가주세요!」

저 인간을 제발 치워달라고. 아주 먼 장거리 연애도 좋으니 제발 제 일터에서 사라지게 해달라고.

이에 대한 답은 늘 같았다.

[……싫어.]

「존!」

지윤이 거의 울 듯이 외쳤다. 하지만 되돌아오는 것은 냉혹한 목소리다.

[당신 거니까 당신이 책임져. 하루 이틀도 아니고 이게 뭐야? 준, 성격 알잖아. 당신이 이반 숙이고 들어가. 일까지 끌어들인 거 보면 아주 치졸한 상태가 된 건데 그럴 때면 아무도 못 말려.]

「……그럴수록 더 점수 까먹는 건 모르나 봐요.」

[준이 그렇게 고등 생물은 아니지.]

좀 더 살살 구슬린다면 못 이긴 척 넘어갈 텐데. 그는 사적인 일을 공적인 일로 끌어와 그녀를 괴롭히고 있었다.

「맞아요. 무슨 다섯 살짜리 애도…….」

아니. 다섯 살짜리도 이러진 않을 거라며 지윤이 말하려던 찰나다. 뒤에서 손이 불쑥 나오더니 휴대전화를 빼앗아간다. 깜짝 놀라 뒤돌아본 지윤은 무심한 얼굴로 서 있는 성준을 보며 미간을 좁혔다.

「끊어.」

무작정 전화를 끊은 그가 휴대전화를 내밀었다. 그러더니 질투가 나 견디지 못하겠다는 듯 말했다.

“둘이 사겨?”

“그럴 리가. 난 아주 속 좁은 남자랑 사귀고 있는데, 존은 마음이 태평양처럼 넓거든.”

성준의 입술이 굳게 닫히는 걸 보며 지윤이 콧방귀를 꼈다. 그렇게 시무룩한 표정을 지어도 소용없다며.

그가 서프라이즈를 한답시고 팀장 직함을 달고 눈앞에 나타난 순간부터 회사에선 무엇 하나 마음이 맞지 않았다. 아주 사소한 일부터 시작해 지금처럼 일 년의 매출이 결정되는 일까지도. 초반에는 그래서 퇴근 후에도 참 많이 다투기도 했었다.

두 사람의 마음이 제일 맞지 않는 건 지금처럼 직원들에게 비밀로 하고 연애를 하고 있다는 점이었다.

“결혼해. 아니, 결혼이 아직도 이르면 이 비밀 연애부터 치워.

얼마나 답답한지 알아?”

그의 말에 지윤이 자리에서 벌떡 일어나 성준을 보았다. 두 사람이 팔짱을 낀 채로 대치했다.

“지금 우리가 사귄다고 하면 아무도 안 믿을걸?”

누가 보면 2차전을 시작한 줄 알 거다. 연인이 애정 싸움을 한다기보다는.

두 사람은 사무실에서 만나기만 하면 핏대를 세우고 싸웠다. 대부분 열을 내는 건 지윤 쪽이었고 성준은 늘 심드렁한 반응이었다.

나만 화내는 거 같아. 나만 이렇게 열 받는 거 같고!

지윤이 발을 동동 굴렀다. 성준은 여유로운 표정인데 자신만 화를 내는 것 같아 바보처럼 느껴졌다. 회사에서 보는 그는 참 얄미웠다.

무심한 눈길을 내리깔고 있던 그가 손을 뻗었다. 지윤의 목을 감싼 그가 곧장 입을 맞춘다.

거친 키스였다. 허리를 힘껏 붙잡고, 턱을 눌러 입을 벌리게 한 성준은 포식자처럼 지윤의 입속을 휘젓고 그녀의 정신을 앗아가 버렸다.

입안이 얼얼하게 아파왔다. 폭력에 가까운 스킨십. 단순한 다툼으로 그 역시 마음은 진창이라는 듯이.

치열을 고르게 훑고, 혀를 옭아매던 입맞춤이 달콤해진 건 순식간의 일이었다.

공기 하나 들어갈 틈 없이 맞춰졌던 입술이 살짝 벌어졌다. 그가 이로 짓이겼던 아랫입술을 혀로 핥았고, 얼굴을 감싸고 있던 손은 어느새 다정하게 지윤의 등을 쓸어내리고 있었다.

이러니 화가 순식간에 풀리는 것도 당연했다. 두 사람은 일 년 동안 다투고 화해하길 반복했지만 늘 떨어지지 않고 함께였다.

"이러면 다 믿을 텐데."

그가 타액으로 젖은 입술을 엄지손가락으로 닦아주며 말했다. 몽롱하게 젖어 있던 지윤의 눈빛이 순식간에 현실을 깨달은 듯 또렷해졌고, 순간 그의 가슴을 힘껏 밀어낸다.

퍽! 지윤이 손을 들어 어깨를 힘껏 내려쳤다.

"내가 회사에서 그러지 말라고 했지!"

이럴 때마다 정신 못 차리고 응하는 자신도 문제라면 문제였지만.

"하성준 팀장님. 제발 일로는 괴롭히지 맙시다."

"성과물이 좋잖아. 저번 달에 내가 받은 인센티브가 얼만지는 알아?"

도끼눈을 뜬 지윤이 충고를 하듯 말하자 성준이 지지 않고 받아쳤다.

그래. 함께 회사를 다니면서 알게 된 건 그의 능력이 지나치게 좋다는 것이었다. 항상 노는 것처럼 보였는데 어느 순간 내놓는 성과물은 항상 기대 이상의 매출을 올리고 있었다.

덕분에 회사에선 그에게 최고의 대우를 해주었다. 월급은 물론이오, 추가적으로 나오는 인센티브는 억 소리가 났고 출퇴근 또한 자유로웠다. 휴가를 원하면 언제든지 떠날 수도 있었다.

그래서 존경하게 됐다. 이 남자를. 그 전엔 단순히 그를 좋아하고 사랑했다면 특별한 감정 하나가 더 추가되었다. 하지만 그것도 잠시.

일로 자신을 뒤흔들 때면 오늘처럼 화가 났다.

"돈은 벌고 여자친구는 평생 잃겠지."

지윤의 일갈에 성준이 시무룩한 표정으로 고개를 푹 숙인다.

한숨을 푹 내뱉는 모양새가 불쌍해 타올랐던 마음이 아래로 푸스슥 가라앉아 버렸다.

성준의 모습을 가만히 올려다보던 지윤이 간극을 좁히고 발뒤꿈치를 들었다.

가볍게 입을 맞춘 지윤이 놀란 눈으로 자신을 바라보는 성준을 뒤로한 채 손을 살랑살랑 흔들었다.

"먼저 간다."

"가, 가……."

옥상 문을 열고 나서는 지윤의 뒷모습에 대고 말하던 그가 입을 굳게 다물었다. 붙잡고 싶었는데 얼마나 빠른지 벌써 밖으로 나가 버렸다.

허공으로 뻗었던 손을 힘없이 내린 그가 바로 옆에 벤치가 있었음에도 자리에 쪼그리고 앉는다.

"가지 마…… 나 외로워."

지윤이 일이 많아져 여기까지 따라왔는데, 어찌 된 일인지 회사에서 함께 있을 땐 늘 이 모양이었다. 성준은 다른 이들에게 자신의 사랑에 대해 말하는 것에 거리낌이 없었으나 지윤은 숨기는 쪽이었다.

그걸 이해해 줘야 하는데. 슬슬 한계였다. 이러다간 자신이 말라 죽게 생겼다.

한참 시무룩하게 앉아 있던 그가 손을 들어 뒷머리를 긁적인다.

"사과해야지."

다시는 이렇게 유치한 짓 안 하겠다고. 네 의사를 존중한다고. 내가, 내가, 너무너무 힘들지만 그래도 꾹 참아보겠다고.

거칠 것이 없었던 그가 그녀의 손에 조련되었다. 조련되지 않으면 또 혼날 테니까.

힘없이 걸음을 옮긴 그가 사람들의 시선을 받으며 자신의 자리로 돌아갔다. 트윈에서 일했던 게 알려지면서부터 늘 사람들의 시선을 받아왔던 터라 신경 쓰는 기색 하나 없었다.

힘없이 책상을 내려다보던 그가 그 위에 올려져 있는 벨벳 케이스를 말없이 바라보았다.

이게 뭐지?

회사 로고가 찍혀 있는 상자이긴 했으나 자신이 구입한 것은 아니었다. 그렇다고 샘플이 판매용 제품 케이스에 담겨 올 리도 없다.

의아한 마음을 상자를 연 성준은 반지보다 먼저 보인 종이 쪽지에 눈을 크게 떴다.

—직접 끼워줘.

서체는 분명 지윤의 것이었다. 그녀의 글씨체를 그가 알아보지 못할 리가 없었다. 하지만 바로 그 말이 의미하는 바를 깨닫진 못했다.

지윤이 끼워달라고 한 반지는 'First'였다. 그가 그녀에게 프러포즈를 하기 위해 디자인한 반지였고, 지윤은 그 뜻을 알자 단칼에 거절했다. 덕분에 그의 프러포즈는 실패했지만 수많은 예비 신부들은 이 반지를 끼고서 행복한 가정을 이뤘다.

그가 멍한 눈으로 고개를 들자 전방에 선 지윤이 보였다. 막 탕비실에서 나오던 지윤이 시선을 피하는 것을 보며 그가 망설임 없이 성큼성큼 걸음을 옮겨 그녀의 손을 붙잡았다.

"결혼하자."

성준의 말에 지윤이 깜짝 놀란 얼굴로 손에 들고 있던 컵을 떨어뜨렸다.

쨍그랑!

날카로운 소리에 직원들의 시선이 두 사람에게로 향했다.

"……이게 뭐 하는 짓이야?"

지윤이 기함하는 얼굴로 자신을 바라보는 것도 모른 채 그가 홍콩에서 만들어주었던 반지를 빼며 말했다.

"끼워달라며."

성준은 반지를 곧장 지윤의 네 번째 손가락에 끼워준 후 그 위에 입을 맞췄다.

드디어. 드디어. 기쁨으로 일렁이는 성준의 눈동자와는 달리 지윤은 새하얗게 질린 얼굴이 되었다.

"집에서. 둘만 있을 때. 메시지는 제발 끝까지 읽어."

부들부들 몸을 떤 지윤이 사방에서 느껴지는 시선에 고개를 떨궜다. 굳이 직원들의 표정을 보지 않더라도 그들이 얼마나 벙찐 표정으로 자신을 보고 있을지 예상은 되었다.

이걸로 두 사람의 비밀 연애는 끝이 났다.

물론, 얼마 후 퍼스트 디자인지가 프린트된 청첩장이 사람들의 손에 쥐여졌다.